FOYER-ROMANS

- Direction et -
- Administration -
HIRT ET Cⁱᵉ
53, Rue des Moissons
- - REIMS - -

1.50

- Abonnements -
- - UN AN - -
- 24 numéros -
France **34 Frs** -
C. C. Paris 409.74

Gouraud d'Ablancourt

Un Éclair
dans la Nuit

10 JUIN 1927
DÉPOT LEGAL
B.N. VOLUMES
Editeurs

REIMS

HIRT & Cie, Éditeurs

53, Rue des Moissons

Gouraud d'Ablancourt

UN ÉCLAIR DANS LA NUIT

I

PROLOGUE

Le Proviseur du Lycée Pascal à Paris, referma le livre de comptes qu'il venait de consulter, le posa sur celui : état et renseignements et, décrochant le téléphone placé sur son bureau, appela : ... Allo! Le Surveillant d'études?

— ... C'est vous Rodel?

— ...

— ... Bien. Voulez-vous m'envoyer l'élève de seconde Tancrède de Luçon.

— ...

— Merci, j'attends.

M. Fléchel eut un soupir, il passa la main sur son front, murmura :

— Voilà bien la plus pénible tâche de ma carrière, mais je ne suis pas le maître d'écouter le sentiment, chose toujours hostile à la prospérité d'une maison. Ah! certes la bonté est une faiblesse, disent nos ennemis d'outre-Rhin, car elle fait souvent souffrir celui qui la pratique ou plutôt ne peut comme moi, en ce moment, la pratiquer.

Un pas vif dans la galerie, un coup léger frappé à la porte, coupa ces réflexions :

— Entrez.

Un grand garçon, au regard franc, au front intelligent, à l'allure décidée, robuste pour ses seize ans, ouvrit, salua et attendit.

— Asseyez-vous, mon enfant, dit le chef en montrant une chaise de l'autre côté de la table, nous avons à causer.

— J'écoute, Monsieur, fit l'élève dont les joues s'empourprèrent.

— Vous savez que les vacances de Pâques s'ouvrent demain, mon pauvre Tancrède.

— Oui Monsieur et sans doute, comme d'habitude, je n'irai pas voir maman; la route est longue et le prix des voyages est encore augmenté, je resterai tout seul ici.

— Non, mon ami, vous irez à Saint-Malo, au contraire.

— Ah! fit le garçon effrayé, Maman est malade!

— Nullement. Du moins je l'espère, car je n'ai reçu aucune lettre d'elle, et vous ?

— J'ai eu une carte postale, il y a huit jours.

— Ecoutez, mon enfant, j'ai à vous dire une chose pénible... ne vous froissez en rien. En vérité il n'y a pas de votre faute, vous êtes un bon élève, mais je ne peux pas vous garder au Lycée.

Le jeune homme se dressa inquiet :

— Pourquoi, Monsieur, j'aime le collège, mes maîtres et mes camarades.

— Ils vous le rendent Tancrède. Si je me vois forcé de me séparer de vous, c'est pour une raison purement administrative, je dois me conformer au règlement imposé par l'Etat.

— Expliquez-vous, Monsieur, je le préfère, je suis un homme, en quoi ai-je démérité en face de l'Etat ?

— En n'étant pas riche, mon pauvre petit, votre mère a négligé de payer les derniers trimestres.

— C'est qu'elle ne l'a pas pu, Monsieur.

Tancrède maintenant était pâle, ses lèvres tremblaient, malgré ses efforts des larmes venaient à ses yeux.

— Oh ! je le sais, la Comtesse de Luçon est la plus digne et la plus méritante des femmes. Si elle ne possède pas la fortune elle n'en est pas moins estimable, croyez bien que je suis désolé de la mission que je dois remplir vis à vis de vous.

Tancrède releva le front, d'un fier courage, il parvint à répondre :

— Je partirai demain, Monsieur, pour ne plus revenir, je vous suis reconnaissant de votre sympathie. J'aurais dû, depuis longtemps quitter le Lycée où vous m'avez gardé par... charité.

— Il n'y a aucune humiliation à n'être pas riche, tout le monde voudrait l'être.

— Un Luçon peut gagner son pain, Monsieur, et je le gagnerai, je m'acquitterai envers vous, soyez-en sûr, un jour...

Le Proviseur tendit la main, il était ému, il dit presque bas.

— Avez-vous un peu d'argent pour le voyage ? Je vais demander à la compagnie de l'Etat un billet de faveur.

— A quel titre, Monsieur ?

— De rapatrié. Les chemins de fer en donnent aux...

— Indigents. Vous pouvez le dire, Monsieur, je vous remercie, je suis forcé d'accepter, mais je saurai me souvenir.

Le collégien serra la main du chef et sortit dignement. Au lieu de retourner à l'étude, il monta au vestiaire. Son linge, ses vêtements étaient pliés dans la case à son

numéro, sa malle, une vieille malle en cuir qui portait la
fatigue de nombreux voyages, était rangée près de son lit.
Il l'attira vers lui, y mit les choses très en ordre, d'autres
élèves venaient aussi préparer leur départ en vacances, un
surveillant causait avec eux, tous étaient gais : Vive les
congés !

Tancrède obtint la permission de descendre chercher ses
livres à la salle d'étude, il en fit un paquet à part, mit
seulement dans la caisse deux ou trois volumes de phylo-
sophie et quand la cloche sonna pour la récréation du soir,
il emporta dans la cour les pauvres volumes défraîchis.

Un camarade accourut à lui :

— Qu'as-tu, vieux, t'as pas l'air rigolo pour deux sous.

— Je suis triste, mon petit Onda, je pars d'ici pour
toujours !

— Pas possible ! Et les examens, ton bacho...

— A l'eau. Je t'expliquerai plus tard. A présent je viens
ici pour vendre mes livres... à l'enchère. Aide-moi.

— A vendre ! se mit à crier Tancrède, à vendre ! pour
cause de départ, voyez : un dictionnaire latin, un grec,
un allemand !

Les jeunes gens l'entouraient, de tous les coins de la
cour on accourait.

— Quoi ! tu déballes ?

— Achetez, camarades, c'est une occasion !

— Et c'est un souvenir, ajouta Onda, dont la physionomie exprimait une grande mélancolie. Son ami, son
meilleur ami, son protecteur, celui qui l'avait défendu
contre la cruelle inconscience de ses condisciples :

Epaminondas Consouloudi, bien qu'il eut l'âge de Tancrède, était plus frêle, plus timide et, dès le jour de son
arrivée au Lycée, il y avait deux ans, on s'était moqué de
lui parce qu'il était blond, frais, rose avec des yeux bleus
naïfs, on l'avait baptisé : « Mademoiselle ». Un tout petit
incident avait dès le début constitué le chevaleresque
Tancrède son défenseur. On jouait au tennis, une balle
avait volé par-dessus la barrière jusque sur le « nouveau »
qui regardait isolé, appuyé contre le mur.

— Ramasse ma balle, le « bleu » ! cria l'élève.

Espaminondas (on disait Onda) ne remua pas. Alors
le joueur, visant cette fois, lança une autre balle qui
atteignit l'enfant en pleine poitrine. Tancrède d'un bond
franchit la clôture, courut au petit qui cachait son visage
dans ses mains, ramassa la balle et la relança avec vigueur
juste sur le nez de l'insolent.

— Attrape, Michon et si tu es assez lâche pour insulter
un « nouveau » qui ne t'a rien fait, tu me trouveras sur
ta route. Je t'attends.

De ce jour était née entre les deux élèves, l'ancien et

le nouveau, une amitié sincère. Les camarades les avaient surnommés : le chevalier et son page, mais nul n'osait se moquer d'eux en face. Tancrède à plusieurs reprises, avait montré ses poings et surtout un cœur solide. Il avait le sentiment du vrai chevalier de race, protecteur des faibles, capable de se faire respecter et craindre.

Aujourd'hui Onda était triste parce que Tancrède allait le quitter, parce que Tancrède, héroïquement faisait face à la douleur. Il livrait à l'assaut d'une enchère ses livres d'étude, il se séparait de ses chers volumes tant feuilletés, tant appris, très pâle, mais brave devant la nécessité.

Les élèves, la plupart au moins de la classe aimaient Tancrède, ils devinaient une cruelle obligation sous le geste du jeune homme, aucun ne profitait de l'aubaine, le petit lot se dispersa presqu'à sa valeur. Quand le dernier livre passa de la main du vendeur dans celle de l'acheteur, le premier dit :

— Adieu, mes bons amis, je ne reviendrai plus ici, mais je me rappellerai de vous, si la vie nous rapproche, j'en serai content.

— Laisse ton adresse, fit Bertrand de Changé, tu feras toujours partie de « l'amicale des anciens élèves du Lycée Pascal ».

— Oui, de tout mon cœur, adieu...

Il se retourna. Si forte que fut sa volonté, le pauvre enfant sentait venir une montée de larmes qu'il voulait cacher, la cloche du dîner sonnait. Onda vint lui prendre le bras.

— Ecoute, vieux, tout le monde va partir ce soir ou demain matin. Et toi ?

— Moi ! je ne peux prendre le train qu'après-demain, parce que... le Proviseur me donnera un billet de faveur. Et pourtant ce que je voudrais ne pas coucher ici ! ni manger... à présent, puisque je suis congédié.

Sa fierté se révoltait. Etre là par charité ! Non, il s'en irait ce soir seul, n'importe où. Puisqu'il avait un peu d'argent, grâce au prix de ses livres.

Au réfectoire, il s'assit à sa place habituelle. On permettait de parler à ce dernier repas avant la séparation des vacances. Ils étaient par tables de douze joyeux garçons qui racontaient leurs projets pour l'heureux temps de Pâques. A toutes les tables on entendait des rires. Tancrède qui ne pouvait venir à bout de manger, la gorge sèche, serrée, buvait de l'eau en abondance, silencieux.

— Coin... coin... fit Michon, celui qui avait reçu la balle dans le nez et en gardait rancune, tu joues au canard, Tancrède.

— Juste. La migration est finie. Je retourne au vieux nid.

— On te regrette, émit le Président de la table, Emmanuel Lottin, cela me fera de la peine, je t'assure de ne plus te voir en face de moi.

Tancrède sourit :

— Qui sait, tout le long du chemin où nous marchons, on pourra se retrouver, partager encore la même ration. Après le collège, le régiment.

Onda ne soufflait mot, comme son ami, il ne parvenait pas à manger. Souvent il essayait de dissimuler une grosse larme, impossible à contenir. Aussitôt le repas achevé, il se leva, suivit Tancrède dans la cour. Doucement, il lui prit le bras :

— Tancrède, fais-moi un grand plaisir.

— Oh ! de tout mon cœur.

— Bon. Ce que je vais te demander est donc accepté. Tout à l'heure, l'auto va venir me chercher, viens avec moi chez nous.

— C'est impossible, mon ami, je suis bien reconnaissant, mais...

— Quoi ? jette hors de toi la pensée que je devine... sois simple comme je le suis. Tu as toujours été bon pour moi, reste-le jusqu'au bout. Si tu savais comme Maman sera contente de te recevoir. Elle sait ce que tu es pour moi, le seul ami ! Le seul, qu'après mes parents, j'aime ! Viens, Papa aussi et ma sœur Marie, auront une vraie joie de te voir.

Onda serrait le bras de son camarade contre lui, sa voix s'enrouait de larmes, tout son cœur vibrait d'affection sincère.

— Comme tu es parfait ! Mais l'on m'ignore chez toi, je n'ai jamais été présenté...

— Ah ! je parle de toi tous les jours. Tu verras si on ne te connaît pas.

Ne me fais pas la peine de refuser, Tancrède, c'est si naturel que tu restes pour ton dernier jour à Paris sous le toit d'un ami. Tu reviendras ici demain chercher ton billet de chemin de fer, dis : Oui, c'est entendu.

Tancrède demeurait perplexe, attendri. Sa mère l'approuverait-elle ? Aller chez des inconnus... mais son camarade était si vraiment affectueux, pourquoi le désobliger ? Après l'humiliation qu'il venait de subir, le pauvre enfant avait grand besoin de réconfort et il en trouvait là, près de cet autre enfant qui l'aimait. Qu'importaient toutes les différences de castes, d'échelons sociaux, de préjugés mondains. Souvent, malgré son titre de comte authentique — sa famille remontant au-delà des Croisades — il avait souffert de son manque de fortune. Il ne sortait pas aux petites vacances semées tout le long de l'année à cause de la dépense d'un voyage, sa mère ne venait jamais le voir pour la même raison, son père, longtemps paralysé, malade, avait absorbé les faibles ressources de la famille et était retourné à Dieu, laissant sa femme et son fils presque dans le dénuement. Le comte de Luçon, gentilhomme élégant, distingué, généreux, n'avait jamais su compter, et il avait gaspillé au cercle, au jeu, aux courses, la fortune patrimoniale.

La comtesse Noëlle, née de Lestrange, avait partagé les goûts mondains de son mari et s'était trouvée fort mal armée pour l'épreuve quand la ruine était venue. La religion assez tiède qu'elle pratiquait, accordait mal ses devoirs avec le plaisir qui avait le pas dans son organisation mentale, ne pouvant la soutenir à l'égal d'une fervente chrétienne. Elle avait approuvé son mari de choisir le Lycée Pascal pour l'éducation de leur fils, parce que l'enseignement universitaire laïque, conduisait plus sûrement aux succès des examens par les temps actuels. Ils l'avaient, il est vrai, fait inscrire comme catholique, l'enfant pouvait librement remplir les obligations de sa religion, avec la possibilité qu'on accorde, dans les Lycées, aux pratiques pieuses, sans les restreindre ni les encourager. Le collégien se rendait à une messe basse le dimanche, il oubliait ses prières soir et matin et n'avait nulle idée à l'heure de détresse, d'aller demander au bon Dieu un peu de pitié. Doué d'une belle nature enthousiaste, chevaleresque, une autre éducation en aurait pu faire un apôtre, la sienne l'abandonnait à ses seules forces soutenues pourtant par une grande loyauté, un fond sérieux de croyances que rien ne lui eut fait renier. Mais il n'avait aucune idée d'y puiser une inspiration consolante qui eut déterminé sa conduite. Bientôt il allait éprouver l'aiguillon de sa foi native en face de l'incrédulité.

Le désir si ardent de son ami d'enfance, influença sa volonté, il sourit :

— Alors j'irai chez toi, comme le naufragé va à l'île Providentielle.

Onda aussitôt passa un bras autour du cou de son compagnon, l'embrassa comme un frère :

— Merci, fais descendre ta malle. Je vais prévenir le proviseur.

Le garçon, enchanté, courut au bureau. M. Fléchel le reçut très cordialement. Commençal de la maison Consouloudi, il faisait de bonnes affaires de Bourse par l'intermédiaire de l'obligeant banquier. Il approuva tout de suite l'enlèvement de Tancrède.

— Vous avez raison, mon petit ami, Tancrède mérite mieux que le sort humain ne lui a donné. C'est un brave.

Emmenez-le, distrayez-le. Ce matin il était désemparé.
Au revoir, Onda, bonnes vacances.

Une cordiale poignée de main souligna le congé et,
gambadant comme un enfant heureux, le fils du richissime
financier grec, courut voir à la grille du collège, si
l'auto envoyée par son père était arrivée. Une superbe
limousine stoppait justement devant l'entrée. Le mécanicien leva sa casquette :

— A votre service, Monsieur Onda.

— J'accours, Francis, j'emmène un ami, nous allons
mettre une malle près de vous. Maman et ma sœur ne
sont pas venues me chercher...

— Non, Madame reçoit et Mademoiselle, l'aide, elles
vous attendent.

— Je me dépêche.

Le chauffeur et son jeune maître avaient échangé un
amical sourire. Francis, depuis vingt ans dans la maison,
avait vu naître Onda, sa femme était cuisinière, leur
fille était lingère et leur fils groom. L'intérieur des
Consouloudi était patriarcal comme chez beaucoup de
vieilles familles étrangères riches.

Tancrède attendait son ami. Très grave, il franchit la
porte du Lycée quand il fut dans la rue, il se retourna
une dernière fois et levant sa casquette, il salua la maison
où une tranche heureuse de sa vie avait passé.

II

LA VIE CHEZ LES RICHES

On entrait à l'hôtel des Consouloudi par le faubourg
Saint-Honoré, une cour sablée donnait accès à un long
perron sur lequel s'ouvraient les hautes portes du Hall.
Les garages et écuries se faisaient vis-à-vis sur cette cour.
La principale façade s'étalait sur le jardin, lequel se pro-
longeait jusqu'à l'avenue Gabriel, où une grille le fermait.
C'était un lieu de délices, des beaux arbres, des pelouses,
des massifs fleuris, des oiseaux chanteurs, des chaises et
des bancs rustiques, bref une attraction exquise de confort,
de gaîté, d'étendue avec les Champs-Elysées en bordure.
Les deux collégiens jaillirent lestement de l'auto, en deux
bonds, ils franchirent les marches de granit que surmon-
taient de grands palmiers. Un valet de pied, en livrée
marron, leur tenait la porte ouverte. Onda le salua d'un
sourire et, entraînant son ami, fit irruption dans le premier salon. Sa mère y trônait, entourée de dames assises,
tandis que d'autres groupes debout, isolés dans les coins
et les autres salons, circulaient ou se reposaient avec la

liberté cordiale des réceptions mondaines admises de nos jours.

De la vaste salle à manger venait, joint au parfum du chocolat, des vins, du punch, un bruit de causerie animée, les hommes surtout étaient là. Les jeunes filles occupaient le jardin d'hiver, installées devant de petites tables que se chargeaient de garnir des jeunes gens, fleur à la boutonnière, sourire aux lèvres, empressés et joyeux. Les collégiens qui se présentaient en uniforme bleu aux boutons argentés, ne déparaient en rien l'ensemble joli. Tancrède grand, robuste, au teint mat qu'éclairait de superbes yeux noirs fiers et intelligents, des cheveux bruns, des lèvres rouges qu'aucune apparence de moustache ne dessinait, gardait l'attitude simple, digne, sans audace ni timidité.

Onda radieux, son tendre regard bleu fixé sur sa mère présentait :

— Maman, je t'amène mon meilleur ami, le comte de Luçon, qui veut bien me faire le très grand plaisir de m'accompagner ici.

— Soyez le bienvenu, mon enfant, dit Madame Consouloudi en tendant la main au jeune homme qui s'inclina très bas, mon fils nous a tant parlé de vous, que je suis charmée de vous recevoir. J'espère que vous allez nous rester quelques jours.

— Merci Madame, je suis très heureux de saluer la mère d'Onda.

— Je vous conseille d'aller goûter tous les deux, ensuite vous vous amuserez, on joue au tennis au jardin, au Mah-jong dans le fumoir. Faites ce qu'il vous plaît, mes enfants.

Onda emmenait son compagnon, quelques visiteuses l'arrêtaient au passage, amicales envers le fils de la maison hospitalière où chacun était à l'aise, jouissant du confortable luxueux des choses.

— Quels charmants garçons! fit une invitée, exprimant ainsi l'avis de toutes. Voyez ces deux collégiens, ils forment un contraste absolu, également sympathique.

— C'est vrai, approuva la maîtresse de maison, c'est sans doute pourquoi ils s'aiment tant.

Marie, à la vue de son frère quittait vivement sa table :

— Viens, petit frère, il y a place pour toi... Ah! tu amènes ton camarade. Tancrède, sans doute? Elle tendait sa main, un sourire aux lèvres et, comme l'arrivant s'inclinait, elle ajoutait :

— Belle idée de nous venir, Monsieur, depuis si longtemps nous vous connaissons... subjectivement. Voulez-vous vous asseoir avec nous. Une tasse de thé?

— Non, riposta Onda, nous allons choisir au buffet ce qui nous convient.

— Allez donc, mais revenez, on pourrait peut-être faire un tour de danse avec le phonographe.

— Oh ! tu sais la danse me laisse froid. Nous allons nous restaurer d'abord. Bonjour Athos.

Un jeune homme arrivait, il tenait un compotier chargé de gâteaux qu'il apportait aux jeunes filles.

— Notre cousin, présenta Onda : Athos Achillopoulo.

— Bonjour, fit l'arrivant, voulez-vous de mes provisions ?

— Rien. Nous commencerons par des choses plus substantielles, remercia le collégien.

Toujours entraînant son ami, il parvenait au buffet devant lequel une haie d'hommes et de femmes en riches toilettes, buvaient et mangeaient, avec l'appétit gourmand de l'époque actuelle qui semble avoir doublé comme le prix des friandises.

— Attends, je vais nous composer un bon petit goûter.

Ce disant, Onda prenait une assiette, il y entassait des tartines de caviar, des sandwiches de poulet à la gelée, des petits pains de foie gras. De l'autre main, il saisissait une coupe de tartelettes aux fruits et donnait l'ordre de servir deux tasses de chocolat sur la console, près de la window, derrière les palmiers. Muni de ce régal, il expliquait à son ami :

— Nous allons être tranquilles là-bas, personne ne nous dérangera, après je reviendrai chercher du champagne frappé. J'ai une faim de loup, ni toi ni moi n'avons mangé au collège.

C'était vrai, Tancrède aussi cédait à l'appel de la nature, les deux amis dévoraient les délicates gourmandises que le fils de la maison renouvelait à mesure.

— Je me fais l'effet de Robinson allant au navire, disait-il en revenant se cacher sous les arbustes, amplement muni de provisions alléchantes. Ce que je suis content de t'avoir avec moi, t'as pas idée, vieux !

— Brave cœur ! c'est quand le malheur passe qu'on te trouve.

— Et toi donc ! Lorsque les méchants gosses du Lycée m'attaquaient, tu savais me défendre. Et si j'ai été toléré ensuite, c'est parce que tu m'imposais.

— C'est parce que tu étais bon camarade.

— Je sais ce que je pense, suffit. Veux-tu qu'au lieu de retourner avec les belles demoiselles qui se fichent pas mal de collégiens comme nous, nous allions voir papa à la banque. On reviendra avec lui en auto. Tu ne connais guère Paris.

— Non. J'y ai été enfant, puis mes parents sont allés vivre à Saint-Malo. Ils m'ont mis au Lycée, je sortais rarement et quand, une fois de temps à autres, mon correspondant, un colonel retraité, venait me chercher, il m'emmenait dans les Musées et me reconduisait avant le dîner.

— Ce n'était pas gai.

— C'était intéressant tout de même, le digne homme, un savant, n'est pas riche, il faisait ce qu'il pouvait et je le comprends, il est parti maintenant à Amélie-les-Bains, à l'hôpital militaire.

— Une coupe de champagne, mon Vieux, et sauvons-nous par l'office, dans le salon on nous harponnerait.

La gaîté de leur âge reprenait son empire, même Tancrède oubliait le triste présent, la scène du matin.

Ils sortirent par l'avenue Gabriel, le temps était radieux, une jeune verdure s'ouvrait au branches sombres des marronniers, de gros pigeons volaient, s'abattant sur les pelouses. Des enfants jouaient au cerceau, à la balle. Les Lycéens longeaient les jardins des hôtels de la belle avenue ; dans celui du cercle Inter-allié, des couples se promenaient et l'harmonie de la musique s'épandait au dehors. A la terrasse de l'Epatant, des hommes fumaient paresseusement étendus dans des rockings-chair. Ils traversèrent la place de la Concorde, prirent la terrasse des Tuileries jusqu'à la rue Cambon où est située la Banque de Paris-Athène. C'est un vaste immeuble, au fond d'une large cour. L'heure de fermeture au public était passée, mais les employés et le patron travaillaient encore. Onda, suivi de Tancrède, entra sans être arrêté, on le connaissait. Tous les deux traversèrent la salle entourée de guichets, pour arriver au fond où se trouvait le cabinet de M. Consouloudi.

Doucement, le fils du banquier tourna le bouton, entrouvrit la porte, passa la tête. Aussitôt une exclamation jaillit joyeuse :

— Toi, mon petit, déjà ! Entre, je suis seul.

— Papa, je t'amène mon ami Tancrède.

— Bravo. Il est là ? Venez mon jeune ami, je suis bien aise que vous ayiez accompagné mon fils.

— Et moi aussi, Monsieur, l'accueil que je reçois chez vous est tellement aimable.

— A tout le moins n'est-ce pas ? Vous voilà en vacances pour une quinzaine, il faut la passer avec nous.

— Merci, Monsieur, mais je dois aller rejoindre ma mère à Saint-Malo, je partirai demain matin.

— On verra... Si je vous emmenais tous les deux, ce soir au Châtelet ?

— Oh ! oui, papa. Qu'est-ce qu'on joue ?

— Je ne sais, vois le journal. C'est toujours une féerie qui vous amusera. Je vais téléphoner pour avoir des places.

— Père, fit Onda qui avait déplié un journal pris sur le bureau, on donne : « Les sept châteaux du diable ».

— A merveille, c'est une antique machine à grand spectacle. Cela vous plaît, Monsieur de Luçon ?

— Comment cela ne me plairait-il pas ? Je n'ai jamais rien vu. Je vous en prie, Monsieur, appelez-moi Tancrède.

— Volontiers. D'autant plus que chez nous, tout le monde vous connaît sous ce nom. Ah ! vous possédez un bon ami en mon Onda... Allo ! Je téléphone. Sûrement, ma femme et ma fille, qui ont une réception devant finir tard, ne pourront venir au théâtre. Nous irons tous les trois... Silence, on me parle.

— Location du Châtelet ?

— ......

— Bien, je voudrais trois fauteuils de balcon de face autant que possible.

— ......

— Alors oui, c'est entendu, je prendrai les numéros au contrôle.

— ......

— Pour qui ? Pour moi : Monsieur Consouloudi. Au revoir, merci.

Le banquier se retourna vers les collégiens :

— Vous venez de la maison mes enfants ?

— Oui papa, il y avait beaucoup de monde. Marie parlait de danser, on s'est trotté, tu penses !

— Si on danse, la matinée se prolongera. Quant à nous, il faut dîner de bonne heure. Le rideau se lève à huit heures et demie. Et je suppose que vous voulez ne rien perdre ?

— Pour sûr. Sais-tu père, il ne faut pas rentrer, on dînera au restaurant. D'ici là, Tancrède et moi, nous nous promènerons sur les boulevards.

— Je veux bien. Et ma toilette ? Je suis en tenue de bureau.

— Oh ! papa, tu es parfaitement bien, ce n'est pas à l'opéra que nous allons.

— En somme, cela m'est égal, ceux qui me connaissent savent qui je suis. Allons, mes petits laissez-moi travailler. Une bonne Bourse aujourd'hui. La Syrie en hausse ! Par les Sages de la Grèce, mes ancêtres, je flotte ! Allez vous promener.

— Où dînera-t-on, papa ?

— Au boulevard des Italiens, chez Poccardi. Tu connais la maison Onda. Soyez-y à sept heures et demie tapant.

— Entendu Père.

Le banquier reprit sa plume. Pendant ce colloque, Tancrède l'avait examiné. C'était un homme assez grand, au front intelligent, aux cheveux gris, drus, aux yeux vifs,

clairs, francs, au sourire cordial. Son fils ne lui ressemblait
en rien physiquement. Sa fille rappelait ses traits en plus
gracieux. Mme Consouloudi, était une fort belle personne,
aux traits réguliers, au pur type grec. Onda n'avait non
plus rien de sa mère. Il devait venir d'un atavisme loin-
tain qui l'assimilait à la race française.

Beaucoup de passants encombraient les boulevards, les
deux collégiens s'amusaient à regarder les devantures des
magasins, les affiches des cinémas. Tancrède se laissait
aller au courant. Par moments, quand il pensait à sa situation, un petit choc au cœur, assombrissait son front, puis
une réflexion de son ami, une vue de choses nouvelles
l'emportait hors de lui-même. Ils finirent pas s'asseoir à
la terrasse d'un café devant lequel s'écoulait le flot
continu des passants. C'était la vie intense, agitée, tumul-
tueuse.

— Quelle journée! dit Tancrède, il me semble que ce
matin est très loin, qu'il s'est accompli des jours depuis
que le Proviseur m'a dit de... m'en aller. Remarque
combien d'actes variés se sont accomplis pour moi : ma
vente à l'enchère, mon départ, l'arrivée chez toi. Je traverse une grande réception, je vois l'aspect d'une banque,
je connais ton excellent père, nous circulons libres dans
Paris, nous dînons au restaurant, nous allons au théâtre
et je rentre dormir dans une superbe maison... Voilà un
jour mouvementé, avoue-le. Demain...

— Hé bien demain, nous ferons des choses plus amu-
santes.

— Demain... je devrai partir.

— Attends seulement un jour que je te mène chez
grand'mère à Enghien. C'est à elle que moi je ressemble
et on s'aime nous deux! Ah! tellement. Je veux que tu
entres tout à fait dans ma vie, que tu voies tous les
miens. On juge si faussement les Grecs, on nous accuse
d'être tricheurs, menteurs ; toi au moins, tu verras.

— J'ai vu et je t'assure bien que je n'ai aucun parti-
pris. Dans chaque nation, il y a de la bonté et du cœur.
Les différentes races sont œuvres humaines, Dieu a créé
pareils les hommes.

— J'ai souvent souffert de la méchanceté des autres.
On m'appelait « Poulo ». Il n'y a que la richesse qui nous
pose dans la Société. Rappelle-toi un jour qu'on jouait
une pièce au collège, on m'avait donné un rôle de fille.
Le méchant Louis d'Erlon m'attachait un peplum et il
appelait les autres pour me regarder :

— Voyez la belle Sapho! Allons parade, récite des vers,
salue, sourit. Ce que tu as l'air emprunté, nigaud!

— En effet, je l'étais terriblement! Tu es venu, tu m'as
ôté le ridicule costume, tu as envoyé d'une bourrade le

d'Erlon contre le gros marronnier de la cour, il s'est rudement cogné et tout le monde a ri, mais pas de moi.

— Bêtises, tout cela !

— Quand tu seras loin, je n'aurai plus d'ami, je n'en veux pas avoir. Je demanderai à papa de me prendre un précepteur et de travailler chez nous. Là, on ne me fera pas de misères, les gens qui viennent à la maison ne sont pas comme les collégiens méchants...

— Souvent bons et généreux, mon petit Onda, souviens-toi encore, puisque tu fouilles les souvenirs, le jour où le Proviseur a grondé Marcel Suo, parce que le pauvre gamin pleurait son chien écrasé par l'auto du Ministre qui venait au Lycée présider une fête. Tous les camarades consolaient Marcel, l'un d'eux lui a apporté un autre chien. A ton égard aussi, mon petit, justement le jour des déguisements, ceux de notre classe ont été gentils, ils prenaient parti pour toi.

— Oui, quand tu leur en as donné l'exemple. Tu m'écriras dis ?

— Souvent. Tu devrais prier tes parents de venir aux bains de mer à Saint-Malo.

— Ah ! la bonne idée. Bien sûr, je les en supplierai.

Ils se levèrent. Onda régla les consommations, le restaurant était à quelques pas. Le banquier les attendait sur le seuil.

— Serions-nous en retard, Monsieur ? s'inquiéta Tancrède.

— Nullement. Je suis en avance, j'avais besoin de prendre l'air. Entrons.

Une table retenue par téléphone, était préparée en belle place près de la fenêtre ouvrant sur le boulevard. Des œillets roses s'érigeaient au milieu, beaucoup d'autres convives étaient déjà installés ; des toilettes claires, des smokings, des types variés d'étrangers, un ensemble amusant, cosmopolite, élégant. Tancrède n'avait jamais rien vu de semblable, mais il gardait en toutes circonstances l'instinct de la correction.

— Que préférez-vous jeune homme ? fit le banquier, consultant la carte.

— Ce que vous voudrez, Monsieur, le menu du Lycée ne m'a pas rendu gourmand.

— Je m'en doute Décide, mon fils, tu saurais mieux que moi les goûts de ton camarade. Choisis.

— Bon. Je dicte. Ecrivez maître d'hôtel : Huîtres de Marennes, des vertes. Potage, non pas de potage, un « manzo-maison », des ravioli...

— Qu'est-ce que tu imagines ? interrompit le père.

L'enfant sourit :

— Nous sommes en Italie ici, je cherche la couleur locale.

— Moi, je demande un simple poulet rôti au cresson.

— C'est parfait, père, ajoute une bombe glacée et des pommes de calville.

— Quel vin, Messieurs ? demandait le sommelier.

— Du vin d'Asti et de la tisane de champagne.

Le repas fut gaî, le duc de Belcaze s'approcha pour saluer Platon Consouloudi, il se dérangea de sa table afin de joindre le banquier auquel, très cordial, il tendit la main.

— Bonsoir, cher ami, bravo, ELLES montent !

— Et ELLES ne font que commencer leur ascension, ne lâchez pas surtout.

— Pas de crainte. Ma femme vend ses « mines de Platine ».

— Elle a tort. Elles feront un bond en fin du mois.

— Je lui dirai. Tenez elle nous sourit.

Il désignait une table assez éloignée, d'où une dame en toilette dernier chic, envoyait de la main, un geste amical. Platon se leva, s'inclina vers elle et se rassit, le Duc s'éloignait.

— Mes clients, dit le banquier, je les enrichis.

Tancrède était un peu ahuri, mais ne laissait rien paraître. Il avait rentré une riposte venue à fleur de lèvres, quand M. Consouloudi avait dit : « Je les enrichis ».

— Au dépens de qui ? songeait le jeune homme qui se rappelait les soirs où son père rentrait morne, décavé, hargneux, accusant les spéculateurs. Ah ! c'étaient de tristes heures, sa mère pleurait, lui essayait de la consoler en l'embrassant, elle le prenait sur ses genoux et il s'endormait là contre ce cœur aimant qui souffrait. Quelle balançoire la vie !

La soirée au théâtre fut exquise, les ballets, les décors, « les sept Châteaux du Diable » qui représentaient les sept péchés capitaux, offraient une espèce de moralité. Les collégiens étaient tout yeux tout oreilles, la fin de la pièce les surprit, ils auraient passé la nuit entière au Châtelet.

Quand ils rentrèrent, Mme Eurydice et sa fille n'étaient pas encore couchées, les derniers invités venaient de partir. Au moment où elles se disposaient à prendre leur repos, une surprise-partie était venue en trombe, envahir l'hôtel. On avait encore dansé, puis soupé en pic-nique et, maintenant enfin, on songeait au sommeil. Elles l'avaient vraiment bien gagné !

L'échange des bonsoirs fut très affectueux, puis Onda conduisit son ami dans une chambre au premier étage qui, ainsi que tout l'hôtel, montrait le luxe et le confort. Il l'embrassa tendrement :

— Dors bien, tu es chez toi.

Une fois seul Tancrède regarda les choses. Un somptueux mobilier d'érable gris, un lit-divan très bas, où des draps fins et brodés invitaient à goûter leur fraîcheur, un secrétaire offrait tout ce qu'il faut pour écrire, une étagère avec des livres dressés sur les rayons : romans, voyages, volumes à riche reliure. Un gros in-folio placé sur un chevalet à part, attira son attention ; soigneusement relié de cuir rouge, les coins d'argent, il montrait en lettres, également d'argent, son titre : La Retraite des dix Mille. Tancrède l'ouvrit. Des caractères grecs anciens, manuscrits en rouge et noir, couvraient un parchemin jauni par le temps. Les Consouloudi prétendaient compter Xénophon parmi leurs ancêtres.

Aux murs peints de couleur crème, quelques tableaux : Le Parthénon, le Wallhala. Lysistrata couronnée de Myrthes, la fontaine Clitumno où l'on se plongeait pour rajeunir aussi bien que dans le Léthé. L'antique Grèce, songea le jeune homme qui se mit à genoux aussitôt près de son lit, fit un grand signe de Croix et récita sa prière avec une ferveur rare chez lui depuis des années. Mais, en ce milieu païen, il lui semblait devoir affirmer sa foi chrétienne, sa reconnaissance pour le Christ divin et la Vierge Sainte, dont aucune image pieuse n'ornait ce luxe d'art. Ensuite, il se mit au lit. Les bruits de la grande ville venaient mourir à cette maison environnée de jardins. Comme chaque soir, selon une vieille habitude d'enfant, il murmura, la tête sur l'oreiller : Maman ! Maman chérie ! je t'aime !

Après sa journée mouvementée, il dormit sans éveil jusqu'à ce que des coups frappés à sa porte, lui fissent ouvrir les yeux, dissipant son rêve. Presque tout de suite Onda parut, il était en pyjama blanc, un domestique, portant un plateau, le suivait :

— Tu dormais encore, Vieux ! mais sais-tu, il est dix heures. Je viens déjeuner avec toi.

— Dix heures ! pas possible, et mon train ?

— Il roule vers la Bretagne, tu as le temps, crois-moi, laisse filer les jours de vacances, on est bien ici nous deux.

Il s'asseyait au bord du lit, le valet avait posé son plateau sur un guéridon, il ouvrait les lourds rideaux de damas de soie cramoisie et le soleil entrait à flots. Onda emplissait une tasse de chocolat, l'offrait à son ami avec des toast dorés chauds, bien beurrés, il se servait après et les deux collégiens causaient tout heureux, reposés, ravis d'être ensemble si tranquilles au milieu de ce confortable.

— Je voudrais que tu te plaises chez nous, fit le bon garçon. Je voudrais que tu y reviennes souvent, ce sera dur de ne plus t'avoir tous les jours !

— Oui, mais on est sûr l'un de l'autre. Je te dois de clôturer mon temps de collège en plaisir. Tu as jeté des roses sur les épines de ma route.

— Poète ! Veux-tu que nous allions visiter Grand'Mère aujourd'hui à Enghien ? J'ai une petite voiture à moi que je sais conduire... On frappe. Entrez. Qu'y a-t-il Francis ?

— C'est le Proviseur du Lycée qui demande Monsieur au téléphone.

— Bien j'y vais.

Il posa sa tasse, sa tartine et courut dans le bureau de son père. Celui-ci était déjà parti à la banque, sa femme et sa fille n'avaient pas encore quitté leurs appartements.

— Allo ! c'est moi : Onda, Monsieur le Proviseur.

— ......

— Oui, Tancrède est avec nous.

— ......

— Ah ! bon, tant mieux, je vais le garder, merci, Monsieur le Proviseur, au revoir.

Le descendant de l'Hellade revint en hâte, ravi :

— Hourra, mon vieux Tancrède, je te tiens. Écoute un peu ce que m'a téléphoné le Proviseur. — « Dites à votre ami que je reçois une lettre de sa mère, elle s'excuse de n'avoir pas répondu plus tôt, elle est absente de Saint-Malo. Elle déclare reprendre son fils puisque ses études ne peuvent s'achever au lycée, mais elle prie Monsieur le Proviseur de ne l'envoyer que dans trois jours, parce qu'elle ne peut le recevoir avant. » Alors tu comprends, on te garde, on t'attache chez nous, pendant ces trois jours.

Tancrède éprouvait une angoisse. Pourquoi ce retard ? N'était-elle pas malade plutôt la tendre maman ? On lui renvoyait son fils et elle retardait son arrivée et dans de telles circonstances ! Elle qui le connaissait savait pourtant qu'après la signification du congé, il ne voudrait pas demeurer une journée de plus. Onda le regardait inquiet :

— Qu'as-tu ?

— J'ai peur. Pourquoi maman ne m'a-t-elle pas écrit à moi ?

— Il lui fallait répondre au Proviseur. Toi, elle t'attend. Trois jours, ce n'est rien. Veux-tu que j'envoie une dépêche ?

— Où ? Puisqu'elle n'est pas à Saint-Malo.

— En effet. N'exagère pas toujours les sujets de soucis, lève-toi, nous ferons un tour au bois, c'est joli le matin, après le déjeuner qu'on sert à une heure, nous irons à Enghien.

Tancrède céda au conseil alléchant. Plus tard, il saurait rendre cette gracieuse hospitalité, plus tard !... Oui, il

n'aurait pas toujours la malchance. Son nom était une
valeur. Souvent des camarades lui avaient dit :

— Tu épouseras une milliardaire ! Et il ripostait, très
convaincu : j'épouserai qui j'aimerai. Son caractère fier se
prêtait peu au calcul vénal. Mais il pouvait gagner de
l'argent, entrer dans une industrie ou un conseil d'administration. Savait-il... il se débrouillerait. En ce moment,
il appréciait les faveurs de la fortune. Grâce à elles, on
pouvait aider les autres, jouir de la considération générale, ne pas être humilié par un directeur de collège.
Tout en songeant, inspiré par l'ambiance plutôt que par
une sage philosophie, il procédait à sa toilette pour laquelle un somptueux cabinet, dernier genre, offrait son
confort. La fenêtre de cette pièce donnait sur la cour de
service très animée à cette heure. Un palefrenier étrillait
un beau cob gris, un autre serviteur astiquait une limousine, un troisième donnait un coup de lance à une torpedo
rouge à deux places qui devait être la voiture d'Onda. Le
cheval surtout intéressait l'observateur. Il se rappelait son
enfance, quand son père le prenait un instant avec lui sur
sa selle pour lui faire accomplir le tour du parc au trot,
à Luçon, leur antique château familial, vendu aujourd'hui,
avec tous les portraits d'ancêtres, les armures, les anciens
meubles où s'accrochaient les souvenirs de tant de générations ! Tout cela s'était éparpillé au souffle de la ruine,
on avait sacrifié l'une après l'autre toutes les fermes, les
équipages, la meute, l'hôtel de la rue de Varenne. Pour
se rattraper, le père jouait aux courses et au cercle. Un
jour, on l'avait rapporté après une chute de cheval et il
avait agonisé un an dans le châlet du Sillon, à Saint-
Malo, dernière propriété de la comtesse de Luçon, dont
la cruelle maladie de son mari avait achevé d'emporter
les ressources. Ah ! son destin de fils de race était autrement cruel que celui de ce camarade gentil qui n'avait
pas de titre nobiliaire. Et pourtant, quelle généalogie était
derrière Onda, un grand arbre à l'immense ramure dressait
son ombre sur ce dernier rejeton des descendants du héros
qui conduisit la « Retraite des dix mille ». Tancrède
s'attardait rêveur, lorsqu'il fut dérangé par la succession
d'appels impatients d'une corne d'automobile. Il regarda
au dehors :

— Mais que fais-tu ? lui cria son ami, je t'attends.

L'instant d'après, les deux enfants, grisés d'air vif
respiré à pleins poumons, suivaient l'avenue des Champs-
Elysées, celle du Bois et gagnaient au ralenti l'allée des
Acacias. Beaucoup de promeneurs profitaient de l'heure
exquise d'avant mi-jour, pour arpenter doucement le Bois
empli de jeune verdure. Des groupes s'arrêtaient, échan-
geaient des sourires, des saluts. Onda devait souvent lever

sa casquette, lancer un bonjour amical. Athos Achillopoulo qui suivait l'allée des cavaliers monté sur un frin-
gant alezan, aperçut l'étincelante voiture rouge que, par
bravade son propriétaire avait nommée « Casse-cou ». Il
cria :

— Bonjour! fit sauter sa bête par-dessus une haie et
joignit les jeunes gens :

— Et Marie ? Vous n'avez pas amené ma cousine ?
demanda-t-il.

— Nous ne l'avons pas vue ce matin, elle dort encore,
je pense. Vous ne savez pas, après votre départ hier au
soir, il est arrivé une partie-surprise.

— Oh! si j'avais su, je serais resté!

— Vous venez déjeuner avec nous ce matin ?

— Non. Votre père m'a donné rendez-vous à la Banque.
J'ai transmis un ordre de m'acheter des Gold-mines, j'ai
un bon tuyau. Au revoir, ma bête s'impatiente je la
dresse, j'ai un acheteur par là. Une affaire épatante. Je
gagne sur elle trois fois son prix.

Il s'enfuit au petit galop. Onda se remit en route à
faible allure. Tancrède dit :

— Il te plaît cet agioteur ?

— A moitié, mais cela n'a pas d'importance. Ma sœur
l'apprécie et je crois l'agrée comme futur mari. Marie est
une femme pratique tu sais. Quant à papa, il l'admire.
Songe donc un garçon qui a gagné un million en dix ans.

— Comment fait-on pour gagner un million... je voudrais bien lui demander des leçons.

— Tu ne pourrais pas, toi! moi non plus d'ailleurs,
aussi est-ce à lui que papa cèdera sa banque quand il se
retirera des affaires.

— Alors toi, que feras-tu ?

— Je serai soldat. Tu sais bien que je veux me préparer
à l'école de Saint-Cyr.

— Mon rêve aussi, mais le voilà anéanti.

— Qui sait... t'en fais pas, mon pauv' vieux. Dans le
temps où nous vivons, l'imprévu est à la page. Athos est
un bel exemple de chances fortuites, sans compter la
meilleure peut-être...

— Celle d'épouser ta sœur.

— Oui.

— Est-il grec? Il n'en a pas le type.

— Encore moins au moral. Je sais qu'il est né à
Bethléem.

— Dans une étable...

— Non. Il n'a pas eu cet honneur, comme dit grand'-
mère à qui le pauvre garçon est antipathique. Il est l'aîné
de onze enfants, si bien que lorsqu'il a eu seize ans, son

père l'a envoyé hors du nid avec mille francs en poche et lui a dit : — Débrouille-toi.

— C'est un peu mon cas, moins les mille francs Qu'est-ce qu'il a fait ?

— La rencontre d'un maquignon sur le bateau, cet homme allait acheter des chevaux en Andalousie. En voyant ce jeune homme intelligent, robuste, qui parlait trois ou quatre langues, il l'a engagé comme aide. Le métier amusa le novice, il apprit à jeter le lazo, à dompter des bêtes sauvages. Il s'est mis à acheter et revendre, bref, il a gagné très vite d'énormes sommes. Sans nuire à ce commerce, il s'initiait au trafic de la Bourse, il avait le flair des valeurs qui allaient monter. Il spéculait sans risques, toujours prudent. En une seule journée, sans même avoir levé les titres, il les a achetés et revendus dans la même journée avec vingt-cinq pour cent de bénéfice. C'est un malin.

— Il en a bien l'air.

— Son esprit est tendu sans cesse vers le gain. Où qu'il soit, et quoi qu'il fasse, il cherche le moyen à exploiter. La poésie, la nature, l'art, ne l'intéressent que s'ils offrent un joint qui devienne un truc. Écoute ce fait qui le peint. Il avait donné à Marie un superbe rubis pour sa fête. Une de nos relations, Mlle de Santeloup qui doit se marier, voit cet anneau qui l'enthousiasme. Elle veut le montrer à son fiancé, le marquis de Taragone, pour qu'il lui en offre un pareil. Où trouver le pareil ? Le fiancé s'adresse à Athos qui lui répond très gracieusement :

— Il n'en existe pas. Cette pierre est unique. Mais ma chère Marie vous la cédera volontiers, elle sera enchantée de faire plaisir à son amis.

— Oh ! se récria le fiancé, jamais je n'accepterai un tel sacrifice. Vous êtes véritablement trop aimable.

Mon cousin, habile enjôleur persuade... l'imbécile qu'il lui fait un grand avantage, mais s'il se prive de son bijou, c'est avec tant de plaisir ! En résumé, l'adroit Syrien ou Athénien, je ne sais, il est sûrement Bethléamitin, (?) finit par vendre le rubis le double de ce qu'il l'avait acheté en se faisant, de son acquéreur un ami plein de gratitude pour un tel procédé.

— Ah ! il a pu ôter la bague du doigt de sa cousine.

— Oui, en riant et Marie s'amusait beaucoup. Ils ont acheté en place une émeraude merveilleuse.

— Qu'ils pourront encore revendre.

— Sûrement. Si un avantage en ressort.

— Voilà un homme dont je ne me ferais jamais un ami.

— Mais mon cher, dans le milieu des affaires, cela se fait couramment. La baronne Sarah d'Adama a cédé son collier de perles une douzaine de fois. Il y a des salons qui sont des comptoirs.

— J'aimerais mieux n'y pas aller.

— Nul ne s'en doute, à part les initiés.

— Alors les autres sont des dupes.

— Non. Ils y trouvent leur plaisir. Le commerce des chevaux, des bibelots, des tableaux, des objets anciens, ont des succursales dans le monde.

— Pas le vrai monde.

— Evidemment. Quelquefois la maîtresse de maison ne s'en doute pas ; d'autres fois elle touche sa commission.

— Tu es un savant, mon petit ; moi je n'irai vraisemblablement jamais dans le monde et ce que tu m'en dis m'empêche de le regretter.

— Ne sois pas sceptique. Demain, il y a chez nous un grand dîner, suivi d'une réception, tu verras, comme au contraire, c'est amusant.

Ils longeaient l'avenue de la Reine Marguerite. Dans une contre-allée, un Monsieur botté, éperonné, chapeau gris en tête, causait avec Athos Achillopoulo, un groom tenait deux chevaux. Le jeune homme eut un signe de la main vers les collégiens.

— Stop ! cria-t-il.

Onda bloqua sa machine. L'homme au chapeau gris caressait le cou de la jument andalouse. Athos vint vers l'auto.

— Pouvez-vous me donner une place ? Le comte de Gyvray veut tout de suite emmener Marisma. Son écurie est à Auteuil, l'affaire est faite, je l'ai vendue. Il clignait de l'œil d'un air joyeux.

— Je n'ai de place que sur le marchepied, accepta Onda.

— Cela suffit. Attendez-moi une minute.

Les deux enfants virent le maquignon prendre un congé amical du nouveau propriétaire de l'Andalouse dont l'œil intelligent semblait inquiet. Ensuite, Athos s'assit sur le bord de la voiture :

— Démarrez, mon petit, voudrez-vous me laisser chez moi en passant.

— Entendu. Votre bête hennit. Vous ne la regrettez pas ?

— Non, elle est fort bien placée. A présent je vais lancer sa sœur : La Sévillane.

Je fais un apprentissage... songeait Tancrède, est-ce ça la vie des hommes, moi je n'ai encore vécu que celle des enfants.

III

LA GRAND'MÈRE

Mme Elena Consouloudi, installée dans son petit salon dont la baie grande ouverte par ce beau jour d'avril, laissait entrer le parfum des jacinthes en fleurs dont un massif panaché de rouge, bleu, mauve, blanc, envoyait le délicieux arôme. Au-delà du massif, une pelouse, puis le lac d'Enghien, où nageaient des cygnes et des canards. La vieille dame, bien qu'elle fut toute blanche de cheveux, était encore svelte, à peine ridée, ses superbes yeux bleus foncés, lisaient sans lunettes le journal que tenaient ses mains maigres et fines. Près d'elle, une chatte jaune et noire dormait en rond sur un fauteuil. Simplement vêtue d'une robe de fine laine blanche, avec au doigt son alliance sous une seule bague où étincelait un saphir de la même couleur que ses yeux, elle représentait la richissime veuve d'Aristide Consouloudi.

La feuille qu'elle lisait portait ce titre : « La Croix ». Sur une console se voyaient deux livres : La Semaine Sainte et le dernier roman populaire édité par la Bonne Presse : « Vers la Zone Inconnue ».

Sur la cheminée, où un feu de bois combattait l'humidité du lac, il y avait une ravissante miniature qui représentait un enfant d'une dizaine d'années, aux traits fins, aux lèvres souriantes, aux prunelles d'azur surmontées de boucles blondes. Au dos du portrait, on pouvait lire : Epaminondas Consouloudi, à dix ans. En face, dans un autre cadre, une photographie montrait le visage énergique le front intelligent d'un homme d'une cinquantaine d'années. C'était le banquier Aristide Consouloudi, aujourd'hui décédé. Au mur, deux tableaux seulement, mais peints par un artiste d'un rare talent, c'étaient : La Bénédiction de la mer en Bretagne par Le Sidaner et une copie d'une admirable Vierge à la chaise de Raphaël.

Un corbeille posée sur un guéridon, près de la vieille dame, contenait un ensemble bien hétéroclite, mais il racontait les occupations de celle qui la gardait à sa portée, et vraisemblablement y cherchait souvent. En-dessus on voyait une pelotte de laine piquée d'aiguilles à tricoter. Au fond, un carnet dont les pages marquaient les charités du mois et elles étaient nombreuses, édifiantes, étranges aussi pour la veuve et la mère de libres-penseurs. On lisait : Œuvre des Missions catholiques, Ecoles libres catholiques, Propagation de la Foi et une série d'adresses de pauvres gens.

Madame Aristide Consouloudi avait le cœur généreux. Son visage encore joli, très doux, reflétait une belle âme, mais une âme qui avait souffert, ses yeux tendres avaient dû beaucoup pleurer, cette vie brillante, où la fortune mettait tous les bonheurs qu'acquièrent l'argent, et ils sont nombreux, cachait une peine intense, constante, sans éclaircissements.

Sur elle planait un mystère insondable, qu'était-elle ? d'où venait-elle ? Au fond de sa conscience, des souvenirs embrouillés, confus, voilaient ses débuts dans la vie... et elle cherchait sans cesse à deviner, trouver, mettre une lueur sur l'infini mystérieux de sa conscience.

Du plus loin qu'elle se souvienne, c'est une maison au fond d'un chemin de sable, sur lequel ouvre un jardin où mûrissent des abricots, où on cueille aussi des olives et beaucoup de fleurs. On parlait d'une langue qu'elle sut depuis être le grec ancien. Ceux qu'elle nommait papa et maman et qui la traitaient aussi affectueusement que leur fils Aristide, sont bons mais rigides. On ne lui apprends aucune prière, on ne la conduit dans aucun temple. Son compagnon de jeux, plus âgé qu'elle, est gai, attentif, ils montent à âne, ils vont aux fontaines, ils tressent des corbeilles pour mettre les olives.

Un jour, elle est déjà une jeune fille, son père vint la trouver au bord du puits, il la regarde avec complaisance et lui dit : « Ma fille, tu as quinze ans, il est temps de te marier. Aristide t'aime, il va partir pour la France où les nécessités de notre commerce l'appelle. Je préfère qu'il ne parte pas seul. Tu l'aimes n'est-ce pas ?

— Oui, père, ne sommes-nous pas frère et sœur ?

— Non, mon enfant, je vais te révéler une chose que je ne t'ai jamais laissé soupçonner, parce que je trouvais inutile d'inquiéter ta jeunesse. A présent que l'avenir se dessine et que tu auras dans ton mari une affection protectrice, ce que je vais te confier ne pourra plus te troubler. Ecoute-moi : Tu as appris à l'école l'histoire, tu sais que des combats, des crimes, des massacres ont à plusieurs reprises décimé les peuples. Tu connais la tyrannie des Turcs et nos révoltes sanglantes. Après ces tempêtes, un parti opposé à l'ordre a massacré tout un village des montagnes isolées. Or, je marchais par une soirée très douce, seul au bord de la mer. Mon attention fut attirée par une épave. Je découvrais sur le dos d'une lame un homme qui élevait un paquet pour le préserver du danger. Je me jetai à l'eau, je saisis l'épave et soutint le naufragé que je pus ramener à la côte. C'était un malheureux a bout de forces. Il ne put même pas parler et expira sous mes yeux. Je défis le paquet, il contenait une petite fille enveloppée de châles, elle avait une blessure au front, du sang sur ses vêtements, elle ne donnait plus signe de vie. Emu de pitié, je l'emportai chez moi. Ma femme, mon fils Aristide, âgé de onze ans, s'intéressèrent vivement à cette abandonnée. Nous pansâmes sa coupure, heureusement peu grave, mais dont il s'était échappé assez de sang pour amener une syncope. La petite avait dû être prise dans son lit, car elle n'était vêtue que d'une chemise de toile très fine et dont la marque brodée portait, je crois, une couronne. Elle pouvait avoir deux ans, peut-être plus. Elle parlait le langage de je ne sais quel idiôme incompréhensible.

— Oh! père c'était moi.

— C'était toi ! Nous te nommâmes Elena et tu fus notre fille. Nous t'avons élevée dans le culte de la raison pure et de la vérité.

— N'avez-vous pas recherché d'où je pouvais venir ?

— Je l'ai cherché et à force de démarches, j'ai fini par apprendre que la révolte des indigènes avait amené le massacre des étrangers. J'ai fait mieux, je suis allé au sinistre village où les crimes ont été commis. Toutes les familles étaient disparues, c'était un désert de ruines. Femmes et enfants avaient succombé. J'ai pensé que ton sauveteur en fuyant avait dû te prendre dans une maison détruite où tes parents étaient morts. Mais je ne pus avoir aucune certitude. Quelque soit ton père, mon enfant, il n'existe plus, j'ai été celui qui le remplace. Je te donne pour femme à mon fils. Nous allons vous marier. Je vois ici ma récompense.

Tel était le mystère qui planait sur Elena, sa vie en demeurait assombrie. Son mari n'avait jamais cessé d'être bon pour elle, il l'aimait, l'entourait des biens de la fortune. Elle eut un fils : Platon qui possédait les qualités géniales de son père pour les affaires et continua d'accroître la richesse après la mort de celui-ci. Il épousa une de ses compatriotes Eurydice Romanos. Cette dernière eut deux enfants : Marie et Epaminondas. Ce dernier était le portrait physique et moral de l'aïeule.

Il est facile de comprendre ce qui devait se passer dans le cœur d'Eléna quand elle remontait à son origine. Elle avait voyagé dans toute l'Europe, elle s'était comparée à tous les types des diverses contrées et elle avait fini par être sûre d'appartenir à la race française. Parfois un éclair traversait son cerveau à l'audition d'un mot, à la vue d'une maison, d'un arbre, d'un monument et aussitôt qu'elle voulait l'atteindre, saisir ce fil conducteur, la lueur fugitive s'éteignait. Souvent seule, pendant que son mari s'occupait des affaires, elle s'en allait errant dans Paris, toujours en observations. Une fois, c'était après la naissance de Platon, Aristide venait d'acheter le bel hôtel de l'avenue Gabriel. Eléna était sortie sur les Champs-Elysées, elle s'était assise non loin des chevaux de bois.

Son fils dormait sur les genoux de sa bonne et elle regardait tourner le petit manège où les enfants enfilent des bagues pour gagner un sucre d'orge. Une vision passa devant ses yeux intérieurs à l'envers des réels, derrière le rideau qui masque ce qui fut. Elle se dit soudain : J'ai déjà vu cela, ce jeu, ces arbres, ces nounous enrubannées... Oui, j'ai connu ces choses...

Au milieu du mouvement qui l'entourait, Eléna était retournée dans les lointains obscurs.

Elle était si absorbée, qu'elle oubliait le présent. La bonne du bébé causait avec d'autres bonnes. Elle finit par se lever comme un automate, elle suivait un rêve... allait vers la place de la Concorde, cherchant toujours une « chose qui parle ». Elle tourna dans la rue Royale, la foule encombrait les trottoirs, elle marchait lentement. Arrivée devant les marches de la Madeleine, un autre éclat d'âme l'éblouit.

— Oh ! j'ai vu cela ! murmura-t-elle, j'ai vu...

Elle montait les marches, elle passait le seuil de l'église. Le salut venait de finir, le temple sentait l'encens, elle respirait l'air saturé de l'odorante fumée, plus encore de prières, elle s'arrêta à la Sainte Table et instinctivement — car elle n'avait jamais pratiqué aucun culte ... elle s'écroula sur les deux genoux : « Je suis venue là ! je suis venue là...

Elle était si étrange avec ses regards errants autour d'elle, sa pose devant l'autel, qu'un prêtre qui se disposait à sortir, s'arrêta pour l'observer. Maintenant d'invincibles sanglots la secouaient, elle perdait la notion de l'actualité. L'abbé s'approcha.

— Madame... mon enfant... qu'avez-vous ?

Elle tressaillit, regarda l'homme qui lui parlait, essaya de se reprendre, balbutia : Je ne sais pas.

— Une grosse peine, sans doute, venez, on va fermer l'église, ne pourrais-je vous aider ?

— Peut-être je suis perdue, je voudrais me retrouver...

— Une folle, pensa le prêtre. Il prit le coude de l'infortunée, la fit se lever et la conduisit à la sacristie, songeant :

— Si je peux lui faire dire où elle demeure, je la reconduirai, sa tenue n'annonce pas la misère, c'est sûrement une égarée. Il reprit :

— Qui êtes-vous Madame ?

— Ah ! je l'ignore, Monsieur, que je voudrais donc le savoir !

Elle avait en main un sac élégant, l'abbé le désigna :

— N'avez-vous pas une carte de visite dans ce sac ?

— Une carte de visite, oui, plusieurs, mon mari est M. Aristide Consouloudi.

— Le banquier ?

— Oui.

— Eh bien Madame, rentrez chez vous.

— Oui, Monsieur, excusez-moi, je viens d'être si émue, vous ne pouvez pas savoir...

— Non. Mais je prie le bon Dieu de vous soulager.

— Oh ! oui, priez-le, moi aussi je le prie...

Il se levait pour mettre un terme à cette scène singulière, il la saluait et la regardait descendre le petit escalier de bois qui accède au côté gauche de la place.

Maintenant Eléna marchait vite, elle suivait le faubourg Saint-Honoré, une grande agitation intérieure secouait sa conscience. Elle s'embrouillait l'esprit en cet étrange dilemne :

— Serais-je déjà venue en France ? Non, sûrement depuis que je sais penser. Alors pourquoi ces bribes de souvenir, ces visions confuses ? Je suis attirée vers cette église, moi ! dont la famille nie la religion. On m'a appris que la raison seule devait guider les âmes. J'ai lu dans les livres de philosophie l'inutilité d'un culte, alors que je suis stupide de m'agenouiller devant la Croix, de tendre vers elle mes mains suppliantes, mon cœur troublé. Oh ! il faut que je sache, que je m'éclaire, je reviendrai là, je parlerai à cet abbé compatissant. Je suis une errante...

Elle allait passer devant la porte haute de sa demeure tant elle était absorbée en elle-même, mais un bras se glissa sous le sien doucement, une voix affectueuse dit :

— A quoi penses-tu Chérie ? Tu marches la tête basse et tu ne t'arrêtes pas chez nous.

— C'est vrai, j'étais ailleurs. Oh ! Aristide, je vais te demander des choses qui m'obsèdent, me font souffrir. Aide-moi.

— Sans doute. C'est mon métier de mari : T'aider, t'aimer, t'empêcher de souffrir, ma petite Eléna aimée. D'abord nous allons dîner, après je te mène à l'Opéra, c'est notre jour d'abonnement, la musique est délicieusement calmante : c'est une panacée pour les nerveux, et il me semble que tu l'es bien depuis que nous habitons Paris, ma chère mignonne.

Ils étaient entrés chez eux. En montant les marches du perron, elle leva ses yeux d'azur, son regard rencontra celui du père de son fils, tellement empli de tendresse, qu'elle se trouva rassérénée, confiante, le bonheur était là, au foyer.

Le petit Platon étalé sur un tapis épais, essayait d'accourir à ses parents à l'aide de ses quatre... pattes, comme il pouvait. Sa mère l'enleva dans ses bras :

— Mon trésor, ma joie, mon enfant !

La soirée fut trop occupée pour qu'Eléna put causer

avec son mari du sujet brûlant qui emplissait son âme, le lendemain il partit de bonne heure, selon son habitude, pour la banque et elle n'eut d'autre idée que de retourner à la Madeleine. C'était comme un invincible aimant qui l'attirait. Il était onze heures, les messes du matin étaient finies, elle était presque seule au temple. Elle arpentait la nef, examinant les chapelles, celles de la Sainte Vierge et du Sacré-Cœur la retinrent. Elle éprouvait un grand désir de prier, mais comment ? L'autel dominé par la statue de Sainte Amélie, l'arrêta aussi. Machinalement elle se mit à chercher une place et puis tomba à genoux répétant le geste accompli la veille : Au nom du Père, du Fils et du Saint-Esprit, mais sans prononcer les paroles qu'elle ignorait. Et puis elle ferma les yeux pour mieux s'absorber en elle-même.

— J'ai vu tout cela... était-ce en rêve ? était-ce un dédoublement de moi comme disent les occultistes ? Est-ce que ma mère, mon père, mes « Miens... » O mon Dieu ! Elle disait « Mon Dieu » le cri instinctif de tous les malheureux, sans en comprendre la portée. Des larmes encore filtraient sous les paupières. Ce peu qu'elle savait de son passé était pourtant une lueur, bien faible hélas ! A quel âge un enfant peut-il se rappeler ? A quel moment prend-il conscience des choses ? pour qu'un tableau se grave en sa mémoire ?

Eléna perçut derrière elle un petit cri, elle se retourna curieuse : Un prêtre baptisait un bébé, elle s'approcha... Le parrain disait : « Je crois en Dieu... »

Elle écouta tout le Credo. L'abbé qui donnait un nouveau né le Sacrement, était justement celui rencontré la veille, il la reconnut, songea :

— Voici une âme en peine, obsédée, Seigneur Jésus, délivrez-la.

Et quand il eut achevé son office, il revint pour trouver l'inconnue, mais elle était partie, armée d'une grande résolution. Aujourd'hui même, je me confierai à mon mari. Je n'ai pas assez interrogé mon beau-père sur le mystère de mon enfance. Il faut que je sache davantage, devrais-je retourner en Grèce. J'irais au village saccagé où je fus trouvée, peut-être reste-il encore un contemporain du massacre ? Quelle est ma race ? Mon père adoptif me croyait arménienne, fille de proscrits qui fuyaient les horreurs commises par les mahométants. Le suis-je ? Oh ! savoir d'où je viens ? Comment le cœur qui bat si fort en moi, ne peut-il répondre ? J'éprouve un tel désarroi... Mais à quoi bon tant m'inquiéter ? En quoi est-il utile que je connaisse le secret de ma vie... L'être humain est jeté sur terre par un créateur... comme l'animal. Pourquoi ai-je cette pensée si troublante ? alors que je puis si bien être heureuse sans savoir davantage que ce qu'il m'est donné de voir dans le présent. L'heure qu'on vit suffit... Pourtant si je n'étais pas incroyante... si une cérémonie comme celle que je viens de voir m'avait faite chrétienne... si je pouvait moi aussi prier la Sainte Vierge, comme j'ai si souvent vu des femmes prier. C'est tellement doux ce culte où une Mère toute puissante est accessible !...

Quand Aristide revint de son bureau, le soir, après avoir dîner, Eléna le conduisit dans le jardin, au fond, vers la grille. Il y avait là un banc, ils s'y assirent ensemble. Tout de suite elle s'expliqua :

— J'ai une confidence à te faire mon ami, écoute-moi sans te fâcher surtout, avec la justice et l'amour de ton cœur.

— Mais bien sûr, ma petite Eléna, tu ne dois pas avoir de secrets pour moi et tu sais bien que je t'aime que je t'aime assez pour les comprendre tous.

— Je le sais, tu es le meilleur des hommes, seulement je redoute de te causer une peine, de te donner la moitié de la mienne.

— De la tienne... tu as une peine, laisse-moi la prendre toute.

— Non, mais la dissiper. Ecoute. Ton père a recueilli l'épave que je suis, il m'a élevée avec bonté, ta mère, lui toi avez été ma famille, tous les trois je vous aime et je suis pleinement reconnaissante.

— Je le sais, chérie, va au fait.

— Et bien, j'éprouve des choses étranges depuis que nous sommes à Paris. Voilà plusieurs fois qu'il passe devant mes yeux une vague... comme un mirage, comme un souvenir. Je vois une chose et je me dis : « Je l'ai vue déjà ». J'entends une phrase et je me dis : « Je sais la suite ».

— La suite d'une phrase...

— Oui, par exemple à l'église, où une fois j'étais entrée pour voir... j'ai deviné la suite du Notre Père... j'ai compris le geste d'adoration.

— Eléna ! Eléna chérie ! tu as grand tort d'entrer là, ce n'est pas un lieu pour nous. On peut, au point de vue art connaître un temple chrétien, mais nous associer à un culte illusoire, jamais.

— Pourquoi ? Je vois tant de gens pratiquer une religion, se réunir dans un sanctuaire où la même pensée les conduit. J'aimerais tant croire à la bonté d'un Dieu protecteur. Quel mal vois-tu à ce réconfort ?

— Mais, mon enfant, ce sont des gestes sans sujet, sans valeur, devant une statue de bois.

— Qu'en sais-tu ? Tu dis que j'avais deux ou trois ans quand ton père m'a ramenée mourante chez lui, vous m'avez sauvé la vie, vous m'avez traitée comme l'enfant de la maison, mais tu ignores d'où je venais, à quelle culte appartenaient les auteurs de mes jours.

— Il faut vraiment Eléna que tu aies l'esprit bien étrangement tourné, pour aller chercher dans des ruines un motif de soucis. Qu'est-ce que cela peut te faire? Tu es heureuse, tu as un beau bébé, une belle fortune qui te permet d'accomplir toutes tes fantaisies et tu vas te perdre dans un chemin effacé, nivelé par une tempête.

— Je ne peux pas m'en empêcher Aristide, que t'importe, je ne t'en aimerai pas moins si je sais qui je suis, tout le bien que toi et les tiens m'ont fait ne sera pas annulé si j'appartiens à une race de croyants. Cela ne changera rien à notre amour.

— Il en serait troublé tu le comprends, je ne transigerai jamais avec mes principes, je veux que mon fils reste, vive et meure dans la libre-pensée, la seule croyance d'un homme raisonnable.

— Ton fils, peut-être, mais moi?

— Ma parole tu cherches le serpent sous les roses ma pauvre enfant.

— Aide-moi Aristide à me débrouiller dans mon histoire, après je serai, et même toi, plus tranquille.

— Il est impossible d'en savoir plus. Je ne t'ai pas dit toutes les démarches faites par mon père dans le but de retrouver ta famille. Non seulement il a fouillé le pays, relevé ce qu'il a pu des noms des victimes. Oh! il en a conservé la liste. Il a cherché les ascendants et descendants des malheureux massacrés, il a même rattaché des liens avec des Grecs, aucun n'avait fait connaissance d'un bébé de ton âge. Il a été jusqu'à Athènes, il s'est informé auprès des divers ministères... Il a questionné l'administration des Affaires Étrangères et partout il a perdu son temps. Alors il s'est résigné à te nommer sa fille et de fait tu l'es devenue par notre mariage. Que veux-tu de plus?

— Savoir pourquoi j'ai des réminiscences.

— Tu as des réminiscences de lectures, de descriptions. Laisse, je t'en prie cette folie deserter ta pensée.

A partir de ce jour, Eléna ne parla plus à son mari de ce sujet litigieux, mais elle se convainquit intuitivement et en vint à ne plus douter de son atavisme chrétien. Elle pria en secret, assista aux offices catholiques assez souvent sans cependant en suivre les obligations, elle vivait comme en marge des rites, n'osant affirmer ses tendances à cause de son mari. Celui-ci lui avait dit sérieusement: Je ne veux pas te contrarier ma chère femme, tu crois une chose absurde, tu t'égares dans une chimère, tu es femme, fais ce que tu voudras, mais jure-moi en ta conscience, que tu n'influenceras pas notre fils, qu'il restera libre-penseur comme moi. Que jamais tu ne lui parleras de tes rêveries folles et dangereuses.

Eléna promit et tint parole, chose d'autant plus facile que Platon montrait peu d'aptitudes pour la dévotion. Il faisait de bonnes études, il se maria jeune avec une mondaine sans foi, leur fils et leur fille furent élevés dans les mêmes idées.

Cette explication relative à l'aïeule d'Onda était nécessaire avant d'aller plus loin. A présent elle vivait depuis son veuvage, la grande partie du temps à Enghien, ayant donnée à la mort de son mari, l'hôtel de l'avenue Gabriel à son fils Platon. Son temps était partagé utilement, elle s'occupait de bonnes œuvres dont elle était l'aide providentielle, ses serviteurs étaient catholiques. Ceci ne l'empêchait pas d'aller souvent chez ses enfants, de les recevoir et de se mêler à la société mondaine si facilement cosmopolite, où la religion n'est pas une entrave pour les relations. La fortune étant plutôt l'enseigne sous laquelle on se réunit, c'est elle qui pose les gens par ce siècle vingtième, du moins dans le milieu du plaisir et de la politique... en attendant l'heure de grâce, dont on peut maintenant pressentir la venue, à l'avancement de l'horloge du temps.

IV

LE SALUT EN MUSIQUE

Alfred, le concierge de la villa des cygnes, ouvrit la grille et Onda faisant un habile virage conduisit son petit baquet rouge au ras du perron. Il s'élança aussitôt, suivi de son camarade, dans le hall, largement ouvert au bon soleil printanier.

L'aïeule venait au-devant de lui, les bras tendus, il la prit par le cou et l'embrassa tendrement.

— Grand'mère chérie, je t'amène mon meilleur ami : Tancrède de Luçon.

— Ah ! l'ami Tancrède dont tu parles toujours. Bonjour mon enfant.

— Je suis tellement touché, Madame, de l'accueil de toute la famille de mon cher Onda, mais je redoute d'être indiscret.

— Ne redoutez rien, il me plaît de connaître ceux qu'aime mon petit-fils. Elle avançait la main avec un bon sourire.

Tancrède s'inclina, effleura les doigts blancs de ses lèvres.

— Venez vous asseoir un moment, reprit-elle, ensuite

liberté absolue, le bateau vous attend. Savez-vous ramer Monsieur ?

— Non Madame, bien que ma mère habite la côte, je sais nager et pêcher, mais je pense être capable d'aider Onda, s'il veut naviguer.

— C'est un excellent exercice, notre lac est fort calme, aujourd'hui il y a un hydroplane qui fait des plongées et des envolées, il vous intéressera.

— Grand'mère tu viendras avec nous dans le bateau, je suis content que tu te fies à moi pour te promener.

— Oui j'irai, mon petit, je voudrais aller à Saint-Gratien, au bout du lac je te demanderai de m'y conduire.

— Tant mieux. Quand partons-nous ?

— Reposez-vous un moment, il suffit que j'y sois à quatre heures. Vous me restez ce soir ?

— Si tu veux de nous. Qu'en penses-tu Tancrède ?

— Ce qui te plaira, tu disposes de moi et toujours d'une si agréable manière.

— Je vous garde mes enfants. C'est demain Pâques... Monsieur de Luçon...

— Oh ! dites Tancrède, Madame, mon vieux nom de baptême est si peu commun, que nombre de gens le prennent pour un nom de famille.

— Il est charmant, il rappelle les héros des Croisades. Mais n'a pas je crois de Saint au Paradis.

— Grand'mère, ce sera lui ! fit Onda en riant. Grand'-mère tu n'as pas non plus un nom très répandu : Elena.

— C'est le nom de la sainte qui découvrit la vraie Croix. J'aime mon nom. Je veux aller à Saint-Gratien en l'honneur d'un beau salut. On chantera « Stabat Mater Dolorosa » et on en profite pour quêter au profit de l'œuvre des Orphelins. Cette œuvre m'intéresse tout parti-culièrement.

Un léger sourire ponctua ces mots. Tancrède étonné regardait la vieille dame. Son doux visage, ses yeux d'azur, ses paroles si peu en harmonie avec son entourage, il dit :

— Pourrons-nous vous accompagner ?

— Certainement.

— Je vais souvent avec grand'mère à l'église, avoua Onda, je te dirai même que j'aime infiniment les offices si jolis qu'on célèbre là. On éprouve une emprise pro-fonde, c'est comme si quelque chose de mystérieux chan-tait en soi. Pour chaque fête il y a un rite qui correspond à une idée. Quand je vois grand'mère prier mentalement d'un si grand cœur que son attitude trahit, je me dis : Est-ce que la vérité serait là ? Mais à la maison je me tais, on se moquerait de moi. Si nous partions grand'mère ?

— Oui, je vais mettre mon chapeau et je vous suis, descendez à l'embarcadère.

Le léger bateau blanc se balançait à peine sur l'eau dormante au bas de la pelouse où les cygnes ne se gênaient pas d'aborder. Onda sauta à bord, détacha les rames, s'assit sur le banc.

— Tu me remplaceras Tancrède quand je serai las, c'est très facile, tu verras.

Mme Consouloudi arrivait couverte d'un long manteau de drap blanc, d'un chapeau de feutre mou, également blanc, un domestique la suivait pour détacher la chaîne, Tancrède l'attendait afin de lui offrir la main. Elle monta lestement, en habituée, se plaça à l'arrière et prit les deux poignées qui par des cordes s'attachaient au gouvernail.

— Nage, dit-elle souriante. Voici la meilleure manière de voyager sans heurts, ni poussière.

Juste à ce moment l'hydroplane plongea tout près de la barque fragile, un remous la fit onduler.

— Bravo, dit le rameur, on sent au moins qu'on est sur l'eau. Je voudrais des vagues.

— Cet été, je compte aller aux bains de mer, dit l'aïeule, j'espère que tes parents viendront aussi. Tu pourras alors te contenter. Je suis de ton avis, moi aussi j'aime un peu de mouvement sur l'eau.

— Où pensez-vous aller Madame ? fit Tancrède, si vous choisissiez notre côte d'émeraude, je suis sûr qu'elle vous plairait.

— Je n'ai encore pris aucune décision, mais la Bretagne m'attire.

Des passants saluaient le groupe, la merveilleuse soirée peuplait le lac de navigateurs. Tancrède prit les rames à son tour, il était fort et comprit vite le mouvement de la cadence. Ils abordèrent à l'extrémité sur le chemin qui conduit à Saint-Gratien. Onda attacha le bateau et tous les trois s'en allèrent doucement entre les jardins.

— Nous avons le temps de nous promener, dit Mme Consouloudi, nous allons prendre l'avenue de Soisy où je poserai un petit paquet chez une amie, c'est un œuf de Pâques pour sa fillette. Nous longerons le parc, aujourd'hui morcelé, de l'ancienne résidence de la princesse Mathilde, la cousine de l'empereur Napoléon III.

— Tu l'as connue, grand'mère ?

— Non. Mais mon mari, pendant qu'il faisait ses études à Paris a été souvent reçu chez elle. Il lui avait été présenté par notre fondé de pouvoir, M. Pétia Politis. Il assista précisément ici à de merveilleuses fêtes.

— Ah ! je me souviens, continua Onda, grand-père racontait une anecdote très drôle à propos du chansonnier

Nadaud. Tu sais Tancrède, l'auteur de la célèbre chanson :
« Les deux Gendarmes ? »

— Oui : deux gendarmes un beau dimanche...

— Parfaitement. Eh bien qu'est-il arrivé à Nadaud ?

— Une aventure comique. Napoléon qui venait souvent
chez sa cousine Mathilde, trouva un soir Nadaud au nombre des invités. On faisait de la musique. A un moment
l'amphitryon pria le gai chansonnier de chanter sa
fameuse ballade. Naturellement Nadaud ne pouvait refuser
un ordre impérial. Il se mit au piano, déroula les couplets
amusants et s'arrêta au dernier.

— Monsieur, lui dit l'empereur en venant près du poëte,
il me semble que vous avez sauté une strophe.

Nadaud rougit terriblement, balbutiant :

— Mais non Sire, c'est tout.

— Allons donc, Monsieur, faut-il vous souffler, chantez-
nous ce qui manque.

Force fut au malheureux chanteur de s'exécuter. Il se
retourna devant le clavier et dit :

> J'ai toujours servi sans réplique,
> Les Rois et la République
> Et l'empereur Napoléon.
> Celui-là, je me remémore,
> Je l'avais fourré z'en prison.
> — Brigadier répondit Pandore,
> Brigadier, vous avez raison.

Le pauvre Nadaud cramoisi, ne savait quelle contenance
faire, tout le monde restait gêné, mais l'empereur souriant lui tendit la main :

— Sire, excusez-moi... je... je...

— Vous n'avez pas à vous excuser, Monsieur, vous avez
donné l'exemple de la plus belle vertu d'un gendarme :
l'obéissance.

— L'histoire est exquise, approuva Tancrède. Il y a
toujours des anecdotes piquantes dans la vie des souve-
rains...

— Et, au besoin on les fabrique, observa l'aïeule, mais
celle-ci est bien authentique.

Ils arrivaient à l'église, une file d'autos de luxe station-
nait, beaucoup de monde entrait. Mme Consouloudi
expliqua :

— On vient entendre la « Passion » avec la belle
musique de Bach, chants et chœurs par des amateurs
mondains. Le sermon est prononcé par Monseigneur Ajar,
évêque de Galilée. Il parle avec une grande éloquence au
service de ses convictions. Suivez-moi, mes enfants, j'ai
des places au second rang, en haut.

Déjà l'église était pleine, Tancrède s'étonnait d'être amené là par des incroyants. Il se demandait si c'était l'amour de l'art, ou un besoin de lumière dans l'âme qui conduisait en cette église à ce jour de semaine Sainte, la grand'mère et son ami. Tant de gens vont aux offices pour la beauté des concerts religieux..., mais en résumé, ils y viennent et reçoivent en eux l'impression mystique quand même. La plus petite chose charitable n'a-t-elle pas sa récompense ? Les plateaux des quêteuses s'empliront tout à l'heure, les orphelins pauvres recevront leur part. L'émoi qu'éprouvait le jeune collégien, était singulier, il se sentait chez lui devant l'autel, c'était son Dieu qui dominait d'en haut, ses deux bras étendus pour embrasser l'humanité. Cette vieille femme à sa droite, ce garçon à sa gauche, étaient de la race étrangère, non baptisés, pourtant ils étaient là à genoux. Tous deux, leurs yeux bleus si pareils, levés vers le Grand-Martyr Divin. Alors les lèvres du lycéen s'ouvrirent pour une intercession émue : « Seigneur Jésus, « Ils » sont dignes d'être des nôtres, de croire en Vous. Accueillez-les, leur cœur est généreux et doux, ils prient comme le bon larron. »

La musique gagne l'âme, ses accents impressionnent souvent plus que la parole, ils vont faire vibrer les mystères cachés au fond de l'être humain.

L'assemblée très élégante, très recueillie, écoutait religieusement. Le sermon fut un récit tragique, descriptif, poétique. Le prêtre évoqua le paysage empourpré du soleil d'Orient, embrasant la colline du Calvaire, la venue subite des ténèbres, la musique rendit l'effroi du tonnerre, les appels terrifiés des gardes, les sanglots des saintes Femmes. Toute l'horreur du jour terrible, magnifié par l'idée sublime de rédemption, envahit l'assistance. On pleurait, on priait passionnément, la foi planait. Deux dames firent la quête, des mains chargées de bagues, des poignets entourés de bracelets, présentaient le plateau d'argent. Eléna y déposa plié un large billet bleu, la quêteuse lui sourit avec un signe de gratitude. A la sortie du sanctuaire, Mme Consouloudi fut abordée par plusieurs de ses relations, on reprenait en groupe le chemin de chez soi.

Les deux amis se trouvèrent seuls ensemble, Tancrède remarqua :

— Quelle belle cérémonie !

— Oui, mais n'en parle pas devant mes parents, père n'aime pas que j'aille ainsi avec grand'mère à l'église. Moi, cela me plaît tellement !

— Ta grand'mère est catholique ?

— Non. Elle a été élevée dans le culte de la raison pure, seulement elle aime les pratiques catholiques, elle est bien libre de les accomplir. Ses amies, ces dames qui l'entourent, sont la plupart de cette Foi, pas toutes cependant, je reconnais là-bas, vois, cette belle personne si richement habillée, c'est Mme Isaac Lévy avec sa fille, mariée au banquier Nathanson. Il y a aussi des protestantes, voilà les Malet. Tu sais, pour de belle musique au service d'une bonne œuvre, les cultes se mêlent. Cela t'étonne ?

— Un peu. Je ne connais guère les usages mondains, moi ; quand mes parents recevaient j'étais au collège.

— La société parisienne a les idées larges, demain tu verras chez nous à Paris, autour de notre table somptueuse, des échantillons de bien des cultes, jusqu'à Musurus-Bey, un musulman.

— Le Christ est mort pour tous les humains, se dit Tancrède intéressé par cette sortie hors du petit cercle qui l'enfermait depuis sa jeunesse.

Il voyait les grilles des jolis jardins de l'avenue qu'on suivait s'ouvrir, des groupes s'y engouffraient, l'entourage de Mme Consouloudi s'effritait, ils arrivèrent seuls tous les trois à l'embarcadère. Onda détacha le bateau, les ombres des villas s'étendaient maintenant très longues sur le lac, le soleil bas n'envoyait plus de chaleur. Eléna s'enveloppa de sa cape blanche, les deux garçons prirent chacun une rame et l'on glissa lentement, délicieusement sur l'eau nuancée des lueurs roses du couchant.

A table, l'aïeule dit à ses jeunes convives :

— Je ne vous donnerai pas de viande, mes chers enfants, des œufs, des laitages, des compotes, des gâteaux.

— C'est tellement meilleur ! grand'mère ; tu nous as procuré une heure délicieuse, mon ami Tancrède est ravi.

— Oui Madame, je n'avais jamais entendu d'aussi belle musique, ni une parole aussi éloquente. Comme l'âme s'élève ! on éprouve une impression réellement prenante, on sent la vérité de sa foi.

— Je suis de votre avis, mon enfant. Mais souvent sans musique, sans encens, sans tout ce décor d'hommage au Créateur, j'ai éprouvé dans cette petite église, de sublimes émotions. L'atmosphère des temples chrétiens est saturée de prières, les moindres actes dont on est témoin causent des pensées qu'on ne savait pas avoir en réserve... une onde passe on la reçoit...

— Je comprends cela, Madame, c'est la télégraphie divine.

— Père dit que la foi s'en va, observa Onda, que le peuple est de moins en moins pratiquant. Il nous racontait l'autre jour à la maison, qu'en passant un dimanche, il y a longtemps, par Saint-Gratien, il avait entendu toutes les cloches sonner l'appel à la grand'messe. Par curiosité,

Il était entré, il n'y avait pas la moitié de la nef emplie de fidèles, en revanche il put contempler un spectacle digne du temps des rois.

— Ah ! quel spectacle ?

— L'officiant venu attendre au bas de l'église, précédé de la Croix et d'un enfant de chœur qui portait le seau à l'eau bénite, une dame âgée, habillée comme une quakeresse, accompagnée d'une autre dame, pas plus élégante qui arrivait à pied. Le curé s'est avancé au-devant d'elle et lui a offert l'eau bénite qu'elle a acceptée, puis il l'a précédée jusqu'au prie-Dieu placé en haut de la nef où elle s'est agenouillée.

— C'était la princesse Clotilde de Savoie. Elle restait souvent en séjour chez sa cousine la princesse Mathilde dont je vous ai montré la belle résidence. C'était une femme d'une haute vertu. Songez que pendant la longueur d'une grand'messe, elle ne s'asseyait jamais, restant toujours debout ou à genoux. Sa dame d'honneur également

— C'est fort méritoire, approuva Onda, elle était la seule de sa famille à garder une pareille foi.

— A ce degré sans doute, mais la princesse Mathilde pratiquait sa religion, Napoléon III aussi, évidemment il n'assistait pas chaque jour à la messe comme Louis XIV, mais la religion catholique était à cette époque celle de la France. La sœur de Clotilde, la reine Maria-Pia de Portugal, bien qu'elle fut à l'inverse de la femme de Jérôme Napoléon, une élégante modèle, était très démonstrative en sa dévotion. Dans mes voyages, je suis passée à Montcalieri, en Piémont, où résidait la digne princesse, et où elle menait une vie de religieuse, même quand elle recevait la reine de Portugal.

— On demande Madame au téléphone, vint interrompre le maître-d'hôtel.

— Qui donc Joseph ? Voulez-vous le demander.

— Grand'mère, cette belle invention moderne du téléphone annule la paix des familles.

— C'est bien commode, mon petit, que d'écritures elle évite !

Le domestique rentrait :

— Madame, c'est M. Platon qui demande si ces jeunes Messieurs vont rentrer coucher à Paris.

— Je vais parler à Papa, dit Onda en courant au petit salon.

— Va, nous te suivons, nous avons fini de dîner.

— Votre petit-fils aime beaucoup demeurer chez vous, Madame, observa Tancrède.

— Et moi, je suis si contente de l'avoir ! Il y a entre nous deux une grande similitude d'idées.

— Et une grande ressemblance physique aussi.

On entendait les réponses d'Onda : Oui père, c'est la fête de Pâques pour les catholiques en effet, nous pouvons bien rester ici quand même.

— ......

— Oui, nous tâcherons d'amener grand'mère avec nous demain pour le grand dîner.

— ......

— Alors père, bonsoir.

Onda raccrocha l'appareil et vint s'asseoir sur le divan tout contre son aïeule dont il prit la main, l'embrassa :

— Père dit que tu dois venir dîner demain chez nous.

— J'y consens. Voulez-vous mes amis que nous fassions un petit Mah-jong à nous trois ?

— Non grand'mère, regardons les barques pavoisées qui circulent sur l'eau sombre, et causons encore, c'est si bon d'être avec toi ! On perçoit au loin la musique du Casino, ne cherchons pas la banale distraction en dehors. L'heure est douce entre nous, ne la gâtons pas.

— Comme ils sont heureux ! soupira Tancrède.

V

UN GRAND DINER

Jamais Tancrède n'avait assisté à un repas de grand apparat. Il se rappelait bien les somptueuses réceptions données au château de Luçon dans son enfance, mais il n'y était pas admis. Les dernières vacances passées chez lui, n'avaient laissé dans sa mémoire que de tristes complications. Peu à peu on avait vendu les belles pièces d'argenterie, le linge aux couronnes brodées était troué. Dans la cave on ne trouvait guère que des bouteilles vides, son père grommelait, sa mère, nerveuse, avait des mots durs pour ce dissipateur, les domestiques riaient en dessous, on manquait de bougies pour les candélabres. Aux écuries les chevaux des invités n'avaient plus d'avoine. Une misère honteuse montait. Il se rappelait ces choses le pauvre enfant, en prenant place à la table couverte de roses éclairée à giorno par des ampoules électriques cachées dans des gerbes de fleurs. Une argenterie lourde étincelait entre les assiettes en fine porcelaine de Sèvres chiffrées de deux lettres enlacées. De même les verres de mousseline, gravés au chiffre des Consouloudi s'étalaient en nombre respectable devant chaque convive.

La mère de son ami l'avait présenté à ses deux voisines, Mlles Noémie Peréira et Yolande de Noirmont. Cette dernière lui avait aussitôt tendu la main :

— Mais nous sommes cousins, Monsieur, une Luçon a épousé un neveu de maman.

— J'en suis charmé, ma cousine, notre famille est nombreuse, assez dispersée, nous n'habitons plus Paris.

— C'est vrai, songea le collégien, nous avons beaucoup de parents, la plupart riches, et probablement peu soucieux de nous rencontrer. Comment se fait-il que je trouve ici une cousine ?

Le menu était en accord avec sa présentation, des truffes en abondance, des noms de mets indiquant des plats dont le lycéen ne devinait pas le contenu. Le sommelier lui glissait à l'oreille, comme une confidence, le nom de vins de grands crus. Il appréciait peu ces surprenantes choses, il n'était ni affamé, ni gourmand, il regardait les dames couvertes de bijoux, il entendait les conversations gaies, où parfois un mot spirituel jaillissait. Parmi les hommes, un ministre était assis près de la maîtresse de maison et une princesse près de l'amphitryon. Sa voisine à lui, désignait sa mère, la marquise de Noirmont, très belle, très parée, qui causait avec un amiral. Un général, orné de nombreuses décorations, était très écouté, il paraissait tenir sous le charme de sa parole son entourage. Onda, séparé de son ami par toute la longueur de la table, lui envoyait souvent un regard, un sourire, il semblait s'amuser beaucoup avec une jeune femme, assise près de lui. A mesure que les services se succédaient, les convives devenaient plus bruyants, des rires fusaient et puis, une seconde de silence relatif permit à tout le monde d'entendre cette phrase de Platon Consouloudi :

— Vendredi, la « Bianca-Carbone » a monté, de 99 fr.

Il y eut un ah ! et la princesse de Carminiano dit en riant :

— Io souis allegrezza !

— Il y a de quoi, Princesse, c'est dans votre parc qu'on a trouvé le filon.

— Retrovare. si. La veine était perdouto, le caro banquiere, il l'a retrovée, gracia à la bacchetta di nocciuolo.

— Qu'est-ce que vous racontez ? s'écria Ferley, l'agent de change, expliquez-nous ça Platon.

— C'est fort simple, mon cher ami, la mine creusée au bord du Pô...

— Au bord du pot ?

— Sans doute, sur la rive droite du fleuve, quoi ?... on pioche, on culbute des amas de terre, plus trace du filon carbonifère, les actions arrivent à zéro. Je me désespère, lorsque, très anxieux, en arpentant la campagne distraitement, je casse une branche de coudrier et je continue à errer. Je longeais le mur du parc de la Signora ici présentée ; très indiscret, voyant une brèche au rempart, je saute par là. Le lieu est sauvage, personne ne se montre, je marche et voilà que soudain je sens ma petite baguette qui s'anime, elle se dresse. Je la saisis à deux mains surpris...

— C'était une baguette fée...

— Précisément, j'avais vu agir des sourciers, je me laisse conduire et, à ma stupeur extrême, voilà le bois léger qui se retourne complètement.

— Une source, pensais-je d'abord, puis l'idée me vint que ce pouvait bien être une mine.

— Uno miraculo !

— C'était le filon, et d'une richesse !

— C'est merveilleux ! clama le général, seulement pourquoi ce nom de « Bianca-Carbone ? » C'est-à-dire charbon blanc. Je ne suppose pourtant pas que les forêts primitives aient blanchi en vieillissant.

— Il paraît que si, Général, c'est justement ce qui fait la valeur du gisement. Je ne puis pas dire que le charbon soit couleur de neige, mais il n'est pas noir comme l'âme d'un criminel, disons gris.

— On peut « li prendre avec di guanti bianci sans les sporare. » Tout le monde riait, l'italienne était des plus sympathiques, âgée d'une cinquantaine d'années, elle était encore belle sous de superbes cheveux blancs.

— Son fils est camérier du Pape, sa fille, mariée à un aide-de-camp du roi, dit à demi-voix le docteur Nartel, voisin de Yolande, c'est l'union sacrée.

Tancrède entendit. Il s'étonnait de se trouver ainsi transplanté, lui l'ignorant de la vie mondaine, il se disait que c'était véritablement une école d'expérience...

Ce docteur Nartel avait une grande réputation de chirurgien, méritée d'ailleurs. Il avait fondé une maison de santé très luxueuse, selon les derniers conforts de l'hygiène, une maison pour les riches, la moindre chambre y était de trois cents francs par jour, sans compter les soins. Jamais il ne faisait de concessions, jamais il ne travaillait pour rien.

— Je donne de ma vie, de mon temps, disait-il, je l'estime cher, il y a des spécialistes pour les pauvres.

Il avait opéré Onda de l'appendicite et comme il réclamait vingt mille francs, Aristide Consouloudi lui avait offert deux actions de la Goldmine de Farrow-land. Il avait hésité, puis finalement accepté. A présent le titre valait cinquante mille francs. Aussi confiait-il le soin de son portefeuille au banquier.

Un jour, comme il rentrait dans sa maison de santé de Neuilly, il avait trouvé sur le seuil, toute gémissante, la demoiselle de l'école libre située en face. La pauvre fille avait un terrible mal blanc au pouce.

— Monsieur le docteur, je souffre atrocement, soulagez-moi, implora-t-elle.

— Voyons. Entrez Mademoiselle.

Il la conduisit à la salle d'opération, revêtit sa blouse blanche, appela son aide pour tenir le bras de la patiente, donna dans le doigt dur et blanc, un coup de bistouri. La blessée eut un cri, puis un soulagement immédiat après le pansement.

— Oh! merci, docteur, je me trouve dans le paradis maintenant.

— Allez Mademoiselle, et revenez demain vous faire panser.

Elle partit toute rassérénée. Un mois plus tard, elle recevait une note ainsi libellée :

« Pour soins donnés : 1000 fr. Location de la salle d'opération : 100 fr. »

La digne institutrice n'en crut pas ses yeux, elle ne comprenait rien. Elle courut à l'établissement effarée, son papier en main.

— On se trompe, Monsieur, dit-elle au directeur comptable, je ne dois pas certainement plus d'une vingtaine de francs et encore...

— Vous devez onze cents francs, Mademoiselle, c'est le tarif auquel je ne puis rien changer.

— Mais je n'ai, ni n'aurai le moyen de payer une pareille somme !

Ses yeux s'emplissaient de larmes, elle sortit lamentable, tête basse, il pleuvait à verse, Madame Consouloudi, qui venait de visiter son petit-fils en bonne voie de guérison, se trouvait sur le seuil en même temps que l'institutrice.

— Ah! il pleut, dit-elle, je n'ai pas de parapluie.

— Tenez Madame, offrit la maîtresse d'école, partageons le mien pour traverser la cour.

— Merci, Madame, j'accepte, ma voiture est à la grille.

La grand'mère d'Onda vit le pauvre visage triste, elle s'intéressa :

— Vous venez de voir un des vôtres, Madame?

— Non... j'étais venue pour payer une dette, seulement je ne peux pas. Ah! Madame, vous connaissez le docteur Nartel ?

— Très bien. Un grand praticien.

— Un grand vol...

La digne fille retint le mot prêt à jaillir, elle expliqua :

— Il prend si cher! J'avais une piqûre envenimée au pouce, il me demande onze cents francs pour l'avoir ouverte. Si vous vouliez parler pour moi Madame, je... je...

La voix s'étranglait. La bonne Eléna comprit. Le lendemain, en venant faire sa visite journalière à la maison de santé, elle trouva le chirurgien dans la chambre d'Onda et fit sa requête.

— Ah! retorqua Nartel, encore une réclamation ! Comprenez donc, chère Madame, si je cède une fois, je suis perdu, envahi, harcelé par tout le quartier. Mon temps sera pris uniquement par des intrigants.

— Mais la charité, docteur...

— Je l'exerce. J'ai dans ma poche une collection de cartes pour acheter à des ventes de charité. Ah! les riches savent quêter!

— Il y a une meilleure action à commettre docteur...

— Ecoutez, interrompit Nartel, je ne puis céder sur un principe, mais pour vous être agréable, voici ce que je ferai. Je vais vous donner les onze cents francs. Vous les porterez à cette personne et elle viendra payer à la caisse.

— Quelle chinoiserie.

— Une sauvegarde seulement. Je vous supplie de ne pas dévoiler le... truc. Il faut que la femme croit que l'argent vient de vous.

— De moi! Je ne peux pas me glorifier d'une bonne œuvre que...

— A prendre ou laisser, chère Madame. Voici les deux billets. Et maintenant au revoir, je suis débordé.

Eléna ahurie, alla trouver l'institutrice, lui remit 1500 francs en disant : « Payez la dette à la maison de santé et gardez le reste pour donner quelques douceurs à vos élèves. »

De ce jour la grand'mère devint une bienfaitrice de l'école libre catholique du quartier. Elle y assistait aux prix, régalait les enfants, était aimée de tous.

Ce soir de festin, Nartel était fort gai, le député Hirsch, lui lança du bout de la table :

— Et vos « Trois Vieilles » docteur, qu'est-ce que vous en faites ?

— Des jeunes! Monsieur, leurs rides s'effacent, leurs dents repoussent, leurs cheveux redeviennent blonds ou noirs, leur taille s'assouplit.

— Qu'est-ce qu'un pareil miracle? demanda le général. La science en fait donc quelquefois?

— Des miracles! Ils sont quotidiens. On les coudoie, on les contemple, seulement on ne sait pas les remarquer. Quant à mes « Trois Vieilles », c'est une expérience que j'ai tentée et elle triomphe.

— Bah! c'est de la prestidigitation, osa le ministre Josias.

— Venez voir, Monsieur le Ministre, je compte d'ici à quelques jours, riposta le docteur, convier des savants à constater mon œuvre de rajeunissement physique.

— Seulement physique? interjeta Eléna.

— Je ne suis pas encore fixé sur ce point... Madame, c'est une question plutôt philosophique que médicale.

— Mais qu'est-ce que vous leur faites avaler ?

— Un régime bien dosé, des courants électriques, des rayons Z. O. Rien de magique je vous assure.

— Vous faites la pige à Broon-Séquart d'antique mémoire.

— Je fais beaucoup mieux.

— Vous ajoutez des années de vie... ou seulement l'aspect ?

— Ce serait beaucoup déjà. Je me suis simplement basé sur ce mot d'un Sage « L'homme ne meurt pas, il se tue ».

— Vous allez dériver le pactole à votre profit.

— J'y compte bien.

— Vous parlez de trois vieilles... et les vieux ? interv nt le sénateur Jacob.

— Je ne me suis pas occupé d'eux. Est-ce que la coquetterie serait de mise au Luxembourg ?

— Nous referions avec des sénateurs des députés, émit l'agent de change. Au lieu de leur rendre des dents et des cheveux, donnez-leur donc des capacités politiques, docteur.

— Silence, fit l'amphitryon, restez poli.

— Est-ce que l'harmonie va se rompre, pensa la maitresse de maison en se levant pour passer dans la galerie où le café et les liqueurs étaient servis.

Aussitôt Marie et ses amies s'empressèrent d'offrir les tasses parfumées aux invités. Onda rejoignit Tancrède.

— T'es tu amusé mon ami ?

— Beaucoup.

— Maintenant la jeunesse va danser, les autres vont jouer, que faisons-nous ?

Le jeune homme n'eut pas le temps de répondre. Yolande de Noirmont venait le chercher

— Je veux vous présenter à mes parents, mon cousin.

— Tu as des cousins ici, s'étonna Onda.

— Ce n'est pas surprenant dans cette salade russe, compléta Athos Achillopoulo qui avait entendu.

Et Nartel malicieux, qui tournait son sucre dans la tasse d'argent qu'on venait de lui donner, ajoutait L'arche de Noé. Un échantillon de toutes les bêtes de la création.

Tancrède sourit en suivant Yolande, vraiment il apprenait la vie mondaine.

VI

TANCRÈDE EN VOYAGE

Tancrède tint à partir le lendemain de ce jour de fête. Il arriverait chez lui le mardi de Pâques. Les trois jours de répit demandés par la comtesse de Luçon au proviseur du lycée Pascal, seraient écoulés. Le matin il était allé à la messe à Saint-Philippe du Roule, seul, de très bonne heure. Après la fête prolongée fort tard, le jeune homme n'avait pu trouver le sommeil, son esprit travaillait. Que de choses qu'il ne soupçonnait pas, entr'ouvertes devant lui. En ce peu de temps quelle instruction ! Sa cousine de Noirmont l'avait invité à déjeuner, mais il avait décliné l'offre. Voulant partir le soir, il lui fallait aller chercher son billet de chemin de fer au collège, ensuite il ne voulait plus quitter Onda si simple, si dévoué, jusqu'au dernier moment.

Au petit jour il entendit sonner les cloches et il se leva. Tout dormait dans l'hôtel. Sa toilette achevée, il descendit. Les salons offraient un désordre complet, les fleurs fanées gisant sur le tapis, les consoles de la galerie encombrées de tasses vides ou demi-pleines, des coupes de champagne, des petits fours renversés, un éventail brisé, un gant fripé sur un fauteuil.

— Lendemain de fête, songea l'errant. Comment sortir ? Je n'ose éveiller le concierge.

Il passa dans le jardin, l'air pur, léger, était délicieux, la cime vert tendre des marronniers des Champs Elysées se dorait des premiers rayons. Nul passant, seul le roulement d'un autobus dans l'avenue centrale. De partout des sons de cloches, les églises lançaient le carrillon joyeux des fêtes pascales.

Soudain Tancrède se rappela avoir vu Onda presser un petit bouton caché dans le lierre et la grille de l'avenue Gabriel s'était ouverte pour leur livrer passage. Il se mit à chercher entre les feuilles luisantes de rosée et trouva le contact. Il perçut un petit grésillement et le pêne céda. Tancrède était libéré. Il referma derrière lui le battant de fer. Sauf un balayeur, personne ne se montrait sur la voie déserte à pareille heure. Il savait où était l'église de Saint-Philippe du Roule, il remonta jusqu'au Rond-Point et prit l'avenue d'Antin. Des fidèles entraient à l'église, des gens modestement vêtus, puis quatre dames enveloppées de mantes blanches, qui devaient sortir d'une fête et prenaient la messe avant le repos. Il entra. C'était l'office de six heures. Il l'écouta pieusement ainsi que la petite allocution habituelle et la bénédiction qui clôture cette messe. Tancrède, à genoux au premier rang de la nef, songeait.

Cet enfant de seize ans avait soudain vieilli, c'était pour lui plus vite que pour un autre, le passage de l'adolescence à la jeunesse. L'existence insouciante de l'enfance était accomplie, l'heure de la réflexion sonnait. Il avait reçu le coup cruel, humiliant qui faisait dériver sa carrière, ensuite trois jours de plaisir, d'amitié, de réconfort, l'avaient remis d'aplomb. Maintenant le plaisir était fini, il allait rentrer au milieu des difficultés déjà connues, aggravées encore. C'était à lui désormais de soutenir sa mère, d'assumer la charge de protecteur, de travailler pour leurs lendemains. A quoi? Il était robuste, intelligent, sérieux, mais son rêve d'avenir était brisé. Au lieu de la brillante école de Saint-Cyr où il aspirait, à présent sans aucun brevet, que ferait-il? Les brevets mènent aux carrières productives à longue échéance, tandis qu'il lui fallait gagner de l'argent immédiatement. Au dîner de la veille, on parlait de gains effarants... seulement pour les réaliser, il fallait une première mise de fonds. Il se rappelait l'histoire d'Athos Achillopoulo qui, parti à seize ans, avec mille francs avait gagné un million en dix ans. Cela se peut... quand on est d'une certaine race ou doué d'une chance inouïe. Le garçon tout en suivant les exercices pieux, pensait ces choses. Il était devant l'autel, une bonne inspiration lui viendrait. Il écoutait la voix intérieure au langage mystérieux, aucune solution n'en venait. « Laisse-toi conduire, Dieu te mène, prie, aucune prière n'est perdue. »

Il quitta le temple, les rues s'animaient, des groupes à bicyclettes montaient vers le Bois, le ciel était clément. Des petites voitures emplies de primevères, de giroflées, d'anémones, de violettes venaient jetant leur arôme au passant. Tancrède, lentement, suivait le faubourg Saint-Honoré, les confiseries alléchantes montraient leurs œufs de pâques en chocolat, en sucre, en porcelaine. Il aurait aimé en apporter un à son ami, mais il avait si peu d'argent! La vente de ses livres ne garnissait guère sa bourse, il aurait quelques frais de voyage et... à l'arrivée... rien. Il soupira :

— Ah! être riche, laisser son cœur céder au plaisir de donner, pouvoir payer largement un service, récompenser les serviteurs qui vous aident, ne pas voir toutes ses joies gâtées par le calcul, n'être pas ridicule à force d'être économe. Il venait de goûter aux faveurs de la fortune, il en avait joui, à présent c'était le revers de la médaille dorée. L'adieu fut ému. M. et Mme Consouloudi assurèrent Tancrède de leur amitié.

— Revenez quand vous pourrez, mon enfant, la maison vous est toujours ouverte, dit le banquier, et assurez Madame votre mère de mon respectueux dévouement.

Onda alla conduire Tancrède à la gare, il lui remit une sacoche emplie de journaux et de provisions. Puis les deux enfants s'embrassèrent sans pouvoir parler. Chacun d'eux retenait ses larmes.

Parti à vingt-et-une heure cinquante de Paris, le jeune voyageur arrivait à Saint-Malo à sept heures vingt le lendemain. C'était une longue nuit froide de printemps, mais un domestique, qui avait accompagné les deux amis, avait jeté sur la banquette, pliée dans une courroie, une bonne couverture chaude.

— Encore une attention de mon cher Onda, se dit Tancrède avec un soupir profond, quelle délicatesse dans le cœur de cet enfant pour lequel, moi, j'ai fait si peu.

Il s'enveloppa frileusement, on ne chauffait plus les trains, il était fatigué, la nuit précédente il n'avait pas dormi, il céda vite au sommeil, franchit la station du Mans sans y penser, mais à Rennes, le jour pointait, il était cinq heures du matin. Le train se divisait. On avait en gare quelques minutes d'arrêt. Tancrède visita le sac de cuir fauve sur lequel étaient gravées les initiales d'Onda. Il y trouva un thermo empli de chocolat brûlant, des croissants, des œufs durs, des gâteaux, un flacon de vin d'Espagne.

— Tu as tout prévu, mon ami, murmura Tancrède, je te remercie. Puisse le ciel te donner la seule qualité qui te manque : être croyant !

Le paysage était monotone, des pommiers encore sans feuilles, des champs verts emplis de plans de tabac, des genêts en fleurs, des coucous jaunes, des campanules. La nature printanière en un mot. L'air vif de la mer commençait à se faire sentir en même temps qu'une brume glacée. Le soleil était à l'horizon comme une énorme boule rouge sans rayons. La vue d'un clocher, paru et disparu dans la vitesse, fit songer le jeune homme à sa prière. Il la récita à voix basse. Au collège, il l'oubliait souvent, mais depuis son séjour chez les libres-penseurs, une vague de ferveur gagnait son âme, ainsi qu'une réaction brûlante. Sa misère en face de ce luxe, le rendait plus fier, sa foi en restait plus ferme dans son cœur désolé. Il songeait au Christ divin, en ces jours de résurrection, il aspirait l'espérance !

Il prit ses paquets, sauta sur le quai de la gare avant l'arrêt complet, bien entendu, nul ne l'attendait, il n'avait pas voulu prévenir sa mère, il irait la trouver chez eux à la villa des Tamaris, bâtie sur le Sillon. Il laissa sa malle en consigne et partit à pied. Une bonne course le réchaufferait. Il reconnaissait les choses, la mer montait couverte de brouillard que perçait un peu la crête blanche des lames moutonnantes. Le vent de Norouâ balayait le sable qu'il jetait au visage des passants.

— Rude accueil ! se dit le breton.

Il hâta le pas, passa devant l'hôtel Franklin encore fermé à cette heure matinale. Toutes les villas étaient closes, il reconnut les Tamaris, bousculés par les souffles de mer. Sur le petit mur d'où s'élevait la grille, des affi-

ches jaunes barriolées de grosses lettres noires annonçaient :
Vente judiciaire, etc... Le cœur du pauvre enfant se serra.
Il aimait ce séjour où ses vacances s'étaient souvent
accomplies à l'époque heureuse de l'insouciance. Il lut la
date de l'exécution. Le jour était passé. Il poussa la porte ;
jadis, en glissant la main entre deux barreaux, on tirait
le verrou. Mais celui-ci résista.

— Pourvu que maman soit revenue !

Il regarda les fenêtres, elles étaient fermées. Il fit le tour
de l'enclos ; du côté des remises aucune grille ne couron-
nait le mur. Il le franchit facilement, sauta dans le jardin.
Il alla loqueter la porte de la cuisine, barrée aussi, la
niche du chien était vide, le bon Luron... mort ?...
vendu ?... Tancrède restait debout, les yeux embués de
larmes, les mains jointes nerveusement. Quel retour mon
Dieu ! Il revint devant la villa, monta le perron, tourna
le bouton de l'entrée. A sa grande surprise, le battant
s'ouvrit, une femme était sur le seuil :

— Maman !

Deux bras s'ouvraient, deux cœurs battirent l'un contre
l'autre, deux sanglots jaillirent vite réprimés.

— Mon fils ! mon enfant, mon Tancrède !

— Maman chérie ! tu ne m'attendais pas ?

— Si, mais au train du soir. Tu es glacé. Elle l'entraînait dans le salon autrefois joli et gai, aujourd'hui délabré,
les meubles disparus, sauf deux chaises, une table, un lit
de sangle mis là, hors de propos.

— Tu vois, mon trésor, voilà où nous en sommes, tout
est vendu, mais l'honneur est sauf, nous ne devons pas
un centime à personne. Il nous reste ce que tu vois.

— Il me reste toi, mère ! Pourvu que tu ne souffres pas,
on vivra nous deux.

— Oui, de ce que nous arriverons à gagner... car on
m'a tout pris, les dettes accumulées, des billets signés par
ton père venus à échéance avec les intérêts. Mais nous ne
devons plus rien... seulement nous sommes sans pain. Je
ne peux même pas t'offrir à déjeuner. Je me serais procuré
quelque chose pour ce soir.

— J'ai encore des provisions de voyage, maman, nous
allons les partager.

— Tu es grand, beau, mon Tancrède ! Tout n'est pas
perdu avec toi, l'avenir te sourit. Dieu nous aidera, si tu
savais comme je l'ai prié ! comme il faut le prier ! Qui t'a
donné ces bonnes choses, pas le Proviseur ?

— Non, un ami, un cœur d'or. Je t'expliquerai. Mais
depuis quand es-tu dans un pareil dénuement ?

— Un mois... la vente a eu lieu, il y a trois jours. Pour
m'éviter la douleur d'y assister, Yanik, notre ancienne
cuisinière, m'a emmenée passer ces trois jours chez elle.

C'est pourquoi j'avais demandé au Proviseur de te garder jusqu'à aujourd'hui. Je suis rentrée ici hier. J'ai mis dans une malle mes effets personnels. Tu verras là-haut, on a vidé les meubles et jeté tous les papiers à terre, les chers souvenirs sans valeur. Nous allons trier tout cela.

— Et après où logerons-nous ?

— Chez Yanik, la villa sera livrée demain au nouvel acquéreur.

— Que ferons-nous chez Yanik ? Elle ne peut nous hospitaliser pour rien. As-tu un peu d'argent, mère ?

— Si peu. Le prix de ma montre. Je suis allée jusqu'au bout afin que ton pauvre père ne manque de rien jusqu'au dernier jour. Ensuite, mon pauvre chéri, j'ai été très malade et je serais morte sans le dévouement de cette excellente créature, qui a été pour moi bien plus qu'une parente.

— J'ai, moi, une petite ressource, environ deux cents francs.

— Ah ! quelle aubaine, par quel hasard ?

— La vente de mes livres. Je veux trouver tout de suite une place et te faire vivre, maman. A Saint-Malo on me prendra bien dans un bureau, un commerce, n'importe où, je n'ai peur de rien, j'ai la force, le courage.

— Je savais pouvoir compter sur toi, mon fils ! Seulement te voir renoncer à ta carrière faute de pouvoir payer tes études m'est tellement cruel !

— Ce que je sais reste acquis... ce que j'aurais appris de plus m'aurait peut-être moins rapporté que le métier manuel que je vais prendre. Tu sais mère, il n'y a rien de mieux aujourd'hui. La roue a tourné... Je peux être terrassier, cocher, facteur de gare ; je suis très solide, et ne pense pas que j'en éprouve la moindre honte. Le Divin Jésus était bien charpentier.

Elle se pencha sur le jeune visage qu'une rougeur avait envahi, y mit chaudement ses lèvres.

— Moi aussi, je veux travailler. Je serais capable d'être secrétaire ou lectrice... mais ce sont des places rares... j'ai connu ici une des acheteuses de nos meubles, elle va tenir « l'Hôstellerie de la Table Ronde » fondée sur notre côte pour rétablir le genre ancien, refaire la couleur locale, elle m'a proposé d'entrer chez elle pour la saison, afin de l'aider à recevoir les touristes, écrire la correspondance anglaise et française, bref remplir le rôle d'une maîtresse de maison vis-à-vis de ses invités. Je dis ce mot à dessein, car elle veut que sa maison ait l'allure des plus comme il faut.

— Et tu as accepté ?

— Oui. Je n'ai pas le choix, je serai là, payée, nourrie, logée. Comme tu le dis, il faut se mettre au-dessus des préjugés mondains. Les relations anciennes, les parents, nous n'en avons d'ailleurs pas de proches, nous tourneront peut-être le dos. Nous n'en serons pas moins estimables.

— Sûrement. A présent, on admet le travail ce qui honore plutôt l'humanité. Si on pouvait me prendre aussi dans ton hôtel, au moins nous serions ensemble.

— Je le demanderai, je savais, mon Tancrède, que tu serais courageux. Tu ne ressembles pas à ton pauvre père, il était de l'époque où un gentilhomme ne devait que chasser, guerroyer, jouer, hélas ! Il est mort, sans connaître heureusement dans quelle détresse il nous abandonnait. Je suis arrivée à force de prodiges à ne rien changer à ses habitudes, il ne pouvait s'apercevoir que je vendais peu à peu nos richesses, même presque jusqu'au nécessaire... paralysé il ne pouvait quitter sa chambre.

— Je me le rappelle. Pauvre cher papa, il était si beau, si gai, si élégant, si insouciant, il riait... des choses trop graves. Quand nous avons vendu notre château de Luçon, il disait : « Nous serons bien plus riches à présent ». C'était un grand enfant. D'où il est maintenant, s'il nous voit, il doit juger autrement les choses.

— A moins que de là-haut ces petits événements si courts, ne semblent rien à ceux qui sont dans l'éternité. Ce qui lui a manqué, c'est l'éducation familiale, à lui et à moi aussi d'ailleurs ! Nous n'avions aucune expérience, bien que assez âgés lors de notre union. Nos éducations réciproques n'avaient pas la base solide que l'enfant acquiert au foyer.

— Maman, je ne sais guère l'histoire de notre famille, veux-tu me la conter. J'ai été presque toujours hors de la maison, les vacances exceptées, et alors c'étaient des voyages.

— Oui, mon petit, je te dirai comme tu le demandes, l'histoire de notre famille, ce sera pour toi un enseignement, mais plus tard, ce soir, quand notre travail sera achevé. Pour le moment, nous devons nous rendre à la ville, c'est jour férié, nous assisterons à la grand'messe. Nous qui n'avons plus de chez nous, allons chez notre Père, le bon Dieu.

— Tu as raison, maman. Il faudra aussi que j'aille chercher ma malle à la gare, pour la conduire où ?

— Chez Yanik.

VII

LA VIE NOUVELLE

Yanik était de l'espèce, moins rare qu'on ne pense, des serviteurs antiques. Elle avait été au service des Luçons depuis leur mariage jusqu'à la mort du comte, soit dix-huit ans. Et elle les aimait, elle avait vu naître Tancrède. Maintenant elle était mariée avec un gabier qui, son service terminé, s'était installé cafetier-restaurateur près de la porte de Dinan, à l'enseigne : « Les trente Chevaliers ». Les affaires prospéraient, la brave cuisinière était réputée comme « cordon bleu » et même les étrangers riches, venaient commander chez elle de bons petits « gueuletons » disait son mari l'honnête Marsoin, nom ou surnom, tout le monde l'appelait ainsi.

Elle avait connu tous les soucis de la comtesse de Luçon, elle l'avait aidée à soigner son mari avec un dévouement inlassable et quand elle l'avait quittée en pleurant, elle lui avait fait promettre de toujours compter sur elle le cas échéant. Aussi Noëlle de Luçon n'avait pas hésité à accepter le refuge offert à sa détresse par l'excellente Bretonne.

Quand elle vit arriver Tancrède chargé de sa malle qu'il portait gaillardement sur l'épaule, elle s'écria :

— C'est pas Dieu possible ! on dirait mon petit Tancrède.

— Lui-même Yanik, riposta le garçon en posant son fardeau à terre pour embrasser la brave femme.

— Oh ! tu as, c'est-à-dire vous avez grandi, Monsieur le Comte.

— Oui j'ai grandi, mais je suis resté ton petit Tancrède et je te demande de ne rien changer aux vieilles habitudes, ma bonne, je croirais que tu ne m'aimes plus autant.

Elle sourit, sa bonne figure rouge s'éclairait de bonheur. Elle regardait du haut en bas le beau garçon grand, bien découplé, taillé en force et en grâce, avec ses larges yeux bruns limpides et tendres fixés sur elle.

— Alors t'as porté le baluchon depuis la gare !

— Un jeu. Dis-moi où il faut le mettre ?

— En haut. J'ai arrangé une chambre pour Madame la Comtesse, c'est pas bien luxueux, y a ce qu'il faut quand même. Holà ! Marsoin, accours.

Un homme, en tricot bleu de matelot, se montra aussitôt. Comme il n'avait aucun couvre-chef, il prit à poignée ses courtes boucles rousses et les tira en guise de salut. Le jeune homme lui tendit la main.

— Bonjour matelot !

— Monsieur Tancrède ! ben content de vous voir, oui donc, chez nous.

— Prends la malle Marsoin, ordonna Yanik, et mets-la dans la chambre de Mme la Comtesse.

— On y va, dit le marin qui souleva sans peine le mince bagage et monta lestement l'escalier de bois dont les marches craquaient.

— Pardon, excuse, fit la Bretonne si je reste à la boutique, c'est rapport aux clients.

La chambre haute avait une fenêtre sur la rue, elle était claire et propre, meublée d'un lit breton à portes glissantes, d'un bahut, d'une grosse table en merisier, d'un fauteuil en paille, d'un banc à dossier rangé contre le mur. Au-dessus de la cheminée un chromo représentait le combat des Trentes, que l'enseigne du cabaret reproduisait. Le matelot dit :

— Si que ça vous amuse, Monsieur Tancrède, je vas pêcher tous les jours, vous pourrez venir tendre le chalut.

— Oui j'irai, mon brave Marsoin, je vous aiderai.

— Descends Jean-Yves, criait d'en bas sa femme, faut du cidre bouché, viens servir, moi je vais monter.

— On y va, riposta l'homme docile en passant deux marches à la fois.

Yanik montait à son tour, elle tenait une couverture, des oreillers, des draps. Elle jeta le tout sur le banc.

— V'là pour toi, mon gars, avec un petit matelas de varech, tu seras comme dans ton berceau pour dormir. J'ai que cette chambre, dommage, mais on n'est pas logé comme des princes.

— Comme de braves cœurs Yanik. Je vais défaire ma malle, je voudrais changer cet uniforme.

— Pourquoi ! Y te va si bien ! T'es comme le chasseur du grand hôtel qu'on dirait.

Tancrède sourit en retirant sa tunique. Yanik avait ouvert le bahut et y rangeait le linge.

— Je vais retourner à la ville fit le jeune homme, j'ai laissé maman rentrer, elle viendra seulement ici ce soir. Nous avons du travail là-bas.

— Revenez le plus vite possible, elle est bien fatiguée la chère dame. Ah ! elle en a mené une vie !... à gagner son Paradis tout droit. Un bonheur, tu sais, qu'elle s'a jeté dans la religion, c'est quasiment devenue une sainte.

— Depuis quand l'as-tu quittée ?

— Quand le pauvre papa a eu fini de souffrir. Quelle délivrance ! Elle m'a dit comme ça : « Marie-toi Yanik, depuis longtemps le brave Marsoin t'attend, tu peux m'abandonner à présent, je me servirai seule. » Alors j'ai épousé le matelot, on est heureux, on gagne sa vie.

— Quand je suis venu pour la sépulture de mon père, je ne suis resté que trois jours, maman ne m'a rien dit de ses soucis.

— A quoi que ç'aurait servi ? Elle ne voulait pas t'attrister, elle s'en faisait un chagrin de ne pas te voir plus souvent.

— Moi aussi. Je n'avais pas compris pourquoi elle avait voulu que j'aille passer les vacances en Angleterre dans une famille où j'étais au pair afin d'apprendre aux enfants le français.

— Pense donc. Elle vivait de rien, même le chien, pour pas le nourrir elle l'a donné. Fallait voir quand Luron est parti, traîné par une corde, y pleuraient tous les deux, elle et lui.

— Nous avions beaucoup d'amis, nul ne la consolait...

— Ah! bien oui, des ingrats. Des amis! oui quand on est riche. A preuve de ce que j'en dis, v'là une histoire : Ton père était encore de ce monde, il lui fallait des tas de remèdes et on devait gros au pharmacien. Un jour, Mme la Comtesse vient à la boutique pour avoir des cachets. M. Potard lui dit comme ça :

— Je ne peux pas fournir toujours à crédit Madame, payez-moi où je ne vous donnerai rien, je ne peux plus... j'ai mes échéances.

La pauv'e dame, elle sort toute humiliée. Que faire? Si M. le Comte ne prenait pas ses cachets calmants, il ne cessait de gémir et ne dormait plus. Madame se dit que son amie Mme de Kervalec, lui prêterait bien un billet bleu et elle va la trouver à son hôtel que tu connais.

— Je me le rappelle, à la montée des remparts. Etant petit, j'ai souvent joué là avec Anne-Laure, sa petite-fille qui est de mon âge. Elle est toujours là, Anlor, comme on disait?

— Toujours. Une jolie fille, bien douce, mais sa grand'-mère n'a pas le cœur sur la main, tu vas voir. Mme la Comtesse lui demande un peu d'argent, elle rendrait au plus tôt. — Ma bonne amie, riposte la vieille, comme je suis désolée, mais avec cette loi sur les loyers, mes locataires ne me paient pas et je ne peux les congédier, sans cela, avec quel plaisir je vous aurais obligée.

Ta maman est partie, désolée, mais bravement, d'un grand effort, elle a voulu tenter une petite chance chez les Locmaria, des gens qu'elle avait tant de fois reçus à sa table, pendant les années d'abondance. La dame a répondu à la timide requête : « Oui, certes, chère amie, ce serait avec grand plaisir, mais je pars en voyage et, vous savez, mon mari m'a donné bien juste. »

Découragée, Mme la Comtesse est revenue chez M. Potard, elle lui a dit :

— Tenez, gardez mon alliance jusqu'à ce que je vous paie, mais donnez-moi les cachets... je vous en prie.

Elle était à bout... le pharmacien céda, remit le remède et ne prit pas la bague.

— Quel calvaire! murmura Tancrède, bouleversé. Sa mère, sa mère bien-aimée, respectée, adulée, recherchée au temps de la richesse!

— Au revoir, Yanik, à présent, je suis là et je te jure que je saurai faire fortune. Ah! Seigneur, c'est le premier bien.

— Non, mon ami, ce n'est encore que le second, la santé passe avant. A ce soir, mon petit Tanc. Tiens emporte ce panier, il y a dedans un mulet pêché par Jean-Yves, il est cuit.

— Toi Yanik, tu as l'âme la plus noble, tu es l'amie des mauvais jours !

Il embrassa la bonne figure où s'alliaient une larme et un sourire et marcha à grands pas dans la rue étroite jusqu'au Sillon où la mer léchait doucement les troncs d'arbres placés sur la plage pour briser les vagues devant le remblai. Il regardait l'horizon bleu, la brume s'était dispersée.

<h1 style="text-align:center">VIII</h1>

<h2 style="text-align:center">MÈRE ET FILS</h2>

Tancrède parcourait la maison vide, sonore, où les pas avaient un écho, il retrouvait sa chambre dénuée du moindre meuble, la tapisserie de cretonne bleue était déchirée. Dans celle de sa mère, un monceau de papiers occupait le milieu, pas même un siège, rien. Il retourna une caisse d'emballage, s'y assit avec sa mère et ils commencèrent le triage : des factures, des carnets de banque, des traites, des livres de comptes, des lettres marquées de couronnes à perles et à fleurons.

— Tout cela, depuis des années s'accumulait dans le bureau de mon mari, expliquait la comtesse, nous allons descendre ces débris dans la cour et les brûler, voyons avant si rien n'est utile à garder.

— Voici une liasse de papiers timbrés, maman.

— Des exploits d'huissier... à flamber.

— Et cela : des reçus de l'entraîneur, du jockey, les chiffres sont importants : « Reçu mille francs de M. le Comte de Luçon pour soins donnés à Myra. Promenade d'entraînement de Myra, lotions, flanelles, couvertures : Huit mille francs. Encore : nourriture de Myra, douze mille cent francs. Tu vois, mon enfant, où coulait notre fortune. Myra, et puis Fleurette, ces pouliches devaient toujours gagner le Grand prix ! Illusions. Maintenant, lis cette lettre : « Mon bien cher ami, sauve mon honneur, ma vie, je ne vois que toi pour me tendre la main. J'ai perdu hier au cercle cent cinquante mille francs. Prête-les moi... Je te rembourserai aussitôt que j'aurai récupéré le produit de la vente de mes fermes. Compte sur moi. Mon vieux camarade, envoie vite par mandat télégraphique.

« Emmanuel de Lanfrouze. »

Et au bas de la feuille de la main du Comte : envoyé cent cinq mille francs le 10 mars.

— Et papa n'est jamais rentré dans son argent ?

— Jamais, l'autre est parti aux Colonies, nous n'en avons jamais entendu parler. Envoyons la feuille au feu. Il ne faut pas laisser traîner cette signature.

— Tu es bonne, mère chérie, pourtant si ce débiteur a un fils, peut-être aurait-il à cœur d'acquitter la dette de son père.

— Oh ! c'est douteux.

— Père ne se rendait pas compte du gaspillage de sa fortune.

— Nullement. Il était grand seigneur jusqu'au bout des ongles. Un calcul l'eut déshonoré, il tenait table ouverte. A Luçon, nous avions sans cesse des parasites, des amis de passage qui restaient un mois, deux mois... qu'on ne revoyait plus et que d'autres remplaçaient. Voilà encore une lettre qui te renseignera, elle est signée : Marquis de Wellenmo : « Merci mon bon ami, de votre aimable invitation, nous l'acceptons avec plaisir, ma femme, mes fils et moi. J'amènerai le précepteur des garçons et la nourrice de bébé. Je ne voudrais laisser personne derrière moi. Je me réjouis de chasser dans les bois de Luçon, de voir votre meute d'Harriers courir le lièvre. Je vais prendre toutes mes dispositions afin de rester longtemps. C'est une vraie fête pour nous tous.

Mes hommages aux pieds de la Comtesse de Luçon. Je vous serre cordialement la main.

W... ».

— Je comprends en effet, maman que revenu et capital fondissent comme neige au soleil. Dans ce fatras, il y a des douzaines de lettres analogues, on aimait à venir chez nous.

— Oui, le bien-être était absolu, le charme de ton père attirait, c'était à qui se ferait inviter, nous avions des séries.

— Et toi, Maman, cela t'amusait ?

— Hélas, oui. L'intendant s'occupait de tout, j'étais chez moi la première invitée. Je ne réfléchissais jamais. Ton père était parfait pour moi, il n'est devenu difficile qu'avec la ruine. Tu avais alors une dizaine d'années, aux premiers symptômes de la chute, c'est alors qu'on t'a envoyé au collège.

— Ah ! grand Dieu, ai-je pleuré quand il a fallu quitter la maison, mon poney, mon chien, accrocher ma carabine pour ne plus la dépendre. Tu m'embrassais maman, papa disait : « Sois homme, travaille, quand tu seras grand tu feras comme moi, tu t'amuseras, mais il faut apprendre quelque chose ». Alors maman, je suis grand, seulement je ne vais pas m'amuser, je regarde la vie par le côté de l'ombre... mais j'ai la foi, le chemin hérissé s'éclaircira et tu auras encore de beaux jours mère chérie! Laissons ce dépouillement qui nous décourage, je vais tout porter par brassées à l'autodafé.

— Si tu veux. Les livres de comptes étaient tellement mal tenus qu'ils ne pourraient nous renseigner en rien. Beaucoup de gens nous doivent de l'argent, mais rien n'est régulier, le notaire m'a dit que je ferais des frais inutiles. Oublions, viens, nous allons nous réchauffer au feu de nos richesses.

Ils descendirent dans la cour, une grande flamme monta dans l'air calme, des lignes d'écriture, des noms se tordaient dans le brasier, il y avait là de terribles souvenirs qui bientôt seraient des cendres que le vent de mer dispercerait. Le passé ne pouvait revivre, aujourd'hui, l'existence de la France évoluait, les idées et les situations aussi, on ne voyait plus le jour sous le même angle.

Après le brûlot, quand les papiers noircis furent envolés, ils eurent la même idée, fuir la maison si triste, aller ensemble, tous deux, s'asseoir sur la grève. Le temps était doux, ils se reposeraient l'âme, changeraient de pensée, bâtiraient de l'avenir, peut-être du bonheur... Cette plage superbe que borne d'un côté les rochers de Saint-Malo, l'île Harbour, de l'autre côté Rochebonne, avait été témoin de bien des heures de joie ! Les Tamaris étaient la propriété particulière de Mme de Luçon, mais bien entendu, elle avait donné sa signature pour les emprunts successifs de son mari et la ruine s'était aussi apesantie sur elle. Ils avaient devant eux l'horizon sans limites où déjà le soleil allait finir sa dernière journée derrière l'île de Cézembre.

— Suivre le soleil, dit Tancrède, aller, à sa suite voir l'autre face de la terre, connaître plus que cette parcelle de terre où nous sommes! il y a peut-être des choses meilleures là-bas.

— Non, mon enfant, partout les hommes sont pareils qu'ils soient de couleurs et de goûts variés, ils ont les mêmes douleurs et les mêmes joies, non suscitées peut-être par les mêmes occasions, mais tous les cœurs humains sont faits pour souffrir souvent et sourire quelquefois. Le mieux, vois-tu, est de s'arranger pour vivre où Dieu nous a placés, je le crois possible. Depuis ma saison de misère, j'ai tellement réfléchi. J'ai compris à quel point j'avais mené une vie sans but, inutile.

— Pas inutile, mère, puisque toi et papa vous faisiez beaucoup de bien... en vous ruinant, mais en secourant les autres.

— Pas dans le sens où il l'aurait fallu. J'étais si peu sérieuse, nous étions, lui et moi, deux enfants grisés de liberté, de plaisir, d'insouciance. Notre voie était douce et fleurie, nous ne voyions pas le tournant.

— Maman, puisque nous sommes tranquilles, je n'aperçois personne à perte de vue, c'est la paix. Dis-moi l'histoire de notre famille.

— Je te la dirai mon fils, tu nous jugeras, nous étions des imprévoyants.

— Comme le lis et l'oiseau. La leçon de l'Evangile ne dit pas d'amasser.

— Elle dit de travailler, tandis que le plaisir était notre continuelle occupation.

— Une chose m'étonne, maman, nous avons nombre de parents, j'en ai même rencontré à Paris. Comment aucun n'est-il venu à toi quand il t'a fallu un appui ?

— Nous n'avons que des parents lointains, j'étais fille unique, ton père avait perdu très jeune les siens. De sorte que nous n'avions ni oncle ni tante, ni frère ni sœur, ni même des cousins germains. Les Lostanges sont tombés en quenouille, tu es le dernier des Luçons.

— Moi, j'aurai dix fils ! comme la grande Marie-Thérèse d'Autriche. L'un d'eux relèvera le nom de Lostange, peut-être ne seront-ils pas riches, élégants, pompeux seigneurs d'ancien régime, mais ils porteront nos deux noms dignement selon le mode nouveau qui germe et met l'outil aux mains des nobles comme à celles des travailleurs. Les castes se nivellent, ne l'aperçois-tu pas ?

— Si. Cela ne m'effraie en rien, je saurai m'assimiler, c'est le propre de la race française, j'ai très peu de science, l'expérience y supplée, l'emploi que j'accepte où la Providence me pousse, m'intéressera, je verrai des gens de types variés, j'étudierai d'autres mentalités, j'accomplirai un service rétribué sans doute, mais que je tâcherai de rendre plus élevé. Je vais où je dois aller sans inquiétude. Songe donc aux soucis que j'ai connus avec tant de responsabilités. C'était l'âpre lutte quotidienne, je ne vois rien de plus pénible que de vouloir et de ne pouvoir. Aussi cette place où je n'aurai qu'à obéir, à ne rien prévoir, à ne rien commander, aucune initiative à prendre, quel rêve !

— Mais moi maman où irais-je frapper ? Quelle porte s'ouvrira devant le comte de Luçon, que d'instinct on jugera incapable.

— Tu te présenteras comme Tancrède Luçon, je suis moi, Madame Luçon, employée de commerce. Qu'aimerais-tu faire ?

— Une besogne active. Je pourrais être chauffeur.

— Avant, il faut prendre un brevet et tu es trop jeune.

— C'est juste. Mon ami Onda qui conduit sa voiture a dû obtenir une dispense. Je pourrais être le « cycliste »

de l'hôtel, le cicerone des étrangers, je sais l'anglais depuis
l'enfance. Maman demande pour moi une place, dès
demain à.... ta patronne. Je ne veux pas rester un jour
une charge pour toi ni pour la bonne Yanik.

— Je le ferai, mon fils. Ce que Dieu veut de nous, sera.
N'est-ce pas la suprême consolation de se dire cela.

— Alors maman puisque nos décisions sont prises, ra-
conte-moi notre histoire, le soleil est près d'entrer dans
les vagues et nous avons promis d'être de retour à l'hôtel des Trente Chevaliers pour souper.

— Marchons, la fraîcheur tombe, la mer est basse, suivons la plage.

L'enfant passa son bras sous celui de sa mère, câlin
et attentif :

— Je t'écoute, maman.

IX

LA GENÈSE DES FAMILLES

— Je vais être obligée de prendre l'une après l'autre,
nos deux routes à ton père et à moi jusqu'au carrefour où
elles se joignent.

— Va, maman, je te suivrai partout.

— Partons donc pour la Martinique où je passai mes
premières années dans un bonheur parfait, comme les
enfants aimés et bien portants. Mon père gouvernait la
plantation. Une nuit, nous fûmes réveillés par de terribles
secousses, toute la maison tremblait, ma mère me prit
dans mon petit lit, m'emmena dans le jardin où s'ouvraient
des crevasses, mon père essayait d'emporter des choses
précieuses. La maison était de bois ainsi qu'il est d'usage
dans les pays exposés aux catastrophes sismiques, le feu
se mit au rang des désastres, les nègres affolés tentaient
de sauver leurs cases.

Le lendemain, je me revois au port. Un navire nous
embarque maman et moi, nous traversons l'Océan, je joue
sur le pont, je reste heureuse. Nous voilà à Saint-Nazaire
en France. Maman est brisée, une fièvre cérébrale la terrasse et me la ravit rapidement. Une tante de Lostange
me recueille, me caresse, me dorlotte, est parfaite pour
moi. Je n'ai que six ans, j'oublie les malheurs. Mon père
ne donne plus signe de vie, resté à Saint-Pierre pour s'occuper de nos intérêts, j'appris plus tard qu'il était mort
dans un éboulement occasionné par les suites du tremble-
ment de terre. Ma tante ne s'en émeut pas. Elle a pour
principe qu'une femme peut se tirer d'affaire en ce monde,
sans « s'embarrasser » d'un homme, elle dit tendrement
en me prenant sur ses genoux.

— Je ne me suis pas mariée, et j'ai la meilleure des joies que puisse avoir une femme : J'ai un enfant. C'était mon rêve, je le réalise sans avoir eu la peine de le former. Il faut te dire que ma tante Armelle de Lostange était des plus braves, la meilleure, la plus courageuse des Bretonnes. Seulement elle avait des idées particulières sur la vie, la destinée et le devoir. Elle était indépendante, résolue, audacieuse, très bonne, très belle, très robuste. Elle avait plutôt le caractère d'un homme que d'une femme. Elle redoutait tous les travaux féminins, ses doigts ignoraient le contact d'une aiguille, d'un crochet, en revanche, elle maniait le fusil, chassait, montait les chevaux les plus difficiles, conduisait un automobile. Elle pouvait émonder une souche avec une hache, conduire une charrue, une machine à battre. Elle avait voulu tout apprendre en fait d'occupations masculines et quand on lui avait parlé mariage elle avait ri et nettement refusé. Elle voyagea't dans l'univers, elle connaissait l'Ile Luçon, notre antipode ; el'e avait fréquenté les antropophages de la Nouvelle Zélande, elle avait traversé le Sahara en aéroplane, avait vécu sous la tente au sommet du mont Ararat et navigué sur l'Amazone et autres fleuves à bord de son yacht : « El Goelo ». Elle s'habillait à la mode anticipée d'aujourd'hui. Elle se vêtait d'une robe courte, toute droite sans ornements, sans boutons ni cordons, qui se passait par-dessus sa tête aux cheveux coupés. Elle ne différait de l'actualité que par ses chaussures à talons plats, larges et résistantes. Son chapeau de feutre mou était dénué d'ornements, enfoncé jusqu'aux yeux. A cette époque un pareil costume semblait ridicule, mais les criviques passaient par-dessus la tête de ma tante, elle se moquait bien de l'opinion !

Elle était pour moi d'une tendresse sans égale, me comblait de tout le bien-être imaginable, m'emmenait avec elle dans ses expéditions, ce qui me permit d'apprendre la géographie et les langues étrangères sur place. J'avais une gouvernante de même envergure, c'était une Irlandaise catholique et naturellement, vieille fille. Au milieu de ces randonnées, de vie sans domicile fixe, toujours à l'hôtel, sous la tente, en bateau, en roulotte, je n'apprenais aucune des choses que doit savoir une femme. Je ne me rendais compte ni des recettes ni des dépenses d'un ménage, ni d'une tenue de maison. C'est pourquoi je menai si mal la mienne. Je ne me serais probablement jamais mariée, si ma chère bien-aimée tante n'avait été enlevée à ma tendresse par une insolation à Gibraltar. Je ne te décrirai pas mon chagrin, j'avais déjà plus de trente ans, je revins en France avec la gouvernante qui ne nous avait jamais quittées et possédait son avenir assuré par les soins de Mlle de Lostange. Quant à moi, j'héritais d'une grande richesse. Ma tante conservait cette villa des Tamaris, j'y vins la pleurer en compagnie de Maud Willy. Ce fut là que le notaire qui réglait ma fortune, imagina de me faire rencontrer ton père dont il gérait également les biens. J'étais à cette époque assez jolie fille.

— Dis ravissante maman, interrompit Tancrède.

— Si tu veux... à quoi bon... ton père était le plus séduisant des hommes bien qu'il eut l'âge d'un célibataire endurci. Sans la perte de son compagnon de plaisirs, il n'aurait lui non plus, jamais songé à se marier. J'arrivais à point. Notre union était inscrite au grand livre des destinées.

De cette présentation faite par un homme de loi, naquit le bel amour ! L'été de notre existence humaine rayonnait.

Voilà ma route arrivée au point de ralliement mon fils, passons à celle qui jusqu'à maintenant était parrallèle.

— Mère qu'est devenu El Goelo ? Tu en as hérité ?

— Oui. Comme de tout ce que possédait ma tante. Nous avons longtemps voyagé à son bord avec ton père. Puis, il a eu des avaries, à présent il est sur la plage du Minihic retourné à l'envers. Je l'ai donné comme logement à la mère de Yanik. La quille en l'air, aménagé à l'intérieur en sens inverse de ce qu'il était, il constitue une relativement « confortable maison ». Tu pourras t'en convaincre, la vieille pêcheuse vit là et s'y trouve à merveille.

— Une robinsonnière, j'aimerais tant voyager comme toi, maman, s'il ne fallait te quitter. A présent, nous ne sommes que nous deux, nous ne devons pas nous séparer, ma petite mère chérie. Continue ton passionnant récit.

— Je ne sais pas tout. Dans ce que j'ai appris de la bouche de ton père, il reste une lacune que lui-même n'a jamais pu combler. Ainsi que moi, car en vérité il y a une grande analogie entre nos deux enfances vécues hors du cadre habituel des familles, hors du foyer paternel. Le Comte Tancrède de Luçon, ton grand-père et sa femme Solange de Vigand, possédaient des goûts identiques où leur amour avait germé. Ils aimaient la science, les recherches de l'antique, l'étude des anciens Grecs, leur architecture, leur poésie, leur civilisation, la première de l'Europe. Ils pouvaient satisfaire leur désir, ayant la fortune. Aussi résolurent-ils de faire un séjour d'études au pays d'Homère. A l'exemple de Lord Byron, de Châteaubriand, ils voulurent entreprendre une expédition dans l'Hellade. Ton père avait alors sept ans, on ne pouvait déranger ses classes. Il fut laissé aux soins de son parrain, le Vicomte de Lilebonne, chez qui il demeurait tout en suivant les cours du Lycée Janson de Sailly.

Quant à sa petite sœur, âgée de deux ans et demie, sa mère ne voulut pas s'en séparer, elle l'emmena. Le pays où ils se rendaient est sain, ils comptaient y séjourner, visiter l'Arcadie ancienne et s'établir au bord de la mer. Ils partaient au début du printemps radieux. Leur voyage, dont à chaque étape ils donnaient des nouvelles, s'accomplissait le mieux du monde. Ils envoyaient des photographies de monuments, de types indigènes, et aussi des articles pour les revues. Le jeune Tancrède, ton père, de son côté, menait une existence fort amusante. Il suivait bien, à peu près, les cours du Lycée. Quant aux études elles se passaient à se promener soit avec son parrain, soit avec un « lad » de son écurie, soit à l'entraînement, et enfin aux courses sur les divers « turf » de France et d'Angleterre. Le vicomte qui n'avait qu'une passion : les chevaux, pariait, faisait courir, fréquentait les jockeys et initiait son filleul à cette dangereuse science du sportman. En même temps il lui enseignait l'élégance mondaine, la tenue de salon, bref il en faisait un parfait gentleman. Inutile de dire que le jeune élève ne passa jamais aucun examen. Il fit cependant sa première communion, le soir même, il partait avec son parrain et leur pouliche Myra pour Epsom. Au milieu de cette vie agitée, on oubliait un peu les absents. Le vicomte fut tout surpris de constater un jour, où par hasard il pensait à son cousin, que celui-ci n'avait donné aucune nouvelle depuis plus de trois mois. Or, il était absent depuis plusieurs années et n'avait jamais été autant de mois sans écrire. Il envoya aussitôt une dépêche, attendit la réponse qui ne vint pas. Alors, sérieusement inquiet, il alla s'informer chez le ministre de Grèce.

— Je ne sais rien du Comte de Luçon, dit celui-ci, en ce moment, le pays n'est pas très tranquille du côté de l'Elide, il y a des bandes de pillards dans les montagnes. J'ai su qu'il y avait eu une razzia près de Pyrgos, on aurait massacré et jeté à la mer les habitants d'un village bâti sur des ruines d'avant notre ère. Où était votre parent ?

— Il voyageait, j'ai eu de ses nouvelles de Pharsale de Karytena. En dernier lieu, il était dans les monts Lycée.

— Je ne puis malheureusement vous rassurer en rien.

— Je vais partir à sa recherche, fit le vicomte très ému, donnez-moi des lettres d'introductions, Monsieur le Ministre, et un itinéraire.

Le parrain jugea inutile d'effrayer l'enfant, il le laissa chez lui aux soins de son écuyer John Lilbury et lui recommanda d'aller bien régulièrement au collège. Mais

Tancrède prétendit que l'inquiétude l'empêchait de travailler, il préféra dresser les chevaux avec les écuyers.

Au bout de trois mois, le vicomte revint fort triste, il avait acquis la certitude que son infortuné cousin, sa femme et sa fille avaient été massacrés. Il consola Tancrède, l'assurant qu'il avait en lui un second père et il forma l'enfant à son image moralement. Il mourut la poitrine écrasée par un poulain qui s'était renversé sur lui après le saut manqué d'un obstacle. Plus tard, ton père, las de vivre seul, accepta l'offre de son notaire. Six mois après nous nous mariâmes.

Je ne te raconterai pas nos premières années de vie ensemble. Elles furent délicieuses, la vie large, sans compter, les fêtes, les voyages, toutes les fantaisies. Tu vins au monde, ce qui arrêta fort peu mon élan. On te donna une nurse et une gouvernante. Je n'avais pas idée de mes véritables devoirs, j'accomplissais à peu près les rites de notre religion, une messe basse les dimanches quand cela concordait avec une partie de plaisir... mon cher petit, je fus bien coupable. Dieu me l'a montré, j'ai compris trop tard mes fautes sous l'aiguillon de l'épreuve. Ton père est parti de ce monde, sans s'être rendu compte complétement de ses actes, néanmoins il a eu des regrets, a réappris à prier et est mort dans la paix. Sauf sa dissipation, son imprévoyance, il n'a, en résumé commis aucune action coupable. Il était charitable, généreux, franc, loyal, c'était seulement un égaré, les souffrances de sa dernière année ont été une cruelle expiation. Garde-lui, mon enfant ta tendresse et ton respect, prie pour lui comme je le fais chaque jour.

A présent, mon petit Tanc, tu sais le passé, allons bravement au devant de l'avenir. Notre vie ne saurait ressembler à celle de tous les Luçons qui nous ont précédés et qui étaient riches et nobles seigneurs. Il nous reste la noblesse du cœur, cachée en nous, pour le monde, nous serons de simples artisans.

Ils achevèrent le chemin en silence, la tête baissée. Ils réfléchissaient, émus tous deux d'avoir remué tant de souvenirs. Depuis longtemps le soleil avait disparu enfoncé dans la mer, le crépuscule mourait sur les flots calmes. L'entrée de la ville enveloppée de murailles restait plus sombre, mais la porte Saint-Vincent franchie, les globes électriques mettaient leur gaîté sur les choses.

X

L'HOTEL DE LA TABLE RONDE

Il s'agissait d'aménager « l'Hostellerie de la Table Ronde ». La patronne, Mme Clélie Martin trouvait, en son employée, Mme Noëlle Luçon une aide intelligente, active, remplie de bonne volonté. Elle avait accepté le jeune Luçon comme courrier cycliste, ce qui, au moment où les baigneurs seraient là, suffirait à l'occuper, mais pour le moment, lui laissait assez de temps pour qu'il put aller souvent en mer avec Marsoin, pêcher. Tancrède aimait cette vie nouvelle, utile et bonne, il apprenait à conduire la barque, à jeter le chalut, il portait à la poissonnerie les corbeilles emplies de poissons, il assistait à la criée, s'initiait au commerce en un mot. Sa mère voyait avec bonheur, la gaité et la santé fleurir le visage de son fils. Mme Clélie trouvant ce nom de Tancrède un peu long l'appelait Credo, Yanik l'appelait Tanc, entre les deux, le jeune homme répondait en riant :

— « Tanc », je passe partout comme un tank, « Credo », je crois! C'est magnifique et vrai. Sa mère l'avait présenté au curé de la paroisse, le digne abbé Kerjean, dont la vaillante parole l'avait soutenue dans ses moment pénibles et le prêtre, intéressé par ces deux êtres courageux, avait offert au jeune homme de faire partie du patronage de la paroisse. Tancrède avait accepté d'enthousiasme, la gymnastique qu'on y pratiquait, était un jeu pour le collégien. Quant au chant, il l'apprit avec une grande facilité, il savait d'ailleurs parfaitement le latin. Il était d'instinct le chef de la jeune bande, tous les camarades l'aimaient. Décidément la vie s'arrangeait pour le mieux.

Dès le mois de juin, les baigneurs affluèrent, Albion, donnait l'élan, « l'hostellerie de la Table Ronde » regorgea d'hôtes d'outre-Manche. Malgré un prix élevé, on y accourait de préférence, parce que le confort était absolu, que la maîtresse de maison était affable et prévenante. Celle-ci d'ailleurs paraissait peu, la tenue des livres, les achats, l'organisation de la cuisine l'accaparaient, aussi se reposait-elle sur son aide de distinction : Mme Luçon qui recevait les arrivants comme des invités et leur parlait leur langue. Le jeune courrier savait renseigner les étrangers sur toutes les excursions, les accompagnait quand il le souhaitaient et avait la tenue irréprochable d'un gentilhomme, au langage choisi, qui reçoit chez lui. Aussi n'osait-on lui offrir de minces pourboires.

La première fois qu'un client lui avait tendu une des pièces jaunes à l'ordre du jour, il avait rougi violemment, puis avec un reproche intérieur pour ce geste d'orgueil, il avait accepté l'argent, sans songer à dire merci. Maintenant, l'habitude prise, il comptait le soir sa fortune et la donnait à sa mère. Parmi les chauffeurs amenés par les hôtes, se trouvait un personnage intéressant, c'était un prince russe qui, à bout de ressources, en fuite de son triste pays, avait dû se placer n'importe où pour gagner son pain. Il ne savait aucun métier, il apprit vite celui en honneur à présent et qui est en somme, un plaisir : chauffeur d'automobiles. Il s'appelait Féfor Ivanowich Tourguehef. Son maître le traitait en égal, il prenait ses repas à table d'hôte. La plupart des familles se faisaient servir à part au restaurant. Mme Luçon partageait la table de la patronne, son fils devait manger avec le maître d'hôtel et les garçons de service. Cela ne le gênait en rien, il s'assimilait au milieu avec la facilité d'un excellent caractère et d'une conscience très haute. Le Christ Divin, le Fils de Dieu, partageait bien le pain des pêcheurs ! Plus dur lui avait été de revêtir une livrée, mais Mme Clélie Martin, la patronne, avait très délicatement tourné la difficulté, elle avait fait habiller son jeune cycliste avec l'ancien et pittoresque costume breton. Le nom de sa maison rappelait les anciens chevaliers de la Table Ronde, son courrier en serait l'enseigne. Vêtu de ce costume, Tancrède était charmant. Quand il allait à la gare et se tenait près de la portière de l'auto, attendant les voyageurs, ceux-ci s'empressaient vers sa voiture de préférence aux autres véhicules. Ajoutons à cet aspect, sa grâce parfaite, son langage, sa tenue correcte et nous aurons le descendant des chevaliers du Saint-Graal.

Un matin, en dépouillant le courrier, Mme Luçon eut une exclamation de surprise. Elle fit signe à son fils de venir, il arrosait les palmiers du hall.

— Tiens, lis cette lettre.

Tancrède parcourut la page d'écriture claire :

Enghien, 25-6-25.

« Madame,

« J'apprends par des amis que votre hôtel est le plus agréable de la côte et je viens vous demander si je puis avoir pour les mois d'août et septembre, deux chambres avec vue sur la mer, deux cabinets de toilette, un petit salon et une chambre au même étage, premier ou rez-de-chaussée, pour ma femme de chambre. Veuillez me dire vos conditions.

« Recevez, Madame, mes empressées salutations.

« Eléna Consouloudi ».

Cette lecture achevée, la mère et le fils se regardèrent :

— Cela te contrarie ?

— Ma foi non, maman, Onda connaît ma situation, je

lui ai écrit, je pense même qu'il vient ici à cause de moi. C'est un grand cœur, digne de nous. Sa grand'mère est parfaite, tu en jugeras. Seulement il ne faut pas qu'il nous compromettre vis-à-vis des clients. Je vais lui envoyer mes recommandations. Ecris la lettre commerciale, moi j'ajouterai celle de l'amitié.

Au jour convenu, l'aïeule et le petit-fils arrivèrent par le train direct de Paris, à 7 heures trente. Deux chambres au premier avec vue sur la mer et un petit salon étaient préparés pour eux. Suivant son emploi, Tancrède alla ouvrir la première portière de la voiture dès qu'elle fut arrêtée devant la grande porte du hall. A cette heure matinale, il n'y avait encore que de rares baigneurs à flaner au rez-de-chaussée. Mme Clélie, qui avait veillé jusqu'à minuit, n'était pas encore levée, seule Mme Luçon s'avançait au-devant des visiteurs. Les deux amis avaient échangé un regard affectueux. Tancrède avait saisi les sacs de voyage et il les montait à l'étage suivi de la femme de chambre, tandis que Mme Consouloudi et son petit-fils prenaient l'ascenseur, en compagnie de Mme Luçon.

La maison était de grand style, très calme, très luxueuse. Les quatre pièces mises à la disposition des Consouloudi réalisaient l'absolu confort. Aussitôt que ces derniers furent entrés dans leur appartement avec la gérante et son fils, Onda ferma vivement la porte et prenant Tancrède par le cou, l'embrassa sur les deux joues.

— Mon vieux, je suis joliment content de te retrouver, quel charmant Breton tu fais.

Tancrède souriant saluait très bas Mme Consouloudi qui lui tendait la main :

— Merci de votre accueil, Madame, permettez-moi de vous présenter ma mère.

Le visage de la voyageuse s'éclaira :

— Tous mes compliments, Madame, j'ai déjà pu apprécier votre enfant et je vous assure que j'admire grandement votre courage et votre dignité. Nos garçons se sont connus et appréciés à l'âge où l'on ne sait pas dissimuler, leur amitié est réelle et de celles qui résistent aux surprises de la vie.

— Vos paroles me touchent infiniment, Madame, je sais aussi combien vous avez été parfaite pour Tancrède. Merci de tout mon cœur.

Un garçon qui apportait les malles coupa court à la conversation. Mme Luçon n'avait d'ailleurs pas le temps de s'attarder, sa besogne la réclamait en bas. Elle sortit aussitôt.

— Surtout ne me trahis pas, recommandait le cycliste, ici je ne suis qu'un serviteur, le tien... Ton père, ta mère, ta sœur, ne peuvent donc pas venir ?

— Non, papa doit rester, à cause des embrouillements financiers actuels, la banque réclame sa présence, maman n'a pas voulu le quitter, Marie a ses amies anglaises en séjour à la maison. Quant à moi, j'ai soufflé au docteur Nartel de m'ordonner les bains de mer, grand'mère, comme toujours a été ma complice. Elle aime la mer, elle y va tous les ans, elle a bien voulu se charger de moi. On s'entend si bien, nous deux !

En disant ces mots, il regardait dans la psyché placée devant eux, la tendre aïeule qui ouvrait sa trousse pour en ranger les objets. Ses yeux rencontraient en même temps sa propre image ainsi que celle de son compagnon. Il s'écria :

— Mais te voilà bien plus grand que moi ! Regarde, grand'mère, comme il me dépasse. Il est brun, bronzé, il prend un air d'homme. Moi, c'est désolant, je garde mon air de fille... comme disent les camarades moqueurs.

— Toi, tu es le plus aimable enfant qui soit, riposta Tancrède, avec tes yeux d'azur, tes courts cheveux qui veulent friser, ton air d'enfant Jésus dans la crèche, ton sourire heureux, et cela n'est rien auprès du cœur qui se se cache...

Un maître d'hôtel frappait à la porte, il tenait un plateau où se dressait le thé et les toasts du premier déjeuner. Il préparait la table :

— Si Madame désire des œufs et du jambon, j'en monterai.

— Non, cela suffit. A quelle heure sonnent les repas ?

— A midi moins le quart, on « Corne l'eau » à dix-neuf heures aussi. Si Madame veut dîner chez elle, l'avis au-dessous des boutons de sonnettes indique le service commandé.

Il montrait du geste une série de boutons électriques ainsi que l'appareil téléphonique. Puis il se retira en disant :

— Luçon, on vous demande en bas.

Aussitôt le cycliste salua Mme Consouloudi respectueusement et suivit le maître-d'hôtel.

— Drôle de situation pour Tancrède, remarqua Onda.

— Ni la mère ni le fils ne semblent en souffrir. Ils ont pris leur parti d'un devoir absolu, ils l'accomplissent en le rendant agréable par l'effet de leur volonté. Sois sûr que c'est possible. La comtesse de Luçon est aussi sympathique que Tancrède.

— N'est-ce pas grand'mère ? Son fils dit : « Maman c'est une sainte ».

— Ah ! voilà le secret de son calme et de sa physionomie souriante. Cette femme a un soutien occulte... que j'envie.

Quand on a la foi et l'espérance, les misères de la vie se nivellent.

Elle soupirait.

— Mais tu es heureuse, toi, grand'mère, pourquoi tes yeux, tes chers yeux bleus si clairs, s'embrument-ils ?

— Parce que moi je suis privée des joies intimes qui réchauffent les cœurs souffrants, allègent le fardeau, font aimer jusqu'à la douleur quand elle passe. Prier un Etre puissant et doux qui vous écoute, jeter toutes ses pensées aux pieds d'une Vierge mère, oser dire tout ce qu'on souhaite, croire à la force des invocations...

Elle s'arrêta, posa doucement sa main sur celle de l'enfant.

— J'ai tort de parler ainsi devant toi, mon petit, ton éducation ne t'a pas préparé à me comprendre.

— Je te comprends tout de même, grand'mère.

— Il ne le faut pas. Songe que je trahirais mon serment si je laissais tomber dans ta conscience le trouble de la mienne. Ton aïeul, ton père, ta mère, ta sœur, sont si loin de moi... de nous. J'ai juré à mon mari, loyal, bon. Hélas tellement sectaire ! de ne jamais entraîner ses enfants sur la pente où je glisse invinciblement.

— Je ne vois pas où serait le mal.

— Ni moi, sûrement. Aussi ton grand-père me laissait-il libre d'aller aux églises, mais c'est tout. J'y vais en étrangère, en intruse, on me tolère, parce qu'on ne sait pas que je suis hors la loi. Alors je gémis en moi-même, quand je vois mes amies se rendre à la table sainte, revenir recueillies et tout bas, parler avec le bon Dieu.

— Mais qui t'empêche d'y aller aussi.

— Tout. J'ai étudié la doctrine catholique, je sais que lorsqu'on n'a pas reçu le baptême, qui est le premier des sacrements, les autres sont exclus.

— Père, dit que tout cela n'est que conventions, qu'il y a probablement un Créateur, mais que les atômes que nous sommes dans l'immensité ne sont rien pour lui. C'est logique.

— Laissons ce sujet, mon enfant, ce que j'éprouve en moi, m'affirme le contraire. Déjeunons, voilà qui est tangible, après nous irons visiter la plage, voir quelles excursions nous pourrons faire aux alentours, en auto, en bateau, même à pied.

<h2 style="text-align:center">XI</h2>

<h3 style="text-align:center">LOC-LUÇON</h3>

L'embouchure de la Rance est, on le sait, à Saint-Servan. La navigation de la rivière est une des plus jolies promenades que puissent faire les touristes. Ils peuvent en remonter le cours jusqu'à son port sous Dinan, lequel communique par le flux et reflux avec celui de Saint-Malo. Des bateaux à vapeur font un service régulier entre les deux villes distantes de vingt-sept kilomètres. Les bords de la Rance offrent des paysages variés, des bois, des collines, au sommet desquelles s'élèvent des villas, des roches escarpées, à pic, des prairies et des vallons. Le vieux Dinan montre un château-fort, devenu prison, ses vieilles murailles, jadis hautes et larges, sont aujourd'hui couvertes de jardins qu'entourent des boulevards.

Une nombreuse société, venant de l'Hostellerie de la Table Ronde, s'était réunie pour cette excursion, on avait emporté le déjeuner dans l'idée amusante de le manger sur l'herbe en la forêt de Coëtquen. Ensuite on visiterait le « Chenau », habitation où l'abbé de Lamennais s'était retiré avec des amis pour étudier, méditer, prier. Plus loin, sur la route de Saint-Brieuc, mais enfoncé dans les terres, se trouve le château de Loc-Luçon, berceau de la famille de ce nom. Vendu en 1918 et acheté par un industriel de Lamballe, il n'avait jamais été habité qu'en passant, l'acquéreur ayant été tué à la fin de la guerre. A présent, nul ne l'entretenait, il s'en allait en ruines, le parc devenait un lieu sauvage, mais pittoresque, rempli de chants d'oiseaux et de courses de lapins. Le gardien se plaisait à le faire visiter dans le but de récolter quelques gratifications. La bande joyeuse des touristes de Saint-Malo y arriva après le charmant déjeuner champêtre. Cette visite intéressait vivement Onda, il aurait voulu emmener avec lui son ami Tancrède pour ce pèlerinage à son lieu de naissance. Mais les fonctions de celui-ci l'en empêchaient et il dût y renoncer à son grand regret.

Le château, entouré de douves profondes, flanqué de tours rondes terminées par des créneaux, gardait à l'extérieur un aspect imposant, à l'intérieur, une vaste cour, entourée de bâtiments, offrait l'aspect gai de fleurs et de pelouses. A présent, les arbustes grandis donnaient encore des fleurs et les pelouses du foin, mais les branches jamais taillées, étaient devenues envahissantes, entrecroisées, elles formaient des berceaux et des fourrées délicieux. Les chèvrefeuilles, les jasmins, les glycines parfumaient l'air, des cerisiers sauvages aux tardifs petits fruits d'un rouge noir, nourrissaient une nuée de merles.

— C'est ravissant, dit Onda en s'élançant par la poterne suivi des compagnons de hasard fournis par le voisinage d'hôtel. Seule, en arrière, Mme Eléna Consouloudi, venait rêveuse. La jeunesse chantait, évoquant des échos, d'autres essayèrent d'ébranler la grosse cloche d'appel. Un son prolongé, vibra, jaillit soudain.

— Ah ! dit la vieille Dame en portant la main à son

cœur, avec un intense émoi, comme si ce son l'avait transpercée. Elle accourut, vivement sous la coupole de bronze, tira elle-même la chaîne. Deux, trois sons s'épandirent :

— Oh ! cette voix !

Et l'aïeule s'appuya chancelante contre le mur couvert de vigne-vierge. Le groupe continuait sa visite sans s'occupait d'elle. Onda attentif écoutait le cicérone qui, mêlant les époques et les gens, agrémentait de pas mal d'invraisemblances sa description. Mais la plupart des assistants ne s'en apercevaient pas.

« Les chevaliers de la Table Ronde, Mesdames, Messieurs, se réunissaient dans la forêt que vous voyez là-bas. Ils se nommaient ainsi parce qu'ils buvaient le « singral » sur une table de pierre parfaitement circulaire.

— Qu'est-ce que le Singral ? demanda une dame curieuse ?

— Une liqueur dont ma femme a encore la recette et qui est souveraine contre la peur.

— Le « Singral », se dit Onda, ne voudrait-il pas dire le Saint-Graal... ?

Mais le guide continuait : « Le chevalier Tancrède de Luçon, qui bâtit la forteresse vers l'an 1200, s'en alla en terre sainte quand elle fut achevée. Il rapporta de là un grand morceau de la Vraie Croix, qui est toujours resté dans la famille, enfermé dans un reliquaire d'or. Moi qui vous parle, j'ai vu naître le jeune Tancrède, vingt-deuxième du nom, dans la chambre du Nord et quelques années plus tard, sa sœur Hermine. Et puis tous ont disparu, mes maîtres ne sont jamais revenus. J'ai été compris dans la vente du château et des terres, avec les chouettes et les chauves-souris qui chantent la nuit dans les ruines du donjon. Si vous voulez me suivre, Mesdames et Messieurs, je vais vous montrer la chapelle où qu'ont été baptisé tous les Luçons. On mettait pour la cérémonie le reliquaire sur la poitrine du nouveau-né.

— Et où est-il le reliquaire ? questionna un auditeur.

— Il est sans doute encore dans sa cachette, Monsieur.

— Où est la cachette ?

— Cela, Monsieur, je ne l'ai jamais su, mais je pense que lorsque le château a changé de maîtres, le fantôme qu'on voit la nuit de la Saint Tancrède se promener sur le donjon, l'a gardé. Des femmes qui étaient à une veillée de fête l'ont aperçu qui brillait au cou du revenant. A présent, Mesdames et Messieurs, vous pouvez vous promener dans le parc, si vous voulez bien ne pas oublier l'historien...

Il tendait sa casquette où chacun déposait un pourboire. Onda y jeta un petit billet bleu et s'avisa soudain :

— Où est grand'mère ?

Aussitôt, il quitta le groupe qui s'en allait en riant de l'éloquence du vieux Breton et il se mit à parcourir le château dont les portes restées ouvertes lui laissaient toute latitude.

Il arpentait des salles immenses à demi démeublées. Celle, dite des Gardes, contenait encore des armures et des portraits d'ancêtres, les uns en costumes de Cour, les autres avec le casque et la cuirasse. Onda appelait : grand'mère ! et il songeait inquiet : « Pourvu qu'il n'y ait pas d'oubliettes cachées... » La brise faisait onduler des débris de tentures, beaucoup de petites vitres cerclées de plomb étaient brisées. Toujours courant, il arriva dans l'aile du midi. Là l'abandon était moins visible, plusieurs pièces étaient entretenues. Les propriétaires actuels, pendant leurs rares séjours, devaient habiter cette partie du château.

Onda souleva une portière de tapisserie, peu respectée par les mites, et resta stupéfait sur le seuil. Sa grand'mère est là, debout au milieu de la chambre, les mains jointes, les yeux en larmes, elle ne l'entend pas, elle semble en proie à une vision, une grande anxiété est peinte sur ses traits tendus.

Doucement, son petit-fils vient glisser son bras autour du cou de sa tendre aïeule, il met ses lèvres chaudes sur la joue très pâle :

— Mémée chérie, qu'as-tu, je t'ai appelée. Souffres-tu ?

— Onda ! je suis déjà venue là ! j'ai vu ces choses, oh ! ce tapis dont je reconnais les fleurs.

— Tu es venue en rêve, pourquoi t'impressionner ainsi, allons retrouver nos compagnons, on va partir.

— C'est juste, je m'oublie, si tu savais, je suis la route mystérieuse, mais tu as raison, partons.

Ils descendirent ensemble sans parler, la pauvre Eléna semblait une automate, ses yeux s'accrochaient aux choses... elle murmurait des mots que le petit ne comprenait pas, qui l'inquiétaient. Ils rejoignirent les touristes à l'entrée du pont-levis qui ne se levait plus depuis des années et que fixait désespérément l'aïeule jusqu'à ce qu'un tournant de la route lui en déroba la vue. Le trajet vers l'embarcadère fut court, le bateau se balançait par la marée montante qui faisait refluer la Rance. La société était bruyante et joyeuse, sauf les Consouloudi qui se taisaient assis l'un près de l'autre à l'écart. Elle gardait les paupières closes ; lui, préoccupé de cette étrange attitude. Ils arrivèrent à la nuit. Onda courut au bureau de l'hôtel où se tenait Mme Luçon. En ce moment, elle comptait le linge que venait de rendre la blanchisseuse :

— S'il-vous-plaît, Madame, où est Tancrède ?

— Il est à conduire un « mylord » qui ne sait pas un mot de français, à la Banque de France, où il a des affaires d'argent.

— S'il avait seulement un instant, à son retour, je voudrais bien lui parler un peu. Ne pourrait-il venir me trouver dans ma chambre ?

— Il n'a guère le temps. On le réclame de tous côtés. Ne pourrais-je le remplacer ?

Elle souriait en disant cela, comprenant que les collégiens avaient leurs projets.

— Si... et même peut-être mieux.

— Ah ! alors disposez de moi. J'ai fini. Les lingères vont emporter ces piles de draps. Nous serons tranquilles un moment. Vous avez l'air inquiet ?

— Oui, parce que je ne comprends pas. Grand'mère est allée visiter votre ancienne demeure : Loc-Luçon, et elle en a été si violemment émue que j'ai peur pour sa santé.

— Émue de voir le château ! Pourquoi ?

— Grand'mère est une sensitive.

— Sans doute. Mais en quoi ces vieilles pierres qui ont abrité nos ancêtres peuvent-elles causer une impression à d'autres que nous ?

— Justement. C'est ce qui m'intrigue. Le fait est qu'elle est restée comme prostrée, qu'elle ne descend pas dîner et qu'elle se fait servir un léger repas chez elle.

— La fatigue, le bateau, l'auto, la marche, sont plutôt la cause de son malaise que la vue de l'antique demeure.

— Non. Elle murmurait : « Je suis venue là ! je retrouve des souvenirs ».

— Elle le croit, elle a lu, rêvé, cet effet du « déjà vu » n'est pas très rare, c'est ce qui fait imaginer par certains occultistes la théorie des « vies successives ». Une distraction quelconque chassera cette pensée. Ne vous tourmentez pas, mon petit ami, je vais aller voir si Mme Consouloudi a besoin de quelque chose, matérielle... ou autre.

— C'est... autre, Madame, grand'mère se préoccupe assez peu de ce qui est purement matériel, elle pense beaucoup trop. Papa dit que c'est la cause de ses cheveux blancs, car elle n'est pas vieille.

— Elle n'en a pas l'air non plus. Allez donc dîner, mon enfant, on sonne, je vais monter là-haut.

Les lingères arrivaient pour ranger l'armoire. Mme Luçon prit l'ascenseur. Elle pensait : « Notre vieux château ! ses pierres parlent... » Mais elle n'eut pas le temps de longues réflexions, elle arrivait au palier. L'appartement de la riche Grecque était le plus beau de l'étage, il formait au bout de la galerie l'angle donnant sur la plage, les fenêtres s'ouvraient sur l'immense étendue houleuse des flots. Un peu de vent s'était élevé, au bord de la grève, les vagues étaient phosphorescentes, il faisait très chaud, le temps tournait à l'orage. Mme Luçon gratta à la porte. Dans l'hostellerie tous les usages anciens étaient conservés.

— Entrez ! Comme c'est aimable, chère Mme Luçon d'avoir pensé que j'aimerais à vous voir...

— C'est votre petit-fils qui m'envoie.

— J'espère qu'il est allé dîner, je l'en ai instamment prié, moi je ne prendrai que du thé.

— Vous êtes souffrante, Madame.

— Oui, non, je ne sais... j'ai l'âme en déroute. Il m'arrive une chose si étrange.

— Les choses étranges sont bonnes à envoyer hors de la mémoire. Je parie qu'on vous a parlé du fantôme de Loc-Luçon.

— Il ne s'agit pas de fantôme. N'avez-vous jamais éprouvé un sentiment complexe en face d'un paysage, ou en percevant un son, ou en voyant un tableau, ou accomplir un acte très simple, insignifiant, mais qui vous frappe, parce qu'on se dit : « J'ai déjà vu cela, j'ai entendu ce son, je suis venue là ».

— J'ai éprouvé vaguement ce que vous expliquez, je n'y ai attaché aucune importance, à quoi bon...

— A quoi ! Ah ! vous ne savez pas ce qui me touche moi. Un jour, quand la saison sera terminée, vous serez libre, je vous demanderai de venir avec moi à Luçon, de me conter ce que vous savez du passé, de remettre les choses comme elles étaient, à leur première place.

— Ce sera facile. Revoir le vieux nid, où presque tous les Luçons sont nés, m'attriste, mais m'intéresse. Le château appartient à des étrangers hélas ! Tancrède a grand désir d'y aller aussi. Il y a deux manières de ressentir les impressions Madame : fuir la mélancolie des rappels ou la chercher, cela dépend de la nature des penseurs.

— Je suis pour la recherche. Ma vie s'est écoulée à chercher d'où je viens... Comprenez-vous Madame, ce qu'il est douloureux de se dire : Où fut mon berceau, quels furent mes parents ?

— Oui, c'est douloureux, mais puisqu'on a sa vie propre, très courte devant l'éternité, alors à quoi bon s'encombrer l'esprit de choses qui nous serons révélées plus tard.

— Vous parlez comme une personne qui sait son chemin et n'a jamais pensé aux égarés.

— Oh ! il n'est pas sans épines, mon chemin.

— Aucun n'en est dépourvu. Ne croyez pas que je me plaigne des choses banales de la vie plus ou moins fortunée, facile, ornée. Ce ne sont pas ces petitesses qui m'occupent.

— Elles composent une grande partie du bonheur pourtant.

— Non. Le bonheur se place ailleurs.

— Dans la tendresse.

— Evidemment, dans la sécurité aussi, dans l'idée de la vérité. On naît dans un pays, dans une famille, dans une religion, les transplantés végètent. Si vous saviez comme toute ma vie j'ai souffert de ne croire à rien.

— Qu'est-ce qui vous empêche de croire ?

— L'éducation que j'ai reçue. On m'a appris à lire dans un cahier de philosophie. Jamais, comme les autres enfants, je n'ai suivi une procession avec un cierge en main. Je n'ai pas eu la robe blanche des premières communiantes. Celui que j'appelais mon père disait que les pratiques pieuses ont été inventées pour soutenir le peuple, lui donner une illusoire idée de récompense, afin qu'il ne se décourage pas du travail. Il assimilait ce que vous appelez les vérités chrétiennes à l'histoire des fées, mythologies hyperboliques. Mais nous perdons notre temps à parler de ces choses, je poursuis depuis tant d'années le même idéal. En ce moment, une petite — si petite — lueur se reflète sur mon esprit, je compte la garder. Demain, je retournerai seule, absolument seule, à Luçon. Je veux concentrer mes pensées.

— Madame, vous avez tort d'abuser de vos forces cérébrales, vous marchez après une chimère, à quoi bon savoir si vous êtes venue déjà dans ce pays si loin du vôtre. Il y a une ressemblance peut-être, des réminiscences de lectures, certaines revues ont publié le paysage qui vous a frappée...

— Oui, mais elles ne m'ont pas fait entendre le son de la cloche. Enfin j'irai et, si je peux, j'achèterai le château. Je voudrais lui rendre son aspect ancien pour que les chères âmes errantes y reviennent et m'y trouvent.

— Madame, je vous en prie, venez en bas, allez au restaurant, distrayez-vous. Vous allez vous rendre malade.

— Dites toquée, c'est votre impression n'est-ce pas ? Non, soyez tranquille, Madame, je n'ai jamais été aussi lucide. Depuis tant d'années j'erre... Mon bonheur serait intense si je tenais enfin un tout petit bout du fil d'Ariane. Maintenant, je vais me coucher, dormir... les rêves portent conseil, bonsoir.

La gérante descendit, elle s'étonnait d'une si étrange aventure ! Cette étrangère, venant de l'Hellade, qui croyait avoir vécu à Loc-Luçon ! Mme Clélie Martin, occupée à regarder du seuil de l'entrée, lui fit un signe :

— Il est arrivé un accident au châlet Pommone là-bas, tenez, cette maison isolée à la pointe de Rochebonne. Une vieille dame, paraît-il, a fait une chute grave. J'ai envoyé Credo chercher un médecin et un prêtre, c'est un pêcheur qui est accouru demander du secours.

— Peut-être devrais-je y aller?

— Ce serait sans doute charité. La pauvre propriétaire vivait là avec une bonne. Seulement c'est loin et d'accès peu commode la nuit. Il faut prendre le chemin étroit des douaniers. J'ai défendu à votre fils de le suivre à bicyclette, d'ailleurs il n'est pas seul, le jeune Consouloudi a voulu l'accompagner. Il sortait de table au moment même. Venez donc dîner, chère amie, les clients ont terminé.

Les deux femmes dont l'entente était parfaite, allèrent s'installer à leur tour à la salle à manger.

XII

ON FAIT CE QU'ON PEUT

Les châlets, les villas, les hôtels s'espacent de Saint-Malo à Rochebonne, l'Hostellerie de la Table Ronde est à peu près au milieu du Sillon. Tancrède savait qu'un docteur de Paris avait loué « les Mouettes », il s'y rendit à belle allure, escorté d'Onda qui se plaisait à toutes les randonnées cyclistes et cherchait ainsi chaque occasion de se trouver en paix avec son ami. Dans leurs courses, les deux camarades reprenaient leur ancienne habitude d'intimité.

— Stop! c'est là dit le petit courrier breton en sautant de machine.

Un mur bas fermait un jardin, laissant apercevoir au fond une véranda, sous laquelle une famille de baigneurs dînait. Le garçon tira la clochette d'appel suspendue au sommet d'une grille, mais nul ne bougea dans la maison. Il recommença à sonner plus fort, plus longtemps, vain effort. Les convives ne s'agitaient en rien.

— Ce sont des sourds, je vais les secouer, décida-t-il en s'élevant à la force des poignets sur le petit mur facile à escalader et courut à la véranda, tandis que son ami attendait au dehors.

— Que veut cet indiscret? fit avec impatience un Monsieur qui, à l'aide d'un casse-noisette, attaquait d'énormes pattes de crabe.

— Veuillez m'excuser, Docteur, mais il est arrivé un accident grave à...

— Mon garçon, coupa le médecin, sans cesser d'éplucher sa bête rouge, je vous prie de croire que je ne suis pas venu ici pour faire de la clientèle. Vous êtes bien audacieux de sauter les clôtures.

— Mais, Docteur, c'est un cas urgent, un danger...

— Je suis ici pour me reposer que diable! f.... moi le camp, on ne peut pas dîner en paix ici.

— Monsieur, vous commettez une bien vilaine action, peu en harmonie avec le sacerdoce qu'est le rôle d'un médecin.

A ces mots, tous les convives, une dame, trois jeunes filles et le docteur, éclatèrent de rire :

— Voyez-vous ce valet qui prêche, allons file, avant que je ne me sois levé pour te tirer les oreilles, galopin.

Tancrède eut un geste d'indignation et s'enfuit sans saluer, poursuivi par les éclats de gaîté des dîneurs. Il sauta le mur d'un élan :

— Crois-tu, s'écria-t-il, Onda, c'est inouï, ce médicastre est le déshonneur de sa corporation. (1) J'en connais un autre, mais il faut se hâter jusqu'à Paramé, le temps presse. Veux-tu te charger de prévenir le prêtre. Il y a un abbé, aumônier du couvent de la Miséricorde, dont tu vois d'ici le clocher, prends à travers la Dune, ce n'est pas loin.

— Bon, j'y cours.

Onda enjamba sa machine pour s'engager dans un chemin transversal, allant de la mer au pays, chemin peu roulant à cause du sable épais accumulé par le vent. Le jour long de juillet s'achevait, le ciel, de plus en plus couvert, était menaçant. Le brave enfant voyait son but, guidé par les accents scandés de l'angelus. Une petite porte s'ouvrait dans le mur de l'enclos du monastère, il en souleva le loquet, elle s'ouvrit aussitôt et il fut au milieu d'un champ de pommes de terre à l'extrémité duquel se dressait la chapelle. Il accota sa bicyclette contre un prunier et suivit une allée à grands pas. Justement les religieuses quittaient le sanctuaire, il demanda à l'une d'elle, en soulevant son béret :

— Madame, je suis entré sans permission, veuillez m'excuser, je viens chercher Monsieur l'aumônier pour assister une personne qui va mourir.

Tout de suite, la bonne sœur rentra dans l'église, Onda la suivit. Cela sentait l'encens et les fleurs. Le prêtre partait par la sacristie qui communiquait avec le jardin, dans lequel était situé le petit pavillon où il demeurait.

— Monsieur l'abbé, appela la religieuse, voici un messager qui vous demande.

L'abbé se retourna :

— Que voulez-vous, mon enfant ?

(1) Cet incident est authentique, il arriva exactement ainsi à Paramé. Le docteur S... de Paris refusa d'assister Mme Boutrais d'Angers qui mourut le crâne ouvert pour être tombée par une trappe dans sa cave.

— Votre ministère, Monsieur, il s'agit d'un accident. Je vous prie de venir tout de suite.

— Je suis à vous. Attendez-moi un instant, asseyez-vous sur ce banc, je me prépare.

Il se hâtait de rentrer chez lui. Onda regardait les choses : des carrés de légumes, une table modestement couverte d'un unique couvert préparé pour le souper du prêtre, un banc de bois contre le mur de la maison basse. Une lumière brilla à l'intérieur ; deux minutes plus tard, l'aumônier ressortait, il avait en main un sac noir, sur le bras un manteau.

— Avez-vous amené un véhicule quelconque, dit-il, l'orage monte.

— Je n'ai que ma bicyclette. Prenez la vôtre, monsieur l'aumônier.

— Est-ce loin ?

— Non. Peut-être deux ou trois kilomètres.

— Qu'est-il donc arrivé ?

— Une vieille dame est tombée par la trappe de sa cave sur un escalier de pierre et s'est, croit-on, fendu la tête.

— Ah ! oui, cela presse. Vous avez averti un médecin ?

— Oui.

— Par où va-t-on ?

— D'abord jusqu'à la mer, ensuite on doit filer vers Rochebonne, le châlet est sur la crête des rochers, on peut y accéder par le chemin des douaniers.

— Vous m'accompagnerez, je porte les Saintes-Huiles.

— Ah ! pourquoi faire ?

— Vous dites que la malheureuse est en danger de mort.

— Sans doute.

Ils marchaient le long des pommes de terre, le prêtre tenait en main sa machine, il faisait de plus en plus sombre. Il demanda :

— Vous pouvez répondre aux prières de l'extrême-Onction, mon enfant ?

— Non Monsieur, je ne sais aucune prière, je n'en ai de ma vie dit aucune.

— Comment ! mon pauvre petit, vous venez me chercher...

— Je fais une commission, mais je ne crois pas à ces mômeries.

— Ah ! que Dieu vous prenne en pitié.

Il ouvrait la porte, sortait la bicyclette, attachait son sac au guidon et se mettait en selle.

— Voilà l'orage, il va pleuvoir, vous n'avez pas de manteau, prenez le mien, je suis plus couvert que vous.

Ce disant, il jetait sa cape sur l'épaule d'Onda et démarrait en vitesse.

— Non merci, criait celui-ci, je retourne à l'hôtel moi.

Mais l'abbé ne l'entendait pas. Il filait tête basse contre la rafale. Force fut au garçon d'en faire autant, sans pouvoir le rattraper, empêché d'aller vite par le sable mou du sentier. Au moment où il tournait sur la route, il aperçut Tancrède qui arrivait au-devant de lui, l'approchait :

— Rentre, le temps va être horrible, ta grand'mère serait inquiète.

— L'abbé ne saura pas où prendre le chemin de la côte.

— J'irai. J'ai expédié le médecin qui est je pense déjà rendu bien qu'il ait dû faire le tour avec son auto. Sauve-toi, mon ami, tu diras à maman que je suis avec le prêtre et le docteur, qu'elle peut être tranquille.

— Je ne dois pas t'abandonner.

— Tu dois rassurer nos mères. Je t'en prie, rouspette pas vieux. Tu me retardes.

L'averse crevait aveuglante, la mer mugissait, les éclairs rayaient l'horizon noir. Onda obéit, il était essouf-flé, moins robuste que Tancrède plus aguerri. Celui-ci, son chapeau breton bien enfoncé, faisait tête au vent debout, à peine distinguait-il la silhouette sombre de l'aumônier. Il ne pouvait le gagner de vitesse, mais il le vit s'arrêter, descendre de machine.

— Est-ce là qu'il faut monter ? demanda le prêtre, nous voici à la pointe de Rochebonne.

— C'est là, Monsieur l'abbé, mettons nos bicyclettes dans la hutte des douaniers; à pied nous en aurons pour cinq minutes, venez, je passe devant.

L'escalade n'était pas très difficile, les deux Bretons avaient le pied sûr, ils connaissaient la côte. De temps à autres, un éclair leur montrait le châlet de plus en plus près. Ils y arrivèrent trempés, la porte était ouverte, l'eau y entrait sans que personne songea à l'en empê-cher, l'abbé repoussa le battant. Une chambre était éclai-rée. Une femme allait et venait, aidant le docteur qui faisait un pansement sur une pauvre figure sanglante qui ne donnait aucun signe de vie.

A la vue de l'arrivant, le médecin montra la blessée :

— Vous êtes plus utile que moi, Monsieur l'abbé.

— Elle vit encore ?

— Elle respire à peine, je ne crois pas qu'elle ait de connaissance.

— Je vais essayer de me faire comprendre. Veuillez tous vous retirer un instant.

— Je suis tout à fait inutile désormais, fit le prati-cien, je pars, la nuit n'engage guère à s'attarder.

Il reprenait son pardessus de cuir, sa casquette de chauffeur, l'instant d'après on entendait le ronflement de sa machine.

La servante sanglotait :

— Mon Dieu, que vais-je devenir, à présent moi ?

La réflexion est bien humaine, pensait Tancrède, tout en s'essuyant le visage avec une serviette que la bretonne lui tendait. Presque tout de suite l'abbé reparut. Je vais donner à la mourante les derniers sacrements, approchez, unissez-vous à mes prières.

Il ouvrait son sac, revêtait son surplis, arrangeait sur la table le modeste dispositif, aidé de la domestique. Il fit le signe de la Croix, imité par les deux assistants. Au patronage, le curé avait appris à ses enfants les devoirs du chrétien en face des obligations chrétiennes, Tancrède put donc, ainsi qu'un clerc, répondre aux invocations suprêmes. Pendant les onctions la blessée cessa de respirer. L'aumônier acheva quand même son ministère et ensuite, il remit en ordre ce qu'il avait apporté. Pendant ce temps, Tancrède, à genoux, récitait le « De profundis » à haute voix. Il éprouvait une grande tristesse à la vue de cette solitude, de cet abandon par une tempête effrayante. Les coups de tonnerre se succédaient, la pluie tombait à torrent. La servante avait allumé une bougie près du lit, elle avait apporté un brin de buis, de l'eau bénite, et elle procédait au dernier des devoirs : l'ensevelissement. Le prêtre priait à l'écart. Quand la servante eut joint les mains du pauvre corps inerte, elle dit :

— Il faudrait lui mettre un chapelet aux doigts.

— Voilà, dit Tancrède, en tirant le sien de sa poche. A présent il faut que je rentre, ajouta-t-il, Monsieur l'abbé nous allons redescendre ensemble.

— Et je vais être ici seule, moi ! s'écria la servante effarée.

— Je puis rester jusqu'au jour, fit le prêtre. A ce moment vous devrez aller chercher des parents ou des amis. Il y a des formalités à remplir.

— Je ferai les commissions que vous voudrez, offrit Tancrède.

— Vous pourrez demain à l'aube, aller prévenir au couvent que l'on m'envoie des religieuses, la servante sera libérée.

— J'irai, Monsieur l'abbé, comptez sur moi.

— Mon enfant, pourquoi disiez-vous ne pas savoir de prières.

— Je n'ai jamais dit cela Monsieur l'abbé.

— Alors, est-ce que... ce n'est pas vous qui êtes venu me chercher.

— C'est un des baigneurs de la Table Ronde, j'ai pris

sa place en cours de route. Je suis moi, le cycliste de l'hostellerie.

— Ah ! repartez donc, mon enfant, il semble y avoir un peu d'apaisement là-haut.

Au dehors, sur cette crête de rochers où venaient battre les vagues, où crépitait la pluie, où une mince bougie éclairait un intérieur lugubre, la nuit était sinistre. Tancrède frissonnait en marchant sur l'étroite bande de sable, où pas même un douanier ne le croisait.

<h2 style="text-align:center">XII</h2>

<h3 style="text-align:center">L'AUBE SE LÈVE</h3>

Madame Consouloudi et son petit-fils, par une belle après-midi tranquille où la tempête de la veille ne laissait d'autres traces que quelques branches brisées, pénétraient dans l'enclos de pommes de terre du couvent.

Ils marchaient entre les plans, un peu couchés sur le sable, se dirigeant vers la chapelle dont le chœur dominait le champ.

— Il doit y avoir une autre entrée, remarqua l'aïeule.

— Je le pense, seulement, je ne connais que celle-là. Elle nous mène chez l'aumônier. Viens, grand'mère, en traversant l'église et la sacristie, nous arriverons à son jardin.

Ce n'était l'heure d'aucun exercice, les religieuses, rentrées chez elles du côté opposé à celui où logeait leur aumônier, devaient être occupées, nulle ne se montrait. Le sanctuaire était vide, la porte en était ouverte au large, afin de laisser pénétrer l'air et la chaleur sous les voûtes. Les deux visiteurs passèrent sans obstacles dans le parterre de l'abbé.

— Nous sommes bien indiscrets, remarqua l'aïeule. Il y a certainement une barrière et une sonnette.

— Viens toujours, grand'mère, nous nous expliquerons. J'aperçois le bon aumônier là-bas, en haut d'une échelle, il rattache ses vignes.

L'abbé aussi les avait aperçus. Il descendait en hâte les échelons, venait à eux en ôtant son tablier. Mme Consouloudi s'avança :

— Veuillez nous excuser, Monsieur l'aumônier, nous ne connaissons aucun autre accès chez vous.

Il sourit :

— J'espère que vous ne venez pas me chercher...

— Non, fit Onda. Je viens vous rapporter votre manteau, et vous dire merci. Sans doute il vous a bien manqué.

— Je n'y ai pas même pensé. Mais mon enfant, il y a

donc eu une substitution de messagers. Le jeune homme arrivé avec moi, n'était pas celui qui m'accompagnait au départ.

— En effet, mon ami a pris ma place, vous avez gagné au change, Monsieur l'abbé.

Ils marchaient vers la maison :

— Veuillez entrer, Madame, offrit le prêtre.

— Nous ne voulons en rien vous déranger, Monsieur, répondit Eléna Consouloudi, vous étiez occupé à réparer les désastres de cette nuit.

— Oh ! j'ai le temps. Je suis ici en villégiature. Monseigneur m'a donné ce poste pour me procurer quelques mois de repos au bord de la mer.

— Alors, vous n'êtes pas de Saint-Malo, Monsieur ?

— Je suis Breton, mais j'étais professeur à Paris. Vous venez aussi prendre les bains sur notre côte d'émeraude. Elle vous plaît n'est-ce pas ?

— Oui. La Bretagne a pour moi un attrait incompréhensible. Mon petit-fils m'y a entraînée et, comme tout ce que nous faisons à un but — souvent caché à nos propres yeux — je suis venue ici, peut-être saurais-je un jour pourquoi.

Le prêtre regarda son interlocutrice, il remarqua ce beau et digne visage aux yeux rêveurs, au sourire mélancolique, il vit cet enfant vif, riant, visiblement heureux, il dit :

— Madame, je n'ai pas l'honneur de vous connaître...

— Ni moi, Monsieur l'abbé, mais puisqu'une circonstance nous réunit à l'occasion d'un service que vous nous avez rendu...

— C'est que nous devions nous rencontrer, acheva Onda. Monsieur de la Palice n'eut pas mieux parlé. Grand'mère, permets-moi d'ouvrir ton sac, d'y prendre une carte de visite pour l'offrir à Monsieur l'Abbé.

— Madame Aristide Consouloudi, lut à haute voix le prêtre. Ce nom me parle d'Athènes et pourtant à vous voir et à vous entendre tous les deux, je vous aurais cru plutôt nés sur les rives de la Loire ou de la Seine.

— Tous le disent. Mais avec la facilité des voyages, les types originaux se perdent. A quoi bon les garder d'ailleurs. Le Créateur n'a pas divisé son univers en casiers, c'est le travail des humains.

L'abbé sourit. Il se rappela que le jeune garçon lui avait dit ne pas savoir une prière et sa phrase de tout à l'heure en parlant de l'échange des messagers : « Vous y avez gagné » lui fit penser que le couple sortait un peu de la banalité. Il dit:

— Le jeune homme qui s'est substitué à vous hier au

soir, Monsieur, est le groom de l'hostellerie ? Il m'a paru de manières et d'une piété charmantes.

— Ah ! je crois bien. C'est l'être le meilleur que je sache, c'est un ami. Sa situation ne saurait m'éloigner de lui.

— Vous parlez en vrai chrétien... et pourtant...

— Je ne le suis pas. Vous avez été effaré cette nuit, Monsieur l'abbé quand j'ai avoué ne pas savoir prier.

— Pas effaré, attristé, mais en causant avec vous, je me console.

— Qui sait ? fit l'aïeule. Monsieur l'abbé en venant vous rendre votre manteau que vous avez donné tout entier...

— Je n'avais rien pour le partager, Madame...

— Je voulais vous prier d'accepter pour vos œuvres un tout petit présent.

Elle posait sur le coin de la table, une enveloppe et se levait pour prendre congé. L'abbé prit le papier, le lui présenta :

— Madame, vous êtes parfaite, mais je n'ai ici aucune œuvre, n'ayez donc aucune générosité envers moi, je vous en prie.

Onda se mit à rire : « Timeo Danaos et dona ferentes ». (1)

— Oh ! fit l'abbé en riant aussi, ne me citez pas Virgile. Si vous voulez Madame être charitable, passez par le couvent, je vais vous reconduire, le chemin est plus aisé que par le clos de pommes de terre et vous trouverez sur votre passage, près de la porterie, un tronc pour les pauvres.

— J'aurais dû vous demander plutôt des messes, Monsieur l'abbé.

— Seulement nous n'y croyons pas, acheva Onda.

Le prêtre regarda l'enfant avec une infinie douceur :

— Pauvre petit, votre ami ne m'a pas paru être dans vos idées.

— Lui ! Il est grandement supérieur à moi sous tous les rapports.

L'abbé posa sa main sur le bras d'Onda :

— Vous raisonnez trop bien, mon cher petit d'une part, pour être aussi aveugle de l'autre. Un jour viendra...

— Et très proche, Monsieur, où nous nous reverrons, accentua l'aïeule, me refuserez-vous, si je vous demande de venir un soir dîner avec nous à la Table Ronde ?

— Hélas, Madame, je refuserai. Mon devoir m'interdit d'aller, hors les voyages, au cabaret.

— Vous confondez. Le restaurant n'est pas un cabaret.

(1) Je crains les Grecs même quand ils font des présents.

— C'est un peu cependant de même famille. On chante, on fait de la musique pendant les repas.

— Hé bien, chants et musique sont permis ; dans vos temples, j'ai assisté à de merveilleux concerts.

— Religieux.

— On joue les marches profanes : Le Prophète, Lohengrin.

— J'aurai l'honneur de me présenter chez vous, Madame, pour vous rendre visite un de ces jours.

— Entendu, mais venez de bonne heure, car j'ai l'intention de me rendre tous les jours auprès de Dinan.

— En bateau, c'est une délicieuse excursion et il faut la trouver telle pour y aller tous les jours.

— Je n'y vais pas en bateau, mais en auto. C'est plus rapide.

— Alors bon voyage, Madame, j'y vais moi-même assez souvent. Mon oncle est curé de Plankoët.

— Ah ! adieu, Monsieur l'abbé, voulez-vous me dire votre nom que je l'inscrive sur l'agenda des souvenirs.

— Pol de Penhoët.

— Vive la Bretagne ! fit Onda en serrant cordialement les mains du prêtre. Au revoir Monsieur.

L'aumônier salua profondément Mme Consouloudi devant la sœur tourière, très surprise, de voir la visiteuse poser sur le tronc des pauvres, car elle était trop large pour y entrer, une enveloppe blanche. La sœur ouvrit le portail, les deux étrangers passèrent. Onda glissa son bras sous celui de sa grand'mère, et ils prirent lentement le chemin de la plage. C'était l'heure du bain, une joyeuse animation régnait au bord du flot. Quantité de tentes de couleurs et de formes variées s'espaçaient sur une longue étendue. On voisinait de l'une à l'autre. Une foule d'enfants jouaient, des ânes trottaient de mauvaise grâce, portant des bambins amusés, des camelots criaient des journaux, des pâtissiers passaient avec d'appétissantes mânes emplies de friandises. Des tziganes venaient chanter auprès des groupes. C'était l'animation heureuse des baigneurs fortunés. Mme Consouloudi avait loué une tente rayée jaune et bleu, des pliants étaient rangés dessous. L'aïeule et son petit-fils y prirent place. A cause du soleil couchant, l'entrée était tournée vers la pointe de Rochebonne dont on voyait la masse rocheuse. Au sommet de la falaise, un long rayon rouge s'accrochait à une Croix d'argent portée haut par un enfant de chœur. Un prêtre la suivait et, derrière eux, quatre hommes portant une chose longue, couverte d'un drap blanc. Le cortège se dessinait sur l'horizon d'azur. Onda se leva, salua gravement et se rassit. Un camelot passait, il acheta le journal qu'on lui présentait, le déplia et le laissa tomber sur ses genoux sans lire une ligne, il fixait l'infini, les yeux perdus à l'horizon, tandis que son aïeule, appuyée contre la toile, les mains abandonnées, les paupières closes, regardait en elle pour y lire des choses lointaines, fugitives, tenaces qui absorbaient sa vie, exaltaient son cœur, montaient comme des lucioles que le vent chasse et qui reviennent tracer le sillon d'une toute petite lueur.

XIII

LES EXCURSIONS

Mlle Clélie Martin, avait le souci du bon renom de son « Hostellerie » elle voulait voir les clients s'y plaire, y revenir, et y amener leurs amis. Elle réussissait pleinement, non seulement le confort était complet, la tenue excellente, mais les employés, comme la patronne, étaient de qualité supérieure, Mlle Clélie Martin était la fille d'un colonel retraité, dont la mort l'avait laissée presque sans ressources, il lui avait fallu, avec l'aide d'une grande énergie, faire face aux difficultés de la vie et subvenir à l'éducation de deux nièces privées de leurs parents. Elle était digne de respect, et ses manières montraient son origine. Sa première employée, Mme Luçon, son fils, le jeune cicerone étaient les seuls, à part les femmes de chambre, qui eussent des rapports avec les clients. Leur allure, leur manière de s'exprimer, indiquaient tellement leur distinction, que les hôtes de la maison les traitaient avec courtoisie. Or la Patronne était très fière de son pays, elle aimait à le faire apprécier, connaître, rechercher, aussi eût-elle l'idée, à l'occasion de la fête de l'Assomption, d'organiser une tournée locale, instructive, amusante pour ses clients. Il lui était arrivé un groupe de Bordelais qui voulaient excursionner, elle leur offrit la paisible randonnée des proches alentours. Sans aller plus loin, on pouvait s'occuper l'esprit et l'imagination. Elle avait sous la main le guide érudit, en la personne de son jeune courrier-cycliste, dont la facile et élégante élocution serait à la hauteur des récits d'histoire qu'il saurait faire sans pédanterie, simplement. En conséquence, elle pria Mme Luçon de rédiger une annonce qu'on afficherait dans le hall d'entrée pour avertir les touristes qu'à l'occasion de la fête, la direction de l'hostellerie de la Table Ronde, organisait une journée agréable. Départ à dix heures du matin, (la marée permettrait le bain avant de partir), retour à dix-neuf heures pour dîner. On déjeunerait à Saint-Malo, au restaurant des Trente-Chevaliers. La direction se chargeait de tout préparer.

Immédiatement, les demandes « d'en être » furent nombreuses. Onda s'inscrivit des premiers, mais seul, sa grand'mère ayant un autre but pour lequel la solitude lui agréait, même son cher enfant dérangeait sa pensée quand elle voulait profondément se recueillir. Les excursionnistes seraient trente-huit.

Après le déjeuner, des clients aimaient à flâner dans le vaste hall, meublé de fauteuils profonds, orné de palmiers, de tableaux enchanteurs montrant les sites remarquables, de journaux nombreux, bref de tout ce qui est l'attrait reposant des grands hôtels. Tancrède qui allait chercher le courrier trois fois par jour, le rapportait à sa mère pour le triage et la distribution. Comme il rentrait sa sacoche pleine, le jour du projet, Mlle Clélie Martin l'appela près d'elle :

— Mon petit ami, je compte sur vous pour mener à bien une jolie ballade de clients.

— Bien volontiers, Madame, où irons-nous ?

— Tout près. L'emploi d'une journée sans fatigue. Vous pouvez la rendre attrayante, vous êtes un savant.

— Moi, hélas ! un savant arrêté au début de sa course.

— C'est justement l'occasion de la reprendre, Credo. Voici ce que j'attends de vous. Le 15 de ce mois, à dix heures, je dis dix heures, parce que tous ceux qui voudront assister à la messe le pourront. Nous réunirons les touristes dans la cour d'honneur de l'hostellerie, Corentin, le concierge, sonnera l'appel de cor qui annonce les repas. A pied — la course est peu longue — le groupe se rendra à Saint-Malo, par le Sillon. Vous marcherez en avant et aurez soin de faire quelques haltes pour indiquer la rade protégée par les sept forts, dont le plus remarquable : La Conchée, est à huit kilomètres en mer, placé sur un rocher inaccessible, où l'on aborde que d'un côté. Un mot sur Vauban, indique l'île Harbour, les cinquante-quatre petites îles Chaussées. L'île de Jersey qu'on entrevoit par un temps clair, dit-on, bien que je ne l'aie jamais vue. Citez Cézembre très visible à l'ouest, un peu de poésie serait à propos devant un tel horizon nuancé de couleurs et de rayons...

— Mais, Mademoiselle, c'est un cours que j'aurai à faire.

— Une causerie, pas d'emphase, remarquez qu'il ne faut pas être pédagogue, ni grotesque comme certains guides que j'entendis en Italie. L'un nous montrait la chambre « où sont nés Roméo et Juliette ». Mais continuons notre itinéraire. L'entrée de Saint-Malo, bâtie sur l'île Aron, la tour de « Qui qu'en grogne ». Vous savez pourquoi ce nom ?

— « Tant pis pour qui qu'en grogne » sourit Tancrède

— Vous visitez l'église, puis vous montez sur le rempart. Là, très lentement, vous bouclez la boucle, tout en parlant des héros qui naquirent dans l'enceinte : Duguay-Trouin, Jacques Cartier...

— Vive la pomme de terre ! mais ce sont des biographies, Mademoiselle.

— Non, quatre mots sur chacun. Par exemple, La Bourdonnais, vainqueur des Anglais à Madras... et encore non, laissons les Anglais tranquilles, il y en a trop parmi nos clients.

— Alors que dire de ce célèbre guerrier ?

Clélie éclata de rire :

— Dites qu'il a donné son nom à une superbe avenue de Paris. Ceci me rappelle que pendant la guerre, je me trouvais dans un tramway sur la place de l'Opéra. Des Américains passaient, précédés d'une musique, avec leur drapeau. On cria : Vive Lafayette ! Une bonne femme, les mains croisées sur un gros panier, qui accompagnait un jeune « bluet », demanda tout haut : « Qu'est-ce que c'est Lafayette dont ils parlent toujours ?

« C'est la rue où nous entrons, répondit le conducteur, très sérieux, c'est la plus longue de Paris.

— On pourrait laisser dormir La Bourdonnais, répondit Tancrède, et parler de Broussais qui honora la médecine, de l'abbé de Lamennais.

— Encore un sujet épineux, pas de politique, pas de religion.

— Pas d'hérésie, la petite société de théologiens réunis à la Chenau, en forêt de Coëtquen mérite un peu plus d'attention. Nous parlerons plutôt des chiens du Guet et de la célèbre cloche « Noguette ».

— C'est mieux. Après vous menez vos touristes déjeuner. Mme Luçon ira elle-même commander le menu à la savante Anik le Marsoin. Le repas sera long, un repos est indispensable. Après, il pourra être environ deux heures, n'oublions pas que la marée, étale à neuf heures du matin, sera presque au plus bas et que vous serez en sécurité pour visiter le « Grand Bé » sans danger d'être bloqués. Là vous avez, mon cher enfant, un magnifique sujet à peindre : René de Chateaubriand dans son tombeau.

— Un discours de français : histoire et philosophie.

— Bien entendu, sans friser la politique là encore. Parlez de l'enfance du héros de Combourg, de sa sœur chérie. Chantez même la romance :

« Ma sœur t'en souviens-t-il de notre enfance,

« Du doux pays de notre France... etc. »

— Il faudra que je chante ! Je n'aurai pas même l'accompagnement du flot...

— Oui et vous aurez des compagnons qui chanteront

avec vous, tout le monde sait ces couplets là, L'étape est longue, vous devrez remettre Saint-Servan après le déjeuner. Cette ville sera admirée ; la tour Solidor, la visite de quelques marchands de meubles anciens. Les promeneurs seront fatigués. Ils auront la ressource du tramway pour rentrer. C'est tout Credo, vous m'avez comprise ?

— C'est une conférence-promenade à la manière de Pithagore... dans le genre des excursions de la société archéologique. Je vais me documenter le mieux possible.

— Vous n'en aurez guère le temps.

— Soyez tranquille, Mademoiselle, je m'arrangerai.

Et Tancrède courut au tennis de Rochebonne où il savait trouver Onda.

— Écoute, lui dit-il en le tirant à part à un moment où il ne jouait pas, on me charge de faire le boniment pour la promenade du 15 août. Je n'ai pas le loisir de me procurer les documents ni de les étudier, veux-tu me chercher ça.

— Bien sûr, mais où ?

— A la bibliothèque de Saint-Malo.

— J'ai vu chez l'abbé de Penhoët, au couvent de la Miséricorde, une vitrine pleine de livres.

— C'est parfait, si tu allais lui demander de te laisser regarder...

— Oui, mais ne l'importunerais-je pas ? Il n'a pas été des plus empressé vis-à-vis de grand'mère.

— Dis que c'est pour me rendre service. L'excellent aumônier a été parfait à mon égard. C'est moi qui l'ai accompagné lors de la sépulture de la vieille dame. Le curé, ne pouvant monter là-haut, l'avait prié de le remplacer. Au retour, comme il semblait s'intéresser à moi, je lui ai avoué ma situation. Alors il m'a proposé de me donner des leçons à titre gracieux, afin que je puisse tout de même passer l'examen de Saint-Cyr.

— Mon brave ami, tu me donnes une idée. Papa a écrit à grand'mère qu'il veut absolument que je ne reste pas deux mois sans travailler, que je suis en retard pour les mathématiques et le latin.

— Mais on ne te choisira pas un abbé pour précepteur.

— Qu'est-ce que cela peut faire s'il est capable de m'initier aux mystères des X.

— Sûrement. La combine serait parfaite si tu ne partais pas juste à la rentrée au moment où moi je serai libre. L'hostellerie ferme ses portes le premier octobre. Or, à cette époque où irons-nous, maman et moi ? Nous avons gagné de l'argent cet été, mais l'hiver, il faudra bien trouver un moyen de vivre sans absorber nos maigres ressources.

Onda réfléchit :

— Laisse-moi faire, j'ai une idée... qui pousse.

— Fais-la grandir comme les Fakirs font pousser une branche en quelques instants et montre-la moi.

— Demain. Pour le moment, je vais flâner sur la plage. Ils sortirent ensemble, l'un tourna vers la mer et l'autre vers la ville pour chercher le courrier du soir. Chacun de son côté, pensant à l'autre.

— Cœur d'élite, mon cher Onda, se disait Tancrède, tellement digne de ne pas rester en dehors de nous chrétiens. Il faudrait que parmi les idées qui germent, je fasse solidement monter celle-là. L'abbé m'aiderait... la grand'mère ne serait pas hostile, reste le père... sans doute aussi la mère. Ah! c'est bien compliqué.

De son côté Onda réfléchissait : « Grand'mère parle souvent de prendre une lectrice à demeure, elle ne se décide pas parce qu'elle craint d'admettre dans son intimité une femme intrigante, vulgaire, ou déclassée. Si je lui soufflais de regarder vers Mme Luçon, digne en tous points. Père est très riche, moi je suis un paresseux, je manque d'émulation, peut-être, obtiendrais-je que Tancrède travaille avec moi. J'endoctrinerais le docteur Nartel pour qu'il explique que je ne dois pas être pensionnaire au lycée, mais en suivre uniquement les cours. Tancrède — un si bon élève — me servirait de répétiteur. » Le bon garçon arrangeait les choses tout en marchant doucement au ras du flot qui s'allongeait sur le sable doré comme une caresse. Le son du cor de l'hostellerie annonçant le dîner et que le maître-d'hôtel, du seuil de la cour d'honneur, lançait successivement aux quatre points cardinaux, fit accélérer les pas du rêveur. Juste comme il rentrait, il aperçut sa grand'mère qui le guettait une dépêche à la main :

— Ton père m'annonce son arrivée demain, il vient passer avec nous le « pont » de l'Assomption.

— Ah! quel bonheur! Tout seul?

— Oui. Ta mère et ta sœur sont obligées de rester à cause du séjour des Goldsmid.

Selon son habitude, l'enfant embrassa tendrement l'aïeule vénérée, il ne l'avait pas vue depuis le déjeuner.

— Qu'est-ce que tu as fait, grand'mère, toute la journée?

— Rien, le croirais-tu? J'ai toujours voulu sortir et puis je restais étendue sur ma chaise longue à regarder le ciel et la mer se confondre, une fumée marquait un passage de bateau, des mouettes rayaient l'azur et moi je songeais dans tout ce bleu, je voyais des tableaux, Onda chéri, j'ai un cinéma sous les paupières.

Ils allaient s'asseoir, vis-à-vis l'un de l'autre à leur petite table où fleurissaient des œillets des dunes et, pendant que l'orchestre jouait en sourdine des airs d'autrefois — car dans l'Hostellerie rien ne dérogeait de la note ancienne — le garçon commença à expliquer le plan tracé dans son esprit.

L'accueil fut souriant. D'abord ce que pensait Onda était toujours bien accueilli, ensuite l'idée plût à la bonne Eléna qui, après un peu de réflexion, en eut une grande joie. Elle entrevoyait un arrangement délicieux, quand elle aurait acheté Luçon, on le réparerait, on l'arrangerait comme autrefois. Ah ! quel rêve : en déduire, en réaliser l'étrange conception.

XIV

UN PAS SUR LE SABLE

L'abbé Pol de Penhouët reçut Onda amicalement, il se hâta de lui ouvrir sa bibliothèque.

— Tous mes livres sont à votre disposition, mon enfant, j'en ai apporté beaucoup, puisque la Faculté m'ordonne de passer l'hiver ici où j'ai si peu de ministère, je compte travailler. Tenez voici votre affaire, prenez ces trois volumes, vous les étudierez avec votre ami : « Notice historique sur le littoral des côtes du Nord », par Habasque.

— Merci, Monsieur l'abbé, vous me rendez toujours service et moi jamais.

— Qui sait si vous n'aurez pas votre tour. Ceci est si peu de chose d'ailleurs.

Ils étaient retournés par la chapelle. Onda étant venu à travers le champ de pommes de terre. En passant devant l'autel, le prêtre avait fait une génuflexion, instinctivement le jeune homme s'était incliné respectueusement.

— Qui saluez-vous, mon ami ? demanda l'abbé.

— Votre pensée, Monsieur l'abbé.

— Ma pensée, mon enfant, ce sont mes principes.

— Mais je les admets, Monsieur, la liberté de conscience est absolue si celle des actes ne l'est pas, ou du moins rarement, en pays civilisé.

— C'est justement ce qui constitue la civilisation. Nous voici à la barrière, au revoir jeune philosophe, à bientôt.

Les deux adversaires échangèrent une cordiale poignée de main nuancée d'un sourire et chacun, en sens inverse, reprit le chemin de chez soi.

La corne de l'automobile de l'hôtel fit hâter le pas au jeune homme qui finit par courir. Son père devait être dans la voiture et il voulait arriver à temps pour le recevoir. Ce fut juste comme Platon Consouloudi sautait le premier devant le hall et prenait sa mère contre son cœur.

Puis vint le tour de son fils. Tous les trois visiblement ravis de s'embrasser. Tancrède s'était emparé de la trousse du voyageur qui n'avait aucun autre bagage et celui-ci disait gaîment :

— C'est à peine si je vous reconnais, jeune Breton, vous avez bien grandi, ce costume est charmant.

Ils prenaient l'ascenseur pour monter chez eux, si contents d'être réunis !

— Comment mère et ma sœur n'ont-elles pas pu se libérer pour venir avec toi ? dit le jeune homme.

— Elles l'auraient bien voulu. Seulement MM. Marys Goldsmidt et Miss Edith se plaisent à Paris, chez nous, elles n'ont pas la compréhension des nuances délicates de nos usages. Quand Eurydice a dit à table que je partais le lendemain pour vous faire une petite visite ici, Miss Edith a demandé inquiète :

— Et vous, chère Madame, vous ne partez pas j'espère ?

— Je reste avec vous a répondu ta mère sans enthousiasme.

— Ah ! tant mieux.

Il n'y avait plus qu'à se résigner, Marie visiblement contrariée, a déclaré qu'elle ne sortirait pas le soir, mais l'Anglaise a riposté :

— C'est ça, reposez-vous, chère, nous irons seulement au cinéma du quartier. Si je n'avais pas avec Sir Edmund Goldsmidt d'importantes affaires, je me gênerais moins avec sa famille. Et toi, maman, tu te trouves bien ici ?

— Si bien que je médite d'y acheter une habitation.

— S'il y en a une qui te convient, la chose est facile.

— Oui.. A mon âge pourtant, c'est un peu fou d'acheter.

— Oh ! ma douce mère, à ton âge raison de plus. Que les années te soient légères, je veux te voir satisfaire tes moindres désirs.

— Je le sais, tu es parfait, je te mènerai voir mon... rêve. je pense que tu ne le comprendras guère.

— Du moment que je l'approuverai.

— C'est une presque ruine, un peu comme moi... plus facilement réparable.

Il sourit, prit la main fine de celle qu'il aimait, y mit ses lèvres.

— Tu me diras quelle somme il faut t'envoyer, car je ne puis rester ici que demain et nous n'avons guère le temps d'aller visiter ton nid de chouettes. Qu'en dit notre Onda ?

— C'est très beau, papa, délâbré certes, mais le château a grand air. Il fut le berceau des Luçons.

— Oui, fit Eléna, et je prendrais, après la saison des

bains, Mme Luçon comme dame de compagnie. Elle saurait m'aider à remettre l'intérieur en état.

— Tout ce que tu feras sera bien, maman. Comptes-tu garder avec toi notre jeune paresseux jusqu'à la rentrée ?

— Certainement. Il est déjà moins pâle, il ne s'essouffle plus autant, il a de l'appétit.

— Il est surtout l'enfant gâté. Je voudrais bien qu'il prit quelques leçons, ne pourrais-tu avoir un professeur trois ou quatre heures par semaine ?

— Très facilement, père, fit Onda ravi, il est trouvé, s'il te convient, tu pourras t'entendre avec lui.

Le père sourit :

— Je retire le qualificatif de tout à l'heure. Tu as l'air d'admettre facilement l'idée de travailler.

— Père, j'aime à apprendre quand l'instructeur sait rendre l'étude attrayante. Ce que je n'aime guère, c'est le collège. Un précepteur, c'est différent.

— On peut toujours essayer, mon petit. Ton savant est ici ?

— Tout près, dans la Dune. C'est un professeur de la Faculté catholique.

— Un prêtre ! Où vas-tu chercher ton enseignement ?

— Où il est papa. Grand'mère l'a bien jugé ce prêtre.

— Oh ! Grand'mère a une forte tendance vers l'autel. Introduire près de mon fils un dévot, aux idées étroites, un sectaire qui ramène toute la science à un seul principe, ne me convient guère. Ta liberté de conscience serait abolie, ton raisonnement de conscience personnel circonvenu. Tu marcherais dans la vie avec deux œillères. Non, vraiment, Onda, je ne puis autoriser l'ingérance d'un prêtre chez nous. Avec ton cœur naïf, ta faiblesse d'enfant, il aurait bientôt fait de t'endoctriner.

— Non père, il ne m'apprendrait que ce que tu voudrais. Ni philosophie, ni religion, ni même l'histoire. Les mathématiques et le latin.

— Qu'en penses-tu maman ? fit Platon Consouloudi en regardant Mme Eléna qui, très calme, fixait avec des yeux tendres, ses deux enfants.

— Je pense que le petit a raison. J'ai bien jugé ce savant. Si on lui assigne un programme, il le suivra sur l'honneur. Et puis Platon, nous nous croyons libres en ce monde, intelligents, forts, et nous sommes les jouets des forces inconnues, si tu savais comme il se passe d'étranges choses.

— Tiens, interrompit le banquier, qu'est-ce que cette fanfare ? on dirait un air de chasse.

— C'est la curée, fit Onda en riant, autrement dit : le dîner. Ici tout a l'aspect du moyen-âge. Un quart d'heure avant les repas, on « corne l'eau » c'est-à-dire l'avertissement de se laver les mains, de se préparer à passer dans la « salle ».

— Alors descendons, j'ai très faim, l'air de la mer se fait sentir. Et c'est amusant ce moyen-âge : Donne-t-on des serviettes et des fourchettes ?

— Oui, on a fait cette concession à l'actualité, mais les verres ont la forme de gobelets et les assiettes sont profondes. Les ampoules électriques sont cachées dans des chandeliers de fer et des lanternes qui ont l'air de réverbères. Les tables sont de chêne épais avec des nappes en grosse toile bise ourlées de rouge. Les maîtres d'hôtel ont le costume breton avec tablier blanc. On joue souvent pendant les repas du biniou.

— On prend tout de même un ascenseur.

— Oui, mais remarque qu'il a la forme d'un bateau. Tu vois cette dame qui dépose les menus écrits en gothique sur les tables, c'est Mme Luçon. Je vais te la présenter... non, te présenter à elle. Sa modeste condition, si dignement acceptée, n'exclu pas son origine.

— Tout est antique ici, jusqu'aux races.

Mme Luçon allait sortir. Onda lui fit un signe d'appel. Elle s'approcha aussitôt.

— Mme Luçon, fit Eléna gracieuse, je vous nomme mon fils : Platon Consouloudi. Le financier s'inclinait :

— Je suis charmé Madame de connaître la mère de l'ami d'Onda.

— Et moi, Monsieur, je suis bien reconnaissante à vous et aux vôtres. Je suis heureuse de pouvoir vous l'exprimer aujourd'hui.

Elle salua et partit, le service commençait. Mon Tancrède, se disait-elle émue, est mon porte-chance, Dieu me l'a donné pour me consoler du passé. Il sait arranger notre vie et choisir ses amis. Cette sympathique famille est sûrement marquée pour venir dans notre chemin de salut, non pour rester sur les bords, en marge de la foi.

Mlle Clélie Martin l'appelait :

— Venez donc vite, chère amie, qu'est-ce que vous faites, il faut que nous dînions tout de suite, il vient ce soir un liseur de pensées, nous devons préparer la salle de jeu.

Les deux femmes s'assirent en face l'une de l'autre dans le bureau, un valet les servait. Tancrède, très rouge, accourait, apportant le courrier. Il avait une lourde sacoche, suspendue à l'épaule, il la mit sur le divan.

— Voilà, je n'ai jamais eu un pareil paquet, tous ces étrangers font suivre leurs journaux.

— Comme tu as chaud !

— J'ai roulé vite, vent debout.

— Allez chercher votre couvert, Credo, ordonna la patronné, vous dînerez avec nous, je voudrais savoir si vous avez bien étudié l'excursion de demain.

— Admirablement, Madame, je sais même les dates. On a creusé le port de marée et construit le bassin à flot en 1836. Le jusant s'élève à quinze mètres au-dessus de la basse mer. Maupertuis, géomètre et naturaliste, est né à Saint-Malo en 1698. Nous sommes à 360 kilomètres de Paris, nous avons avec l'île Bourbon un commerce...

— Assez, assez. Vous êtes un dictionnaire. Si les clients font des questions, vous pourrez au moins y répondre.

— Sans hésiter. Je sais jusqu'aux noms des chiens du guet.

Tous les trois riaient.

— Je suis contente de vous avoir connus, dit Clélie sincère. J'aime à croire que les touristes sauront être généreux envers leur guide.

— Espérons-le, fit Tancrède, en tous cas je ne demande rien.

— Pas tant d'orgueil, petit, il faut gagner son pain.

— Surtout l'amitié de celle qui vous le met dans la main, ajouta sa mère qui appréciait la patronne devenue son amie.

<h1 style="text-align:center">XV</h1>

<h2 style="text-align:center">REMINISCENCES</h2>

Onda était parti avec la bande de touristes, le jour de l'Assomption. Tancrède avant de prendre son poste de cicérone, avait dès six heures été entendre la messe au couvent des religieuses de la Miséricorde. Ces dames devant aller à la procession et aux vêpres à la paroisse de Paramé dont elles dépendaient, l'abbé Pol de Penhouët avait accepté l'invitation du curé de Plankoët, son oncle, d'aller l'assister pour la cérémonie de la fête patronale de son Eglise dédiée à la Vierge glorieuse. Les heures du bateau de la Rance ne concordant nullement avec ses obligations pieuses, le digne aumônier pensa que vingt-huit kilomètres peuvent se faire à bicyclette et il s'engagea résolument sur la route. Le vent venait de la mer, assez fort. Jusqu'à Châteauneuf, il le poussait dans le sens favorable, après il le prenait en écharpe sur une route assez mauvaise. Soudain la chaîne de sa bicyclette cassa ce qui le fit rouler sans grand mal, mais en pleine poussière. Juste à ce moment, une automobile passait. Les voyageurs durent donner l'ordre de stopper, car la voiture s'arrêta à quelques mètres du lieu de l'accident.

— Vous n'avez pas de mal, Monsieur l'abbé ? dit une dame en descendant :

— Ah ! Madame Consouloudi, non, mille grâces, mais

en vérité vous arrivez à point. Ma chaîne est brisée, je dois donc continuer mon chemin à pied, si par charité vous ne me prenez avec vous.

— C'est ce que je vous offre, Monsieur l'abbé et même en plus une brosse pour enlever votre poussière.

— J'accepte les deux, Madame, il y a quelques jours, votre petit-fils me disait vouloir me rendre service... et je lui répondais que cela ne tarderait pas... vous voyez.

Tout en parlant, le prêtre s'éloignait pour se brosser et revenait ensuite en souriant.

— Je suis un peu plus présentable, Madame, je voudrais ne pas vous retarder, vous allez sans doute à Dinan, je vous demanderai de me laisser à Plankoët en passant.

— Nous allons tout près. Voici mon fils, de passage à Saint-Malo, le père d'Onda.

— Je vous salue, Monsieur, j'ai le plaisir de connaître votre brave enfant.

— Ah! comment cela Monsieur, mais prenez donc place dans la voiture, le chauffeur mettra votre machine sur la galerie. Veux-tu remonter maman?

C'était un coupé limousine avec strapontin. Platon s'assit sur le petit siège:

— Je vous en prie, Monsieur, insista le prêtre, laissez-moi cette place, restez près de Madame votre mère.

— Nullement, Monsieur. Vous êtes notre hôte dans cette voiture.

L'aumônier dût céder:

— Votre fils, Monsieur est venu me chercher par une tempête violente.

— Vous chercher, pourquoi?

— Parce qu'un grave accident était arrivé à une femme de la côte et qu'elle avait besoin de secours.

— Ah! fit Platon contrarié.

— Il accomplissait en cela une charité, Monsieur, il m'a prévenu, mais ne m'a pas accompagné.

— C'est sans doute de Monsieur, maman que tu me parlais pour donner des leçons à notre fils.

— Oui. Monsieur de Penhouët est un érudit professeur.

L'abbé s'inclina silencieux, il comprenait la pensée de l'homme qui lui faisait vis-à-vis. Platon reprit:

— L'enfant est de santé délicate, ce qui a causé un retard dans ses études. Je voudrais que trois fois la semaine, il prit deux heures de leçons de mathématiques et de latin, mais je voudrais surtout que ces leçons soient bornées à leur sujet et que rien en dehors ne se glisse dans les conversations. Je ne pratique pas votre doctrine, je n'ai pas vos idées, notez qu'elles me sont indifférentes. que je respecte toutes les libertés, mais que je ne saurais admettre qu'on voulut capter l'âme de mon fils. Dites-moi loyalement si vous vous engageriez à tenir à la lettre mes intentions.

— Oui Monsieur, je ne ferais aucune théorie, je ne parlerais que de science ou de choses quelconques, mais je ne peux prendre l'engagement de déterminer, les pensées, déductions, observations de mon élève. Je ne peux affirmer qu'une chose : Je ne l'influencerais en rien.

— Vous êtes subtil l'abbé.

— Sincère et croyant.

— Je réfléchirai. Il m'est impossible de croire à vos enseignements.

— Parce que vous les ignorez.

— Pas complétement. J'ai lu des livres, tenez justement « Les Paroles d'un Croyant » d'un écrivain qui est de ce pays ci.

— Félicité de Lamennais. Il habitait en effet à la Chenan, en forêt de Coetguen, il s'était retiré là avec des théologiens pour étudier, méditer, prier.

— J'ai trouvé bien des contradictions dans ses œuvres.

— Monsieur, puisque vous lisez des livres aussi sérieux, c'est que vous cherchez la vérité, eh bien croyez-moi, prenez simplement l'Evangile, le catéchisme des enfants et laissez votre conscience juger, s'ouvrir à la grâce de la foi. Ecoutez aussi la nature dans la solitude, dans le repos des nuits, ne lisez pas, votre pensée montera, vous sentirez passer le souffle divin. L'homme sincère et simple qui abandonne l'orgueil de se croire supérieur, apte à juger, à critiquer, à reformer, est bien près de la vérité. Nous arrivons à Plankoët, Monsieur, écoutez les cloches, on dirait qu'elles sonnent notre bienvenue, je vais entrer au presbytère. Madame, je suis grandement votre obligé.

— Mais nous vous ramènerons.

— J'accepterai, si vous me laissez prendre le strapontin.

— Je vous laisserai les deux places, Monsieur, fit Platon sérieux, je conduirai moi-même la voiture ce soir pour rentrer.

L'abbé s'inclina sans un mot de plus, l'auto repartit sur la route, l'abandonnant, avec sa bicyclette brisée dans un flot de poussière.

— Mon Dieu, pensa-t-il, ce ne peut pas être sans raison que j'ai croisé ces incroyants.

— Ce jeune abbé est intelligent, remarqua Platon, mais comme tous ses pareils il a le culte du prosélitisme.

— De l'honneur et du devoir, mon fils, s'il promet, il tiendra.

— Maman, pour lui l'honneur et le devoir ne sont pas au même plan que nous.

— Le respect d'une parole donnée est sur tous les plans.

— Et les actes et les gestes et les exemples, et les lectures, etc... il nous a bien dit, d'ailleurs qu'il ne pouvait répondre que des signes extérieurs.

— Il a bonne intention. Qu'est-ce que cela peut bien te faire que notre Onda admette en lui une foi qui est une consolation.

— Je ne le veux pas. Les principes de notre famille s'y opposent. Nous avons parmi nos ancêtres savants des lettrés, des hommes de grande valeur morale qui nous ont légué leur philosophie.

— Décevante... qui laisse le cœur sans espérance.

— Mais parle à la raison maman.

— La raison ! l'orgueil plutôt.

— Tu juges comme une femme pour qui le sentiment domine le raisonnement. Je veux que mon fils ait l'esprit clair, fort, juste, non embrumé de chimères.

Eléna regardait au dehors, les champs, les arbres, les haies fleuries fuyaient. De hautes tours commençaient à pointer derrière un bois de chênes que la route contournait et soudain une éclaircie montra la masse imposante de Loc-Luçon.

— Voilà ! Platon, regarde. Quatre tours rondes qui portent les noms des quatre points cardinaux où elles sont orientées. Au-dessus du pont ex-levis, un bastion contre lequel se relevait la herse. Cette tourelle pointue à gauche est le logement de la cloche, la girouette qui la surmonte est aux armes des Luçons. Là, à gauche, dans l'aile à pans coupés la chapelle, au sommet une croix. Ils avançaient dans l'avenue plantée de tilleuls.

C'est très beau, dit Platon, des douves pronfondes, un haut donjon de défense, il y a beaucoup de terres autour ?

— Non. Elles ont été vendues, morcelées du temps où les Luçons dévoraient leur fortune, il ne reste que le château, le parc, un potager, c'est tout ce que je désire.

— Ce n'est d'aucun rapport ?

— Evidemment. Cela m'est égal, les actions de notre banque te rapportent assez pour que tu te permettes cette fantaisie.

Ils descendaient de voiture devant la poterne qu'un verrou fleurdelysé à double effet fermait à l'extérieur. La vaste cour, entourée de bâtiments s'étendait devant eux. Des poules erraient en liberté entre des buissons jamais taillés.

— Un fouillis délicieux, dit Eléna, la nature nous reçoit, je ne vois personne.

— Attends, je vais sonner.

Ce disant, il tirait la chaîne, ébranlait la grosse cloche d'où s'envolaient des pigeons.

— Oh! ce son, ce son!

— Qu'as-tu maman?

— J'ai mon fils que cette note vibre dans ma cervelle, touche des cellules endormies que cet accent réveille. Ce son, je le retrouve, il agite en moi tout un passé de mystère.

— Voilà le gardien, maman, ne t'émeut pas ainsi, je t'en prie, tu es toute pâle. Asseyons-nous sur ce banc de pierres. Le vieux concierge accourait aussi vite que ses jambes le lui permettaient, il découvrait sa tête blanche très respectueux:

— Que Monsieur et Madame m'excuse, j'étais à ramasser de l'herbe pour les lapins.

— Je suis déjà venue ici, fit Eléna, vous reconnaissez?

— Ah! je crois bien, la dame généreuse qui m'a donné un si gros billet que j'ai cru à une erreur... Ce serait cor temps de le dire, oui dont.

Mme Consouloudi eut un geste d'indifférence:

— Ce n'est rien, j'ai eu tant d'intérêt ici! je veux acheter le château.

— Le château! ah! bien, si je m'attendais à ce qui se trouve une personne qui en veuille!

— Est-il à vendre?

— Ben oui, toujours, depuis que le monsieur qui l'avait acheté a été tué le dernier jour de la guerre, une fatalité quoi!

— En effet.

— Alors sa dame m'a dit que venir s'installer ici toute seule, après les projets faits avec son mari, lui causait trop de mal et que fallait vendre la vieille ruine. Seulement, depuis la guerre, on n'a jamais trouvé d'acquéreur. Des gens viennent visiter et on ne les revoit jamais. Dame, autant vaut dire le vrai, ça coûte d'entretien.

— Pas beaucoup, remarque Platon en montrant du geste les petits carreaux de plomb brisés, la toiture endommagée.

— Y a les impôts.

— A qui s'adresse-t-on pour traiter?

— Au notaire.

— Son nom, son adresse, continua Platon en tirant son carnet et son crayon.

— A Dinan, M. Kerchemin.

— Faites-nous visiter.

— Tout de suite, Monsieur, je vas chercher les clefs.

— Attends un peu mon fils, j'ai les jambes toute tremblantes.

— Maman chérie, reposes-toi, puisque tu connais l'intérieur, j'irai seul avec le gardien.

— Même sans le gardien. Il restera à me raconter l'histoire de la maison.

— Comme tu voudras.

— C'est bon, Monsieur, dit l'homme qui avait pris une clef dans une crevasse du mur. Vous entrerez par la porte en face, sous le grand balcon, après rien n'est fermé.

— Ce balcon de pierres est une merveille, remarqua Platon avec ces arcatures treflées, ces feuilles d'acanthe, au milieu l'écusson fleurdelysé traversé d'une flèche volant...

XVI

LA CLARTE NAIT

Platon descendit l'allée herbue en pente douce qui menait au château, tandis que sa mère les yeux errants sur l'entourage, disait au Breton :

— Asseyez-vous sur ce tronc d'arbre là, en face de moi, et racontez-moi ce que vous savez du passé. Je serai demain propriétaire de tout cela, je désire connaître le plus possible l'histoire d'autrefois. Comment vous appelez-vous ?

— Yan Lehalleur, pour vous servir. J'espère que Madame me gardera.

— Bien sûr. Et même je vous demanderai de retrouver les anciens serviteurs et de les engager de nouveau.

— Il n'en reste guère, hélas Madame, mes deux fils qui étaient gardes, ont été tués.

— Je voudrais surtout les vieux. Depuis combien de temps êtes-vous ici, mon ami ?

— Moi j'y suis né. J'ai soixante-cinq ans passés.

Spontanément Eléna tendit au vieillard ses deux mains :

— Alors vous avez connu les anciens comtes de Luçon. Ceux qui partirent en Grèce pour... y mourir.

— Oui, Monsieur le comte Tancrède-Yves et Madame la comtesse Isabelle.

— Née comment ?

— De la Tour d'Anjou, Madame, une grande famille aussi une alliance digne de nos maîtres. Et c'est moi, oui dont, Madame, que j'étais l'enfant de chœur qui tenait le cierge sur les fonts baptismaux quand on a baptisé leur petite demoiselle Hermine. Pour leur garçon, il était plus jeune que moi.

— Alors, il aurait dépassé la soixantaine ?

— Oui. Et il y a déjà du temps qu'il est parti de ce monde. Un homme si beau, si brave, si généreux !

— Et sa petite sœur aujourd'hui aurait ?

— Cinquante-six ans.

— Précisément mon âge.

— C'était une belle petite fille, aussi blonde que son frère était brun, ses yeux étaient comme des étoiles, son père disait qu'elle était le portrait de Sainte Hermine, une Sainte de leur famille qui fut canonisée il y a plus d'un siècle. Madame verra dans la galerie. M. le Comte avait tiré la mignonne en portrait quand elle avait deux ans, avant leur fatal voyage. C'est une photographie en couleur, qu'est collée au bas du portrait de sa sainte patronne.

— Je verrai, oui je verrai... Alors, dites Yan, elle avait les yeux bleus comme moi...

— Dame, fit le vieillard en s'approchant, y a du rapport, mais y avait pas du rouge autour des siens. Je jouais avec elle, elle me grimpait sur le dos, j'y faisais cueillir des cerises. Avec Tancrède — pardon, on était camarade — on la portait dans un hamac que j'avais fabriqué, on s'amusait nous trois !

— Vous étiez heureux !

— Pour sûr, oui donc ! mais v'la le malheur qu'accourt, M. le Comte imagine qu'il faut aller voir des affaires antiques dans un pays très loin où que y a un fleuve qui mène à l'Enfer à ce que dit le maître d'école, le Six...

— Le Stix.

— ... Avec un grand chien qu'on nomme serre-bête...

— Cerbère.

— ... Y revinrent jamais.

Le vieillard se tut, sa figure était inondée de larmes. Eléna sentit aussi une invincible émotion l'étreindre. Ils se taisaient tous deux, pris par d'anciennes visions, une grosse chatte jaune venait câlinement se frôler contre la robe de la visiteuse. Celle-ci eut pour elle une caresse.

Yan reprit montrant l'animal :

— Son arrière grand'mère était souvent couchée en rond à côté de la petite Hermine.

— Et après, on a appris ici le désastre...

— Oui, c'est la parrain du jeune nouveau comte de Tancrède qu'est venu nous apporter la nouvelle. Y pleurait le digne Monsieur. Y m'a dit de garder la maison qu'y viendrait aux vacances, mais il n'est pas venu souvent, ni lui ni personne. C'était un grand coureur cet homme.

— Ah !

— Il avait un écurie de courses, y bouffait de l'argent avec ses chevaux, c'est à ne pas croire ! Tous les revenus d'ici y passaient. Et puis quand M. le comte Tancrède a eu son âge de majorité, on a commencé à vendre les fermes, puis les étangs, puis les bois, ça me faisait fendre le cœur. Un jour qu'il était venu pour signer un acte, j'y dis :

— Faudrait pas déshonorer la terre de Loc-Luçon, Monsieur le comte, ces gens-là qu'achètent, c'est seulement pas des chrétiens. Il a haussé les épaules, mais il avait l'air triste et il m'a répondu :

— Que veux-tu Yan, je suis dans l'engrenage.

J'ai pas compris, mais les années se suivaient, le parrain de mon maître vint à mourir. A ce moment nous avions lui et moi l'âge d'être pères de famille. Mes gars étaient des hommes. J'y fis honte à not'e Monsieur qu'était revenu pour bazarder la futaie :

— Vous allez donc laisser le nom s'éteindre, que j'y dis. C'est votre père qui sera pas content s'il voit ça d'en haut.

— Oui, tu as raison Yan, mais je suis bien vieux pour songer au mariage.

— Sûr que non. Y a pas plus beau cavalier que vous, Monsieur le Comte.

Il a souri et, ma foi, paraît tout de même que mon idée a porté. Une fois y m'envoie un mot d'écrit pour me dire de préparer le château, qu'il allait arriver avec sa dame. J'en ai eu une joie ! J'ai rassemblé les gens, car on avait toujours gardé le personnel, nos maîtres étaient si généreux ! On a frotté, astiqué, et quand est venue la belle comtesse, on était paré. Grande fête ! Un an après, plus grande fête encore, Madame. On célébrait le baptême. Un beau petit gars, un nouveau Tancrède. Jamais on n'avait rien vu de pareil dans le pays ! Tous les chatelains du voisinage et pas du voisinage, car il y avait des autos d'Anjou, de Normandie, de Paris. On avait dressé une grande tente pour mettre dîner les chauffeurs et trente cuisiniers apprêtaient les bœufs, les veaux, les moutons, les centaines de volailles. Il y avait six pâtissiers qui faisaient des pièces montées de nougat et d'oranges glacées. On aurait dit qu'on dînait dans le Paradis. Les paysans, les curés des paroisses voisines étaient invités. On a dansé au biniou, au violon, Mme la comtesse a donné une cloche à l'église, on l'a baptisée en même temps que l'enfant. M. le comte a voulu la nommer Hermine en souvenir de sa sœur.

— Et elle sonne encore, interrompit Eléna :

— Tous les jours l'angélus, la messe et les fêtes, elle a un joli son, elle ne dit pas : din, din, don, elle dit : Viens, viens donc ! Ah ! et puis vl'à encore le malheur reparu chez nous. L'enfant grandissait, beau comme un jour, mais on continuait de vendre pièce à pièce les belles terres de Luçon. Je ne sais pas comment un homme peut avaler tant d'argent, un jour on colle une affiche bariolée sur le mur : Vente par autorité de justice. Et voilà notre maison vendue !

— A qui ?

— A un riche fabricant de conserves, M. Sardinier, un digne homme. Y renvoya les gens, sauf moi. Et comme juste la guerre éclatait, il y partit vu son âge. Y revenait pour ses permissions avec sa dame, y se plaisaient à combiner des projets, y voulait être député, avoir son petit prestige, parce que on l'appellerait Monsieur le Député, faute de pouvoir dire Monsieur le Comte. Et le bon Dieu renverse les plans des hommes. Notre Monsieur est tué le dernier jour de la guerre. Encore nous v'là à la dérive, encore à vendre les vieilles pierres et moi !

— Vous ne serez pas malheureux Yan, qui sait si...

— De quoi...

— Rien. Allons retrouver mon fils, je puis marcher à présent.

— Allez seule Madame, je vais appeler ma femme, elle va vous préparer une collation.

Eléna suivit l'avis du garde, son cœur ne battait pas d'une manière normale, elle rapprochait des choses, elle se disait : Hermine serait de mon âge... quand les bons Consouloudi m'ont recueillie j'avais l'apparence d'une enfant de deux à trois ans. Je me suis mariée à seize ans, j'en avais dix-sept quand Platon est né, il se maria à vingt-deux ans, Onda naquit l'anné d'après, il a quinze ans, j'en ai moi cinquante-six. Or, le comte de Luçon a eu un fils qui est l'ami du mien et de son âge, quel rapprochement Providentiel ! Car il y a une Providence, que Platon l'admette ou non. Le miracle nous côtoie, la main de Dieu est visible. Et moi, je le prie, non selon les rites catholiques que j'ignore, mais dans mon cœur et je sens tellement qu'il m'écoute ! Mais où est mon fils,...

Elle appelait : Platon ! L'écho répétait : Ton... à l'infini dans les grandes pièces vides, sonores, où les tentures tombaient en lambeaux où de rares meubles étaient restés.

Elle finit par découvrir celui qu'elle cherchait en contemplation devant les tableaux de la Galerie des Ancêtres. Il prit le bras de sa mère et l'entraînant :

— Mère, regarde le charmant page de Louis XVI. Ses yeux d'azur, ses boucles blondes, ses lèvres souriantes. Il a quinze ans comme notre Onda.

— Ah ! s'écria l'aïeule, on dirait son portrait... Il y en a un autre dont m'a parlé le gardien : Sainte Hermine.

— Il est le premier de la galerie. Allons... Elle courait, animée, les joues brûlantes, l'œil étincelant et elle s'effondra à genoux devant la Sainte qui portait le costume des abbesses de Saint-Pol de Léon. Ses mains pâles tenaient le rosaire de perles à la Croix de diamants. A son annulaire droit l'anneau d'argent des épouses du Seigneur. Son beau visage était calme et grave, ses prunelles bleues semblaient fixer les visiteurs. Au bas du tableau, détaché sur la robe violette de la religieuse, la ravissante photographie coloriée d'un bébé de deux ans.

Si Eléna était émue indiciblement, Platon ne pouvait s'empêcher d'éprouver une atteinte à sa froideur voulue, il releva doucement sa mère, effleura son front d'un tendre baiser.

— Viens mère, nous sommes vraiment deux... toqués, il faut réagir, nous glissons sur une pente absurde.

— Peut-être, qui sait... Ah! Platon savoir prier!

Ils revinrent dans la cour. Devant le banc, Yan et sa femme avait mis une petite table couverte d'une nappe avec un pot de lait, des fruits, des galettes de blé noir, du beurre frais. Le Bretonne dit:

— Je suis Jocelyne, pour vous servir, Monsieur et Madame, j'ai pas grand chose à vous offrir.

— C'est excellent Jocelyne; merci, pensez aussi à notre chauffeur. Demain nous irons régler les affaires avec le notaire de Dinan et avant un mois, nous serons installés ici.

— Que le bon Dieu vous bénisse, Madame et Monsieur, fit la Bretonne en se signant. C'est Monsieur le Recteur qui va être content! Ya si longtemps que le banc du château était vide les dimanches à la grand'messe.

Eléna eut un sourire mélancolique. Platon emplissait un bol de lait pour sa mère, leurs yeux se rencontrèrent voilés, malgré eux, d'une brume légère.

XVII

L'HOSPITALITE DU PRESBYTERE

Si nous savions le pourquoi des événements, la cause d'une toute petite chose qui en déterminera une grande, nous serions bien supérieurs à notre nature, nous devinerions les super-signes, comme dit Daudet, qui annoncent les événements. Mais poussés sur la route de la vie, nous allons où elle nous mène en croyant nous diriger. Notre seule lumière vient de notre conscience qui décide la manière dont il faut accepter notre destin, en recueillir mérite ou faute.

Pour le croyant, la douleur est source d'espérance. Les peines de la terre sont à terme et il n'est pas découragé, l'averse d'aujourd'hui fera place au soleil demain. Et il passe meurtri souvent, jamais révolté.

Seulement celui qui ne compte que sur lui seul, use ses forces dans le présent, a des heures d'atroce déconvenue. Son cœur lui dit, en face de l'incertain avenir :

— « A quoi bon ? » Demain je ne serai plus rien, j'aurai travaillé, lutté, souffert, pour être fauché comme l'arbre par l'ouragan. Mon esprit qui vibre, mon cœur qui aime seront morts à tout jamais. Pourquoi suis-je donc ici bas, à quoi riment ces quelques années plus sombres que gaies, je n'ai pas voulu venir, je ne demande pas à m'en aller... qui donc mène mon pauvre « Moi ». Ces idées-là ravageaient l'âme de Platon, pendant qu'auprès du chauffeur il ressentait sans y prendre garde, les sursauts brusques de l'auto. Entre Loc-Luçon et Plankoët, le chemin est peu facile, des coudes étroits, des ornières, n'en font guère une route de tourisme. La voiture, louée à Saint-Malo, était une pauvre vieille qui avait subi maints atouts. Après un grincement lamentable, elle s'arrêta à l'entrée du bourg. Le chauffeur sauta à terre, s'en alla lever le capot et après un examen minutieux, déclara :

— Faut dire la vérité, Monsieur on en a bien pour une heure de travail.

— Allons toujours prévenir M. l'abbé, dit Eléna. Il est tard, peut-être au lieu d'attendre, trouverait-on un autre véhicule...

— J'irai voir, accepta Platon, va de ton côté.

Eléna passa devant l'église, on sonnait l'angélus, elle se souvint que la cloche disait : « Viens, viens dont » puis elle alla frapper à la petite porte ronde, surmontée d'une croix, environnée de rosiers grimpants dont les fleurs s'effeuillaient sur le seuil.

Pour entrer ici, songea-t-elle, on marche sur des roses.

La porte s'ouvrit immédiatement, l'abbé parut.

— Je vous attendais, Madame, je regrette que vous ayiez pris la peine de descendre, je pensais entendre de loin le roulement de la voiture.

— C'est qu'elle ne roule plus... nous sommes en panne.

— Eh bien, Madame, veuillez entrer, je vais appeler mon oncle qui sera charmé de vous connaître. Mme Conlouloudi pénétra dans le jardin charmant, parfumé, de larges plates-bandes fleuries bordées de buis, étaient parsemées de place en place de poiriers où pendaient de beaux fruits. Au bout de l'allée, on voyait la maison basse tapissée de vignes, devant l'entrée le Recteur attiré par le bruit regardait. Il vint au devant de la visiteuse, l'abbé de Penhouët expliqua aussitôt :

— Mon oncle, voici Mme Consouloudi qui m'avertit d'une panne de sa voiture. Elle attendra chez vous, si vous le voulez bien. Moi j'irai essayer d'être utile au chauffeur.

— Va mon ami. Madame faites-moi l'honneur d'entrer.

— Monsieur, j'aimerais à rester sur ce banc rustique, là, sous les vignes, ce serait délicieux.

— A votre contentement, Madame, il est certain qu'aucun salon ne vaut celui donné par la nature. Asseyez-vous, je vous prie.

Eléna obéit, le prêtre prit place sur une chaise en osier en face d'elle.

— Mon neveu est un habile mécanicien. Avant d'entrer dans les ordres, il était un des meilleurs élèves de l'Ecole Centrale. Il m'a dit, Madame, que vous aviez l'intention de vous fixer dans le pays.

— Oui, Monsieur, je veux acheter Loc-Luçon.

— Quelle chance pour nous !

— Oh ! Monsieur le Recteur, je voudrais bien que votre mot soit juste, mais je redoute beaucoup pour vous une désillusion.

— Pourquoi ? Ce beau château abandonné attriste ma paroisse. Les chatelains sont une source de gaîté, de commerce, de charité. Or, je vois déjà que la nouvelle propriétaire est bonne, puisqu'elle a pris à... son bord, un passager pour l'amener ici.

— Ceci n'est rien, j'étais charmée de voyager avec M. l'abbé de Penhouët.

— C'est un indice.

Elle sourit :

— Est-ce que vous avez ici beaucoup de misères à soulager ?

— Non Madame, notre population travaille et vit honorablement, fièrement, j'ose le dire, non sans se priver, certes, mais sans rien demander. Ce qu'il faut soutenir c'est l'école libre, nos sœurs hospitalières et le culte. Vous me questionnez Madame, je réponds, mais soyez bien assurée que je ne quête pas. Si vous me faites l'honneur d'être de ma paroisse, vous verrez vous-même et comprendrez l'attitude du Seigneur du village.

— Monsieur, vous avez connu l'ancienne famille ?

— Les Luçons ? Ah ! Madame, des cœurs d'élite, des âmes vraiment nobles, la main toujours ouverte, l'esprit du bien. Seulement si peu calculateurs ! Le dernier comte de Luçon se ruinait en souriant, il y avait en lui l'atavisme d'une lignée d'êtres d'une bonté sans égale, auxquels il n'avait pris que leur générosité sans la modération raisonnable.

— Madame de Luçon a beaucoup souffert, la mort de son mari l'avait ruinée.

— Madame la comtesse a cruellement peiné, mais c'est une fervente chrétienne, une intelligence supérieure, aujourd'hui, elle se défend héroïquement contre l'adversité.

— Vous n'avez pas connu, Monsieur, la génération précédente, le comte de Luçon : Tancrède-Yves.

— Non Madame, bien que j'ai soixante-dix ans, je n'ai été nommé ici que plus tard, je n'ai connu cette illustre famille que par ouï dire.

— Et que vous a-t-on dit, Monsieur le Recteur ?

— Rien que du bien. Vous vous intéressez spécialement à cette branche ?

— Oui. Un si terrible malheur l'a détruite.

— Pas entièrement. Dieu n'a pas voulu l'anéantir. Voyez Madame l'action Providentielle, un enfant est resté en France, alors que son père, sa mère, sa petite sœur, allaient mourir aux pays lointains d'une si atroce manière. Tués tous les trois par des bandits.

— Et l'on est sûr que tous les trois ont été tués ?

— Absolument. Le comte Tancrède Léon, père du dernier survivant des Luçon : Tancrède Pol, (un enfant de seize ans à peine), est allé aux montagnes de l'Hellade et a fait élever là un tombeau à la mémoire des siens.

— Alors on a retrouvé leurs restes.

— Oui, je crois que c'était seulement leurs cendres tout le village a été brûlé ; mais voici qu'on ouvre la porte, sans doute on vient vous chercher Madame, la nuit est proche, c'est à peine si on peut reconnaître qui arrive au bout de l'allée.

Des pas rapides s'approchaient.

Eléna dit :

— Je vous présente mon fils, Monsieur Platon Consouloudi.

— Un nom de sage, soyez le bien-venu Monsieur.

Le banquier s'inclinait très correct.

— Mon oncle, fit l'abbé, la panne est grave, je ne crois pas possible de la réparer ce soir.

— Ah ! s'exclama Mme Consouloudi, nous ne pouvons cependant pas rester ici, notre enfant serait inquiet. Allons jusqu'à Dinan, là, nous trouverons train ou bateau.

— J'ai examiné ces divers moyens, dit Platon. A cette heure, il n'y a ni train ni bateau.

— Alors...

— Voici ce que j'ai pensé maman :

Tu vas rester ici ce soir, il y a peut-être une auberge propre, moi je rentrerai à bicyclette pour rassurer Onda.

— Tu as une bicyclette ?

— Monsieur l'abbé a fait réparer la sienne et veut bien me la prêter.

— Et lui ?

— Il compte demander celle du sacristain.

— Que c'est donc ennuyeux!

— Un peu. Il n'y a pas d'accident, c'est l'essentiel, accentua Platon.

— Vous avez raison, Monsieur, approuva le curé. Je vois moi une solution facile. Partez, ainsi que vous le dites, en compagnie de mon neveu pendant cette nuit qui sera sans lune. Quant à Madame, qu'elle me fasse le très grand plaisir d'accepter de se reposer sous mon toit, je lui offrirai la chambre de Monseigneur.

— Quelle indiscrétion, Monsieur le Recteur. Montrez-moi le moindre hôtel, pour une nuit, je m'en arrangerai.

Le prêtre sourit:

— Il n'existe qu'une auberge dont les chambres sont à plusieurs lits, où vous aurez la société de très braves gens, sans doute, mais d'habitudes différentes des vôtres.

— Je louerais tous les lits.

— Chose difficile, à cause d'une petite colonie de marins en séjour à présent. Croyez-moi, Madame, acceptez tout simplement une offre si naturelle.

— Je suis confuse.

— Mais non. Vous allez être bientôt la chatelaine de Loc-Luçon, c'est votre entrée dans le pays! Vous prenez possession de votre paroisse.

— Monsieur le Recteur, dit Platon, je vous suis infiniment obligé et j'accepte pour ma mère votre offre si bienveillante, demain matin je viendrai la chercher. Pour le moment, je vous demande la permission de partir, afin d'éviter à mon fils de grandes inquiétudes à notre sujet.

— Allez donc, Monsieur, que le bon Dieu vous bénisse, j'ai bien l'honneur de vous saluer.

Il tendait la main au banquier et se retournant vers son neveu

— Bonsoir mon ami. N'oublie pas de prendre deux lanternes vénitiennes à l'épicerie.

Platon embrassait sa mère en souriant:

— Une aventure nullement tragique, mère, dors en paix.

Le curé et sa pensionnaire, allèrent reconduire les cyclistes jusqu'à la route, puis ils rentrèrent de compagnie, le prêtre poussa le verrou de la porte du jardin et appelant: Correntine! Mets deux couverts pour souper et va préparer la chambre de Monseigneur.

— On y court, Monsieur le Recteur, c'est pour la belle dame! oui donc.

XVIII

LE JOUR CROIT

La journée avait été pour Eléna Consouloudi, de grande émotion, elle éprouvait un inexprimable émoi : Un son, un aspect, un parfum lui semblaient rappeler un pays connu, oublié, perdu... Est-ce qu'il y avait des âmes flottantes autour d'elle... Quand elle passait sous les arbres de Loc-Luçon ? Est-ce que dans les grandes salles désertes, les échos allaient se mettre à parler...

La pauvre femme se prenait la tête dans ses mains brûlantes, elle serrait son front. Oh ! en faire jaillir le secret. Hélas rien. Est-ce que je deviendrais folle, est-ce qu'une hantise s'emparerait de moi ? Si seulement je pouvais appeler le bon Dieu à mon secours, invoquer, comme le font les catholiques, un ange gardien fidèle qui conduit notre vie du berceau à la tombe. Mais je n'ai pas de consolation.

Elle était ainsi absorbée dans son rêve lorsque la voix haute de Correntine, la servante du Presbytère, vint l'en tirer brusquement :

— Madame, disait la Bretonne, Monsieur le Recteur est allé jusque chez le Sacristain pour lui expliquer l'ordonnance du service de demain nous avons un mariage. Il m'a dit de vous demander ce que vous aurez besoin pour ce soir. J'ai arrangé la chambre de Monseigneur.

— Mais, il ne me faut rien de plus, ma bonne fille, mon fils doit venir demain matin dès la première heure me chercher.

— Oui donc, Madame, c'est rapport que vous n'avez pas de camisole de nuit, j'en ai mis une à moi sur le lit.

— Merci de vos prévenances, en effet je mettrai votre camisole, accepta l'étrangère en souriant.

— Bon. Y a un savon dans le cabinet de toilette. Faudra dormir tranquille. Demain matin à six heures, Monsieur le Recteur dira sa messe, je vous appellerai-t-y ?

— Mais... certainement.

— Ce soir, qu'est-ce qui vous conviendrait pour souper ?

— Oh ! n'importe quoi, ce que vous avez, j'ai un bien petit appétit.

— Y a de la soupe, une omelette, de la salade et des poires du jardin.

— Rien ne saurait mieux me plaire. Je suis désolée de vous donner de l'embarras Correntine.

— Madame sait mon nom ! s'écria la digne Bretonne, toute joyeuse.

— J'ai entendu votre maître vous appeler.

— Madame serait pas Bretonne par hasard ?

— Non... mais je vais le devenir. Pourquoi me demandez-vous ça ?

— Rapport au son de voix de Madame.

— Comment ! j'ai l'accent breton ?

— Pas l'accent, non, je ne peux pas dire, c'est la musique de la voix qui me chante aux oreilles.

— Quelle drôle d'idée.

— Faut m'excuser oui donc, rapport que j'ai soixante-cinq ans c'est pas d'hier que Madame la comtesse de Luçon m'apprena't mon catéchisme avec cette voix là.

— Avec cette voix là ! La mienne ?

— Oui donc. Je croyais entendre tout à l'heure quand vous avez dit : Correntine, la bonne dame du château.

— Ah ! fit Eléna les mains jointes, racontez-moi ce qu'elle vous disait.

— Elle m'appelait : Correntine ! J'accourais et alors tout doucement, auprès du feu, dans la belle salle des armures, elle m'apprenait mes chapîtres de catéchisme. Je l'aimais Madame, elle était bonne, si douce, elle m'a donné à ma première communion, la belle croix d'or que je porte le dimanche. Mon doux Jésus que j'ai pleuré quand elle a parti en voyage...

— Alors c'est sa voix que la mienne vous a rappelé.

— Oui donc. Si bien que j'en ai le cœur tout remué. La bonne créature avait les larmes aux yeux. Eléna, bien près aussi de laisser voir son émotion, lui tendit la main.

— Vos parents étaient au service des chatelains ?

— Mon père était jardinier, ma mère s'occupait de la basse-cour, mon frère est toujours le gardien du logis. Moi, je n'ai jamais été mariée, je suis restée tant que y a eu des maîtres au château et puis quand il a été vendu, tous les serviteurs renvoyés, je suis venue chez Monsieur le Recteur, moi.

— Brave Correntine. Nous nous reverrons et tenez, je vais vous donner cette chaîne qui vous servira à suspendre votre croix d'or.

Ce disant Eléna l'ôtait de son cou. Elle détachait le lorgnon d'écaille et tendant l'objet à la servante :

— Prenez ma brave fille.

— Oh ! Madame, c'est trop beau !

— Pas assez au contraire, je suis tellement heureuse Correntine de tout ce que vous venez de me raconter.

— Y a guère de quoi, Madame est bonne comme Madame la comtesse.

— Allons prenez. Voici Monsieur.

La servante embrassait la chaîne d'or, elle la jetait à son cou par-dessus sa coiffe et, moitié riant et pleurant, elle courait à la cuisine.

Le prêtre entrait dans la salle, vaste pièce servant aussi bien de salon.

— Vous voudrez bien excuser, Madame, la modestie de mon accueil.

— Votre accueil, Monsieur le Recteur, il dépasse tout ce que j'aurais pu rêver. Je ne saurais vous dire à quel point je me sens heureuse ici. Si vous saviez tout ce que je pense et déduis, vous diriez que notre panne est providentielle.

Le prêtre sourit. Il regardait attentivement son hôte de hasard. Le visage joli bien qu'âgé respirait la loyauté, la sincérité, la bonté. Les yeux bleus, humides, rayonnaient d'intelligence, les cheveux blancs mousseux, adoucissaient encore les traits atténués de peu de rides. Il traduisit son observation.

— Votre nom, Madame, n'est pas français, mais votre aspect l'est tout à fait, vous êtes mariée avec un étranger ?

— En Arcadie, Monsieur, où j'ai passé toute mon enfance.

Correntine apportait la soupière fumante qu'elle posait sous la lampe, sur la table couverte d'une nappe à carreaux rouges et blancs, des corbeilles de joncs tressés contenaient l'une des poires jaunes, l'autre des prunes vertes. Un saladier fleuri était empli de laitues dorées, une pile de galettes de blé noir et un pain rond se faisaient vis-à-vis. Un pichet de cidre pétillant montrait son gros ventre gris veiné de bleu.

— Si vous le voulez bien Madame, dit le prêtre en se dirigeant vers la table, nous allons souper. Ferme la fenêtre, Correntine, à cause des moustiques qui viennent à la lumière. Un peu de soupe, Madame ? Elle est aux légumes du jardin.

Il tendait une assiette profonde en faïence de Quimper, dans laquelle nageaient, sur des tranches fines de pain des oignons blancs et des tronçons de poireaux verts.

— Merci, Monsieur le Recteur, je n'ai jamais dîné dans un presbytère, mais quel régal !

— Je vous en prie, Madame, ne vous moquez pas d'un pauvre desservant breton.

— Oh ! me moquer ! Quand je serai devenue votre voisine et que je vous aurai raconté ma vie, montré le fond de mon cœur, de mon espoir, vous comprendrez, Monsieur le Recteur, ce qui illumine mon esprit ce soir.

— Et quand donc pensez-vous vous installer à Loc-Luçon ?

— Aussitôt les règlements d'affaires terminés, cela ne demandera pas plus d'un mois j'espère.

— Ce sera l'hiver... Nous sommes déjà au milieu d'août.

les grandes marées d'équinoxe viennent le mois prochain, les jours déjà courts, hâtez-vous, Madame.

On entendait par la porte ouverte sur la cuisine, le beurre grésiller dans la poële. Correntine fricassait l'omelette. Elle l'apporta brûlante, dorée et la posa à la place de la soupière. Elle regardait l'invitée qui lui sourit :

— Quelle belle omelette! remarqua celle-ci et votre potage était exquis.

— Lorsqu'on veut trouver tout bien, fit le prêtre, tout est bien. Prenez aussi quelques cœurs de laitues, Madame. Notre jardin est notre meilleure ressource.

— Vous avez de belles poires, Monsieur le Recteur.

— Ce sont des Williams, mais pas les plus belles, aussi bonnes certes, seulement Correntine vend les grosses. Cette espèce-là est très estimée en Angleterre, on embarque des quantités de nos fruits pour les Anglais.

— Je compte sur le potager de Loc-Luçon.

— Je crois qu'il présente des sortes variées et parfaites. Maintenant les arbres ne sont plus taillés, mais la nature est généreuse. Vous aurez plaisir Madame, à explorer votre propriété. Il y a de tout pour l'agrément et pour le profit. Dans le fond du vallon, une source d'eau minérale ferrugineuse jaillit, jadis elle dût être exploitée; on y trouve encore des ruines romaines, comme à Corsel. J'ai découvert en creusant des médailles et une statuette en bronze.

— Bref, Monsieur, Loc-Luçon est un lieu de délices, ce ne sont pourtant pas ces merveilles qui me le font acheter.

— Prenez donc une de ces prunes, Madame, je vous assure qu'elles sont délicieuses.

— En effet, avoua Mme Cousouloudi en mordant un superbe abricot vert, vous me donnez un succulent dessert.

— Rien qu'avec mes propres ressources.

— Les meilleures.

— Nous finirons, par une infusion de tilleul, justement les fleurs qui viennent de votre avenue...

— Quelqu'un gratte à la porte, Monsieur le Recteur.

— C'est Rigolo, Madame, mon dogue, il sait que c'est l'heure du souper. D'habitude il me tient compagnie... ce soir j'avais mieux... aussi proteste-t-il.

— Ouvrez lui bien vite, je vous en prie.

— Il n'est pas très commode, la pauvre bête a souffert, elle est fort laide, d'un caractère peu accueillant.

— Qui ne concorde guère avec son nom de Rigolo.

— Vous allez comprendre pourquoi en le voyant, il a été blessé à la guerre et n'a que la moitié de la lèvre supérieure, ce qui lui donne l'air de rire, il n'a aussi qu'une oreille.

Eléna sourit :

— Qu'il entre, il a droit à une récompense pour fait de guerre.

« Vous êtes allé au champ de bataille, Monsieur le Recteur ?

— J'y suis allé, oui Madame, non pour être utile, j'ai passé l'âge, mais mon frère mourant avait été transporté à l'hôpital de première ligne à Hangard en Santerre. Il me demandait, j'ai pu l'assister et...

La voix du prêtre s'enrouait.

Eléna dit compatissante :

— Ne me racontez pas ces tristesses.

— Mon frère, s'appelait Nominoë du nom d'un roi de Bretagne qui vivait l'an 800. Comme son patron, il est mort au champ de bataille. Et ce pauvre chien, quand j'ai rendu au brave soldat les derniers devoirs, me suivit. Alors je l'amenai chez moi. La croix de guerre qu'il a au cou est celle de son maître.

— Et vous la lui avez laissée.

— J'ai essayé de la lui prendre, ce jour-là, il m'a fait sentir sa dent, depuis j'y ai renoncé. On m'a expliqué que le chien avait découvert le blessé dans un trou d'obus, l'avait tiré à force d'énergie sur le talus et que cette croix lui était restée dans la gueule.

— Tous les ânes ont une croix sur le dos, dit Correntine qui apportait le tilleul, avec la liberté d'allure d'une fidèle servante. Madame prendra du café au lait comme nous demain matin ?

— Oui, fit Eléna, comme vous.

Quand le prêtre se leva de table, il fit le signe de croix et récita les grâces.

— Maintenant Madame, je vous prie d'agréer mes souhaits de bonne nuit. Correntine va vous accompagner à votre chambre. Vous entendrez sonner l'angelus demain, à cinq heures, ne vous dérangez pas, je dis la messe à six heures. Que le bon Dieu vous ait en sa sainte garde, Madame.

Il s'inclina et sortit de la salle pour gagner sa chambre situé au rez-de-chaussée sur le jardin. La Bretonne, un bougeoir à la main, invitait Mme Consouloudi à la suivre dans l'escalier. La chambre de Monseigneur était grande, un tapis carré recouvrait le milieu du carrelage rouge et luisant. Il y avait une cheminée avec une pendule, des flambeaux et des vases en coquillages, une petite glace verdâtre se penchait au-dessus. En face, une statuette de la Sainte Vierge reposait sur une commode. Un Christ d'ivoire, une photographie du Saint Père, tranchaient sur le mur blanchi à la chaux. Un fauteuil voltaire, en reps grenat était devant la table où se voyait ce qu'il faut pour écrire. Le lit, en merisier, était couvert d'une courte-pointe rouge.

— C'est propre, se dit Eléna, je suis dans un sanctuaire de paix, de prière, d'élévation d'âme. O savoir! Oser prier!

Elle revêtait tout simplement, sans même sourire, la belle camisole d'indienne à fleurs bleues que lui offrait la Bretonne et elle se coula dans les draps frais, heureuse, en ce centre de pureté d'intention. Elle repartit en son rêve d'extravagant bonheur... Je suis, oh! je le sens, je suis d'ici, j'ai vécu en Grèce où rien ne parlait à mon cœur, à Paris où des éclairs ont jalonné mon esprit, j'arrive ici et les choses parlent... Ce long chemin de vie qui est derrière moi, ne m'a jamais offert, l'intérêt, l'intense éclat d'aujourd'hui... Je vois le soleil dans l'azur, je vois...

Sa pensée s'éteignit dans le sommeil, où son âme libérée des liens matériels peut-être... s'en alla planer vers le mystère insondable.

XIX

LE SAGE PLATON

Le lendemain, Platon avec son fils, arrivait en auto, dès sept heures du matin, Onda s'élançait de la voiture, ouvrait facilement la porte du presbytère fermée simplement par un loquet, et courait dans l'allée bordée de buis jusqu'à la maison :

— Grand'mère chérie !

Il entrait en coup de vent dans la salle à manger où par la fenêtre ouverte, il voyait à table, en train de déjeuner, le bon prêtre et son invitée. Correntine, les deux poings sur les hanches, debout sur le seuil riait. Rigolo grognait, levant le nez de son écuelle de soupe. Le Recteur se levait et Eléna, après avoir embrassé son petit-fils, le présentait.

— Mon petit-fils, Epaminondas, dit-elle.

— Pardon, Monsieur le Recteur, dit l'enfant en saluant, je suis entré sans façon, entraîné par ma joie d'avoir retrouvé grand'mère. J'ai été si inquiet hier au soir, jusqu'à l'arrivée de papa.

Le prêtre tendait la main au petit en souriant :

— Comme vous lui ressemblez !

Platon entrait à son tour, il s'inclinait respectueusement :

— Monsieur le Recteur, je viens vous dire merci de votre hospitalité. Vous avez été le refuge des voyageurs perdus.

— J'ai été bien content, Monsieur d'une si bonne compagnie, Madame votre mère achète le château, j'en remercie le ciel. Et mon neveu n'a pas été prop fatigué de la randonnée d'hier au soir, il est de santé peu solide.

— Il ne s'est pas plaint, au contraire, il m'a rendu très grand service, car je ne connaissais pas la route et nous étions en pleine nuit. Ma lanterne vénitienne a brûlé dès le début. C'est un aimable compagnon. Maintenant mère, ajouta-t-il en se tournant vers Mme Consouloudi, veux-tu rentrer tout de suite à Saint-Malo ou aller à Dinan, chez le notaire. Je t'ai apporté ta trousse de voyage.

— Grand'mère, je cours te la chercher, tu pourras ainsi procéder à ta toilette et... je voudrais que tu me mènes à Loc-Luçon, dis veux-tu?

— Oui, je veux, j'aimerais y retourner, puisque tu as pensé à ma trousse, donne-la moi, c'est une excellente idée.

Le garçon en deux minutes eut accompli sa commission et Mme Consouloudi put remonter dans sa chambre, afin de compléter le soin de sa personne. Pendant ce temps, Platon posait délicatement sur la cheminée une enveloppe sur laquelle étaient écrits ces mots : « Pour les œuvres paroissiales ».

Onda s'amusait de la figure du chien qui lui montrait les dents. Correntine s'extasiait devant un panier remis par le chauffeur où elle découvrait une énorme langouste, un faisan, un fromage de la trappe.

— Ah! Monsieur le Recteur, venez voir. Paraît que c'est la noce chez nous!

— Mais pour qui ces bonnes choses? demandait le prêtre étonné.

— Mais pour notre excellent hôte, dit Platon, j'ai appris par M. l'abbé de Penhouët que vous avez demain la « conférence », vous recevez vos confrères du rayon, je serai content de penser qu'ils se régalent.

— Mais Monsieur, vous me comblez.

— Encore moins que vous, Monsieur le Recteur, un bon procédé en attire un autre. Je suis un mécréant, mais non un ingrat.

— Un mécréant! Vous? Ce n'est pas possible.

— Si, mais je respecte toutes les libertés, mon opinion personnelle est intangible, celle des autres m'est indifférente.

— Mon Dieu Seigneur, quel malheur! gémit le curé, mais la grâce divine vous touchera. Madame votre mère est une fervente chrétienne et ce garçon si joli...

— Pensent comme moi.

Le curé s'assit lourdement, médusé.

— C'est incroyable, une si belle âme!

— Ne vous effarez pas, mon digne Recteur, notre voisinage ne changera rien à vos offices. Et nous nous verrons amicalement.

— C'est égal, pour une déception, elle est forte !

— Remettez-vous, Monsieur, voici ma mère, nous nous quittons en bons amis, je vous invite pour pendre la crémaillère au château.

Il tendit la main en souriant au prêtre qui y posait ses doigts tremblants. Madame Consouloudi descendait avec son petit-fils. Elle ajouta :

— Je vous prie, Monsieur le Recteur, d'amener Correntine, quand vous nous viendrez, elle se retrouvera avec son frère. Au revoir ma bonne fille, merci de vos bons services.

Celle-ci faisait un petit salut en pliant ses deux jambes, elle riait de bonheur !

— Quelle visite, doux Jésus ! Elle marquera chez nous comme une bénédiction. A la revoyure, Messieurs et Dame.

— Mère, dit Platon, quand ils eurent franchi le seuil du presbytère, j'ai bien envie de te laisser avec ton petit-fils dans ta nouvelle résidence, moi j'irais à Dinan régler le notaire. Je viendrais vous reprendre ensuite et nous irions déjeuner à la « Table Ronde ».

— Ce sera court. Le garde nous ferait bien quelque chose à manger.

— Oui. Seulement, j'ai une dépêche de notre ami le docteur Nartel, il doit arriver de Paris par le train du matin et comme il ne compte rester que la journée à Saint-Malo... où il vient pour nous...

— Pour nous ? Mais personne n'est malade.

— Heureusement. Voilà simplement pourquoi. Il se rend à Dinard dans sa famille, je l'ai prié de faire ce petit détour sur la route pour examiner notre fils, constater l'effet de sa cure marine, que je crois excellent, et donner un conseil pour l'avenir.

— Bon, se dit Onda, il faut que je vois le docteur, moi avant les autres. Il est tout à fait mon ami, on s'entendra.

— Dans ce cas, tu as raison. Dis au chauffeur de stopper devant l'avenue de Loc-Luçon et toi continue jusqu'à la ville.

Du village au château, il n'y a guère que quatre kilomètres. La belle avenue de tilleuls n'est longue que de deux cents mètres. L'auto, bien choisie et solide cette fois, y fut en trois minutes. L'aïeule et l'enfant descendirent. Mme Consouloudi eut la précaution de prendre dans sa trousse une petite glace à main, au grand étonnement de son petit-fils qui la savait si peu coquette. Elle lui sourit, sans s'expliquer ; la voiture repartit. Onda se mit à courir et sauter comme un jeune animal en liberté.

— Grand'mère, les beaux arbres ! Ils ont dû voir plusieurs générations.

Eléna ne répondit pas. Elle redescendait au fond de sa mémoire, ses yeux errants s'arrêtèrent sur un point blanc placé à la fourche d'énormes branches en haut d'un tilleul. Elle remarqua :

— Une statuette de la Vierge dans une niche ! Vois Onda, elle paraît très vieille. Elle a dû voir passer… ceux qui ne sont plus.

Instinctivement, elle porta la main à son front, mais elle n'acheva pas le geste pieux inhabituel et continua à marcher. Ils franchirent les douves sur le pont vétuste et ouvrirent la poterne. Le vieux gardien émondait les arbustes qui envahissaient l'allée centrale conduisant à l'entrée du château, il accourut, son béret à la main.

— Ben le bonjour, not'e Dame, j'étais en train de vous faire un meilleur chemin, rapport aux branches qui viendraient.

— Tapper ceux qui suivent, acheva Onda en riant.

Eléna sourit :

— Yan, je viens de voir Correntine.

— Ma sœur ?

— Oui. Chez M. le Recteur. Donnez-moi la clef du vestibule, ne venez pas, restez à votre ouvrage. Il faudra vous faire aider pour remettre le jardin en état, demandez des ouvriers afin de réparer les vitres manquantes, qu'on visite la toiture, il faudra encore faire lessiver les peintures, frotter les parquets battre ce qui reste de tapis. Trouver un tapissier pour rattacher les tentures, bref, organisez une équipe de travailleurs que vous surveillerez et guiderez. Je voudrais que chaque chose reprenne l'aspect ancien, en un mot que la reconstitution du passé soit intégrale.

— Ce sera fait, Madame, j'ai bonne mémoire, et il n'y aura pas une chose qui ne soit où elle était du temps de Monsieur le Comte.

Tout en parlant, suivie du domestique, Eléna avait gagné la porte massive, sculptée en plein chêne à feuilles repliées, la serrure d'art offrait des fleurs de lys en fer et la clef, ajourée, ciselée, était dans le style ancien des verroux, poignées gâches et loquets. Elle entra suivie d'Onda, pendant que Yan retournait au jardin.

— Viens, dit-elle à son petit-fils, tu pourras examiner plus tard à loisir les têtes de biches et de cerfs accrochées aux murs, pour le moment, je veux te montrer la galerie des Ancêtres.

Ils montaient l'un auprès de l'autre, le large escalier en pierre de granit de la côte, aux marches si aisées, que jadis les mules y grimpaient portant le blé au grenier.

De petites fenêtres carrées, avec de petits bancs dans leurs embrasures, permettaient de s'asseoir en passant, de regarder un horizon de plus en plus étendu à mesure qu'on gravissait les degrés.

— Ah ! le moderne auprès de cela, s'écriait Onda, quelle musère ! L'architecture peint les hommes à travers les siècles, les pierres racontent les âmes d'antan.

Il voulait s'arrêter pour lire les noms gravés par les visiteurs sur les degrés, lire les devises laissées en souvenir, mais sa grand'mère, un bras passé sous le sien l'entraînait.

— Nous avons si peu de temps ! Ce que je veux te faire voir est plus utile.

Ils arrivaient au second étage, l'aïeule tirait le verrou à double évolution, d'une porte usée, mais résistante dont les panneaux de chêne étaient sculptés de personnages et d'animaux. Et ils entraient dans la longue galerie tenant tout le côté nord du château, entre deux tours. Là s'alignaient, suspendus au mur, une série de portraits, au-dessous de quelques-uns des armures dressées, s'espaçaient.

Eléna prit sa petite glace, ôta son chapeau et se mit à regarder alternativement le portrait d'une comtesse de Luçon et elle-même. Le tableau représentait une jeune femme qui avait d'abondants cheveux blonds et de superbes yeux bleus. Elle portait une toilette du dernier quart de siècle écoulé, de celles qu'on exhibait vers la fin de l'Empire, à l'époque de l'exposition universelle de 1867, époque brillante où l'impératrice Eugénie arborait la crinoline, le décolleté ovale, les papillotes flottantes, les volants de dentelles.

— Onda, appela l'aïeule, trouves-tu que je ressemble à ce portrait. Ce sont les mêmes yeux et si je n'avais pas de rides, pas de toison blanche... j'ai la fossette au menton.

— Oui, dit l'enfant avec un sourire, il y a un air de famille, mais tu ressembles davantage à cette vieille dame de là-bas, elle sourit comme toi.

— Voyons.

Elle courut. C'était une châtelaine assise dans un haut siège de chêne, ses mains reposaient sur ses genoux tenant un livre de prières, des frisons gris auréolaient son front, semé de trois plis horizontaux, ses prunelles claires semblaient suivre les visiteurs. Au bas du cadre Onda lut :

« Aglaë de Rochelune, épouse de Tancrède Jehan de Luçon, morte sur l'échafaud en 1793 à l'âge de 70 ans. Regarde grand'mère, près d'elle ce charmant petit page en costume Louis XVI... mais, ma parole. je lui ressemble...

Onda se regardait à son tour dans la glace.

— Comme deux gouttes d'eau, fit l'aïeule. Je te ferai

faire un habit semblable pour un bal costumé et on le croira descendu de son cadre. Lis l'inscription.

« Tancrède Hyacinthe de Luçon, page du roi Louis XVI, prit part aux guerres de Vendée, fusilé à Nantes en 1795.

— Ah! grand'mère, nos « ressemblants » meurent tragiquement.

— Oui. A cette époque, c'était l'usage... les nobles savaient se dévouer.

— Vraiment, c'est un martyrologe cette galerie : Vois un guerrier avec son armure qui porte une croix sur la poitrine et un bouclier appuyé au côté : « Tancrède Conrand, tué à Ptolémaïs en 1291 ». C'était la huitième Croisade grand'mère. Passons. Voici un chevalier orné d'une belle perruque : Tancrède Bernard, accompagna Philippe IV en Espagne où il fut tué, croit-on. Il ne revint jamais en France ». Oh! le charmant groupe grand'mère. Quatre jeunes filles en blanc et trois garçons en uniformes de soldats de l'Empire. Voyons la notice : Tancrède Edouard, aide de camp du prince... (je ne peux pas lire, c'est à demi effacé), Yves-Alexis, lieutenant au 3e dragons, Pol Léon, aspirant de marine. Yvonne, Yolande, Gislaine. Marie, fils et filles de Tancrède Louis et de demoiselle Gislaine de Bergen ».

Ceux-là, on les a laissé vivre, grand'mère, ce sont les arrières grands-parents de mon ami Tancrède dernier du nom.

— Oui, ce sont les ascendants de Tancrède, peut-être aussi les nôtres...

— Qu'est-ce que tu dis grand'mère ?

— Une idée. Admire encore cette abbesse de l'abbaye de Longchamp. Quelle figure digne, quelle sérénité dans le regard, elle s'appelait Klot-Hilde et mourut en 1610. Mon enfant quel atavisme doit venir d'une pareille lignée. Ce furent des héros.

— Qui sait. Peut-être de joyeux vivants qui aimaient le jeu, le vin, la ripaille, les rudes chevauchées et ne redoutaient pas les coups donnés et reçus au cours des luttes, pas toujours édifiantes, de jadis. Quand nous aurons mieux le temps, je prendrai note de cette généalogie et je ferai des recherches sur l'existence des Luçon, les événements qu'ils ont traversé et surtout ce qui s'est passé ici entre ces murs qui ont dû voir et entendre d'étranges choses : Peut-être serments d'amour, peut-être serments de vengeance, peut-être d'injustes décisions ou rêves enchanteurs bref, tout ce qui compose la vie et prend le cœur. Ce serait intéressant de passer l'hiver ici grand'mère quand le souffle de l'Océan chante dans les galeries et réveille les âmes en peines, quand les chouettes se répondent d'une tour à l'autre, qu'un pèlerin errant sollicite un abri à défaut du chevalier dont l'appel de cor, au-delà des douves, se mêle aux bruits de la nature.

Eléna caressa la joue du petit :

— Je voudrais moi aussi demeurer l'hiver à filer assise, sur le banc de pierre dans l'âtre, regarder par le tuyau de la grande cheminée le rayon de lune qui descend jusqu'à nous et l'étoile lumineuse au sommet. Ce serait délicieux la nuit de Noël, avec un tronc d'arbre appuyé aux lourds chenets à corbeille et la neige silencieuse accumulée devant la porte. On chanterait les naïfs couplets légendaires et dans la galerie des portraits les yeux des ancêtres s'animeraient.

— Oui restons grand'mère. Nous ferons venir du jardin d'aclimatation de Paris un lévrier agile, tu auras une haquenée qui marchera l'amble, moi je monterai un destrier, j'aurai des faucons...

— Voilà Loc-Luçon devenu un château en Espagne, interrompit l'excellent Platon revenu très vite de la ville et monté surprendre les deux songeurs qui, influencés par l'ambiance, oubliaient l'heure. Il riait, le pratique banquier, il les prit chacun par un bras.

— En route sur terre, revenons des nuages. Le carrosse à trente chevaux attends à la poterne. Venez belle Dame et Damoiseau.

<h2 style="text-align:center">XX</h2>

<h1 style="text-align:center">L'ORDONNANCE DU DOCTEUR</h1>

Après le déjeuner à l'hostellerie de la Table Ronde, où s'était joint le docteur Nartel arrivant de Paris, les Consouloudi et leur ami étaient montés dans l'appartement de l'aïeule pour s'entretenir ensemble tranquillement.

— Un conseil de famille, remarqua gaîment Platon. Faisons venir le café, ensuite nous irons accompagner Nartel à l'embarcadère de Dinard.

Le plateau apporté, Mme Consouloudi servit le café et chacun prit une cigarette. Par la fenêtre ouverte sur le large, l'air vif, salé entrait à flots. Le docteur attira le jeune garçon devant lui, palpa ses bras.

— Tu as gagné de fermes biceps, mon bonhomme, dit-il souriant. Tu as nagé, ramé, ça se voit. Tu es bruni, c'est parfait. Il me semble que l'anémie est vaincue.

— Oui docteur, mais elle reviendra vite, si je retourne respirer les microbes de la salle d'étude au Lycée.

Onda regardait le médecin dans les yeux, il lui serrait la main avec force, il faisait passer sa pensée active dans la pensée de l'homme qui allait décider de son sort. Celui-ci comprenait fort bien. Il avait soigné l'enfant depuis sa naissance et connaissait également son état physique et mental. Il prononça : Encore quinze jours de vacances. Et vous comptez mettre ce garçon-là pensionnaire ?

— Il le faut bien. Notre vie mondaine ne peut concorder avec les études sérieuses que comportent son âge.

Onda secouait la tête :

— Je redeviendrai neurasthénique, papa, ce ne sera pas long. A présent que je suis habitué au grand air, à la vie de mouvement, le collège... la réclusion, je saignerai encore du nez et j'aurai mal à la tête.

— Tu ne peux pourtant pas te préparer à entrer à l'école de Saint-Cyr en courant sur les grèves.

— Mais si père, bien mieux.

Platon haussa les épaules et se tournant vers le docteur :

— Le jeune paresseux n'a d'autre mal que la paresse, n'est-ce pas mon ami ?

— Il y a du vrai dans ce qu'il dit, mon cher, laissez-le expliquer son idée.

— Oh ! elle est simple, juste et bonne.

— Plutôt que modeste, le héros a confiance en lui.

— Bien sûr, fit sérieusement l'enfant, je suis le meilleur juge de moi-même, ce sont tes principes papa. Tu m'as toujours prôné la liberté.

— Jointe au raisonnement. Mais continue ton panégyrique.

— Je ne suis guère robuste. Au lycée, dans les sports, je suis le dernier, des fois les élèves me bousculent. J'avais un ami qui me défendait...

— Ah ! voilà l'explication, mais tu n'as pas qu'un camarade ?

— Si, un seul que j'estime et dont j'accepte une chose que je ne peux pas rendre.

Nartel examinait le petit, cette fierté lui plaisait, il appuya l'intention.

— Vous pourriez, mon cher Platon, donner un précepteur à votre fils.

— Erreur, il n'apprendrait rien du tout. Avant d'aller au Lycée, il avait une institutrice extrêmement savante, mais à chaque instant, une fête de famille, une visite de parents, un voyage, que sais-je, toutes les raisons étaient bonnes pour avoir congé. De plus, sans émulation, travaillant seul, il s'ennuyait.

— Père, j'ai un remède à tout cela.

— Bon. Dicte ton ordonnance, émit Nartel indulgent.

— Papa : Tu me laisseras avec grand'mère sur cette côte salubre.

— Ta grand'mère ne restera pas ici en plein hiver.

— Mais si grand'mère chérie, n'est-ce pas que tu restes ?

— J'en ai, en effet, le désir Platon et je serais bien contente de garder mon petit-fils.

— Alors, c'est un complot entre vous deux.

— Une entente, père et tu vas l'approuver. Laisse-moi développer ma pensée. Je prendrai des leçons avec un professeur très érudit qui a pour spécialité de former les candidats aux grandes écoles.

— Et ce savant hiverne sur la côte bretonne.

— Parfaitement, pour la même raison que moi. La Faculté l'envoie faire une cure d'air marin.

— Alors ce n'est pas pour prendre des élèves.

— Non. Mais il peut me donner des leçons sans nous fatiguer l'un et l'autre.

— Bon. Et après tu seras toujours seul à travailler.

— Non justement mon ami fidèle étudiera avec moi, nos études seront bien plus sérieuses qu'à Paris. Il comprend mieux et plus vite que moi, il sera mon répétiteur.

Le banquier sourit en regardant sa mère :

— Je commence à voir le plan. Vous êtes d'accord ?

— Je le deviens en comprenant ce que veux Onda. Il compte faire concorder une bonne œuvre avec son propre bien et je l'approuve.

— Je devine, fit le médecin. Notre étudiant a un camarade auquel il veut faire partager ses études. Si le camarade est digne de ce don, s'il est intelligent, dévoué, ni jaloux, ni envieux, cette association peut être une excellente chose. Il est bon, pour la longueur de la vie, d'avoir une vieille fidèle amitié qui aide dans les mauvais pas.

Onda tourna vers le docteur un œil reconnaissant. Encouragé, Nartel continua : La méthode des leçons-promenades est excellente, on revient un peu aux idées des anciens. Voici ce que vous pourriez admettre mon ami : Laisser Onda se fortifier au grand air marin, le travail intellectuel varié avec les exercices physiques, serait d'ailleurs une préparation pour un futur soldat. Il se développerait, sa poitrine s'élargirait, sa tendance à se voûter disparaîtrait, il a grandi trop vite, il faut maintenant qu'il acquiert de l'ampleur. Il a peut-être raison en se prétendant juge de lui-même.

— Qu'en penses-tu mère ? fit Platon.

— Je pense comme le docteur, comme l'enfant, et comme toi, mon fils. Notre Onda est en voie de transformation physique, ces deux mois lui ont fait accomplir un grand progrès en force, continuons. Sa mère et sa sœur viendront nous visiter. Je veux que le jour de l'an réunisse toute la famille au vieux Luçon.

— Mais les bals, les dîners, l'Opéra, je ne vois pas ma femme et ma fille privées des réunions mondaines.

— J'en donnerai. Je rêve d'un bal costumé où tous les invités seront en toilettes d'autrefois.

— Alors je me range à l'avis général, fit Platon. Reste cependant à conclure la question principale. Celle du précepteur. Où le prends-tu Onda ?

— Ici père et tu le connais. Tu as même été charmé de l'avoir pour compagnon de voyage.

— Cet abbé. Ah ! non, par exemple, je ne veux pas pour mon fils d'une éducation de séminaire.

— Mais tu admettais les leçons de vacances par ce prêtre.

— Quelques heures par semaine pendant un mois, ne portent guère à conséquence. Mais une année de travail quotidien, avec un individu qui a des œillères et ne voit qu'un but : le prosélitisme, non, cent fois non.

— Papa, l'abbé de Penhouët t'avait plu.

— Evidemment. C'est un homme du monde, il a de bonnes façons, une conversation agréable et il est par là même d'autant plus redoutable.

— Papa, écoute encore, reprit gravement Onda, si gravement qu'il devint presque solennel, papa, quand tu m'as présenté, il y a deux ans au proviseur du Lycée Pascal, il t'a posé cette question au moment de m'inscrire :

— Quelle religion pratique votre fils ?

« Aucune, as-tu dit, quand il aura l'âge de réfléchir, de déduire, **il choisira** ».

— Hé bien père, je n'ai pas encore choisi, je n'y ai pas beaucoup pensé, mais puisque tu me laisses libre, il faut que je connaisse où je peux vouloir aller.

— Il a raison, approuva l'aïeule, rien n'empêche ce prêtre de lui donner des leçons de science, toute théologie écartée. Nous avons sous la main, un moyen inespéré d'instruire notre enfant, précisément dans la voie qu'il cherche à suivre, ne négligeons pas cette chance.

— Je réfléchirai, consentit le banquier, j'ai la charge de mon fils, je ne veux pas le mener au devant de l'erreur du sectarisme, d'une doctrine de parti pris, mystérieuse et sans preuves.

— En attendant, père, pour ne pas perdre un temps précieux, je vais m'entendre avec l'abbé pour les leçons de vacances.

Le docteur sourit, il ajouta :

— Reste encore la question du compagnon d'études.

— J'aimerais à voir ce garçon qui vivra avec Onda. Au point de vue physique et moral, le voisinage a une grande importance.

— Docteur, vous le connaissez, vous l'avez vu chez nous à Paris.

— Je l'ai oublié. Peux-tu me le présenter maintenant ?

— J'irai voir s'il n'est pas en courses.

Onda sortit. Son cœur débordait de joie, il ne se rendait même pas compte pourquoi il était si joyeux. Il allait semer du bonheur autour de lui, chacun, dans son entourage lui devrait une satisfaction. Sa grand'mère qui le gardait avec elle; le digne abbé qui sûrement serait enchanté de cette aubaine, son cher Tancrède qui continuerait à poursuivre la carrière de son choix, sa mère qui verrait son avenir assuré. Onda était heureux parce qu'il serait le pivot autour duquel circuleraient des gens contents.

Il découvrit son ami dans le bureau où il écrivait les menus de sa belle ronde.

— Viens tout de suite, le docteur Nartel veut te voir.

— Moi! pourquoi?

— Pour te voir! après on s'expliquera. Hâtes-toi, il doit partir.

— Mais ces menus...

— Viens, je t'aiderai ensuite.

Tancrède céda et en quelques enjambées, les deux garçons furent à l'étage. Ils entrèrent dans le petit salon.

Tancrède salua le docteur avec son aisance habituelle. Celui-ci, ses yeux observateurs fixés sur ce grand beau garçon, murmura : « Mens sana, in corpore sano ».

— Mon enfant, dit la douce Eléna, nous vous avons fait venir pour vous annoncer une décision qui vous plaira.

— Venant de vous Madame, je n'en doute pas.

— Vous partagerez les études de mon petit-fils.

— A quel titre Madame?

— D'ami. Tancrède, votre mère, la saison achevée, accepte de venir chez moi.

— A quel titre Madame?

— De compagne, de lectrice, de secrétaire.

Tancrède rougit :

— De salariée.

Et comme Mme Consouloudi faisait un geste de surprise, il ajouta :

— Je vous remercie, Madame, près de vous rien ne saurait être pénible, ma mère aura un emploi utile, mais moi, je bénéficierai des leçons d'Onda. Son extrême bonté ne manque pas une occasion de m'aider. Je ne puis moi que l'aimer...

— C'est ce qu'il y a de plus rare et de plus précieux, intervint Platon.

— Près de lui, de vous, c'est tellement naturel. Seulement, moi, je veux gagner mon pain, j'ai la force de travailler.

— Mais tu m'aideras à apprendre, mon petit Tanc, tu sais bien comme au collège où je n'irai plus.

— Je t'aiderai à tout ce que tu voudras, seulement je veux un autre emploi : courrier, chauffeur...

Le docteur et Platon se mirent à rire :

— Répétiteur, boxeur, tout ce qui a l'heur de vous plaire mon ami, fit celui-ci. Soyez tranquille votre délicatesse sera abritée.

Une voix appelait d'en bas : Credo ! où est Credo ? Trouvez-moi Credo. Lord Salsby a besoin d'un interprète.

— Pardon, dit rapidement Tancrède en saluant, on m'appelle. Je ferai ce que vous voudrez pourvu que je travaille.

— Une belle nature, approuva le docteur, quand le jeune homme fut parti, donnez-le comme compagnon à Onda en toute sûreté. Et à présent, chers amis, je me sauve, il faut que je dîne ce soir à Dinard.

XXII

Le 21 septembre, la grande marée d'équinoxe fut splendide mais terrible, le vent soufflait en tempête et les vagues battaient si fort le sillon, qu'elles allaient rejaillir jusque dans les jardins des châlets en bordure, plusieurs des troncs d'arbres énormes plantés devant le rempart en furent arrachés. Le bateau de Jersey ne put partir. Le Marsoin et de rares patrons de barques de pêche essayèrent en vain de gagner la Rance, et durent rentrer. Les baigneurs commençaient à fuir la côte. L'hostellerie de la Table Ronde se vidait peu à peu. Mme Clélie Martin avait annoncé vouloir fermer la maison le 1er octobre.

En conséquence, Mme Consouloudi avait envoyé sa femme de chambre à Enghien avec mission de préparer ses malles, de les emplir de linge et de vêtements, de charger la limousine et de revenir dedans avec le chauffeur qui consentait à rester au service de Madame. Tandis que le maître d'hôtel et la cuisinière avaient refusé de s'exiler en Bretagne. Ils s'étaient placés à Paris munis d'excellents certificats donnés par leur maîtresse. Quand à Juliette, la camériste, qui aimait sa douce patronne, elle n'entendait nullement la quitter. Le château était réparé, l'ancien calorifère, remis en état, les grandes cheminées emplies de bûches énormes dont le gardien avait fait ample provision. Les fenêtres avaient tous leurs carreaux de vitre dans leur gaîne de plomb. Les vieux bahuts, les banquettes sculptées placés dans les embrasures des croisées profondes de deux mètres, reluisaient. Les tentures murales en tapisseries à personnages, brossées, raccrochées, racontaient des scènes d'histoire et de mythologie. Partout de hautes lampes en fer forgé et en cuivre rouge s'espaçaient pour éclairer l'antique manoir qui ignorait encore la moderne électricité.

Yan s'était multiplié, il avait été chercher à Saint-Brieuc, l'ancien jardinier Magloire, qui revint avec grande joie reprendre son ancien poste au château. Il ramenait avec lui ses deux fils Servan et Briac âgés de quatorze et dix-sept ans pour l'aider aux jardins. Sa femme serait la cuisinière. Avec les deux serviteurs venus de Paris, on passerait l'hiver. Au printemps on verrait à se pourvoir de plusieurs autres valets, lorsque Mme Consouloudi recevrait ses enfants et quelques amis.

Le 1er octobre, il n'y avait plus à la Table Ronde que Mme Consouloudi, son petit-fils et les Luçon. Mlle Clélie Martin fermerait le soir même et s'en irait à Rennes, pour ne rouvrir l'hostellerie qu'en juin prochain. On se dit adieu amicalement avec promesse de se revoir. Les quatre amis se séparèrent. Les Consouloudi devaient aller au couvent s'entendre avec l'aumônier pour les leçons. Tancrède et sa mère iraient chez Anik lui raconter à quel point l'action providentielle était visible dans leur destinée.

La brave Bretonne ne se sentait pas de joie à ce récit, elle voulut que la mère et le fils, ainsi que leurs amis, restassent à déjeuner chez elle. Ce serait la clôture de la saison, ils partiraient après le repas.

— Allons donc au devant de Mme Consouloudi, fit Mme de Luçon et ramenons là. C'est presqu'un jour de vacances nous quittons une place... ce matin pour rentrer dans une autre ce soir.

Elle souriait sans amertume, Tancrède prit le bras de sa mère :

— Notre situation est paradoxale, maman, nous allons habiter le château de nos aïeux qui porte notre nom en qualité de... serviteurs.

— Avec de pareils maîtres...

— Oh! maîtres...

— Ne te choque pas des mots. Tout serviteur implique un maître. Ceux qui nous donnent le moyen de vivre sont plutôt des amis, des cœurs délicats, des âmes élevées.

— Très dignes de nous, c'est vrai. Ce qui m'étonne, c'est leur incompréhension religieuse. Quel est chez eux le principe de charité, de bonté, de noblesse, de sentiments ?

— La nature.

— Cela ne doit pas suffire mère. Je suis étonné des raisonnements d'Onda, encore plus de ceux de Mme Consouloudi. Ils aiment à entrer dans nos églises, ils sont doués de vertus chrétiennes. Ah! je voudrais bien les amener à notre foi.

— Ils marchent sur le chemin et sans qu'il y ait besoin de les pousser. La grâce divine est là !

— Maman, je redoute de te voir souffrir, tu rentres en cette maison pleine pour toi de rappels d'autrefois quand tu brillais dans les fêtes, quand tu commandais...

— Je ne crois pas éprouver de regret... si j'ai eu là des joies, j'y ai trouvé encore plus de souci, c'est à Luçon que nous avons commencé à sentir les premiers effets de la ruine, reçu la première visite des huissiers. J'ai vu ton père harcelé d'inquiétudes, malade, non, j'aime mieux y vivre en subalterne sans préoccupations. Réfléchis à la liberté d'esprit que nous donne l'existence actuelle. Etre riche, avoir des biens, est source d'inquiétude, de responsabilités, pour le jour du grand départ où l'on n'emporte rien avec soi. Une chose très bonne, vois-tu, c'est le détachement des biens, on a toujours assez de peine à se détacher des gens quand il faut les quitter. Depuis que nous sommes pauvres, que je travaille pour gagner le pain quotidien, je suis arrivée à penser autrement que jadis, je comprends mieux la mentalité populaire plus confiante en l'avenir, plus gaie, moins songeuse. Je ne possède rien qu'une petite malle de voyage... je ne crains plus la ruine.

— Mais tu peux redouter la détresse... La santé peut nous manquer.

— La grâce d'état nous soutient. Il est impossible, au milieu de nos malheurs d'avoir été plus défendus contre la misère. Je pense que ton père qui voit maintenant juste, a supplié le bon Dieu de réparer son imprévoyance en ce monde.

— Peut-être. En tous cas, moi, je veux être utile, je ne veux pas recevoir un bienfait... une charité.

— N'aie pas trop d'orgueil, mon petit, tous les biens de la terre sont au Créateur qui les dispense à ses créatures, si les unes sont privilégiées, c'est qu'elles ont une tâche envers ceux qui le sont moins. Je ne vois aucune humiliation, je t'assure, à recevoir par la main d'un homme, les dons du ciel.

— Ton raisonnement, mère, exclut la reconnaissance.

— Non, car celui qui est le mandataire du divin Dispensateur, garde son libre arbitre et pourrait agir autrement. Je crois que voici nos amis qui paraissent au tournant du chemin de Paramé. Vois, c'est la réplique de nous-mêmes. Onda et sa grand'mère marchaient d'un pas allègre, de ce pas que relève un moral satisfait. Quand ils furent à portée de voix, Onda cria :

— En avant pour le quadrille !

Et il esquissa un rythme de danse.

— Nous venions vous chercher, expliqua Mme de Luçon,

nous vous emmenons déjeuner « Aux Trente Chevaliers ». Vous n'allez pas nous refuser le plaisir de vous offrir ce repas à Saint-Malo, avant de quitter l'Ille-et-Vilaine.

Eléna sourit, Onda fit un bond :

— « All Right ! » lança-t-il joyeux.

Les deux groupes se fondirent, ils pouvaient suivre le sillon sans être éclaboussés, la mer houleuse étant basse.

— Nous avons arrêté notre plan avec M. l'abbé de Penhouët, fit Mme Consouloudi.

— Et il a l'air enchanté de nous, fit le jeune élève, il nous a dit combien cet enseignement lui plaisait. Ce sera un professeur exquis. Savant, doux, très clair dans ses explications. Nous allons suivre le programme de Saint-Cyr à la lettre, ça te fait plaisir Tanc ?

— Naturellement. Mais je ne veux pas uniquement travailler pour moi. Madame, vous m'emploierez à autre chose.

— Oui oui, soyez tranquille mon enfant, vous resterez courrier-cycliste, répondit la bonne Eléna toujours souriante. Ecoutez comment nous avons réparti le temps. Deux jours par semaine vous viendrez chez votre professeur le matin. Vous travaillerez jusqu'à midi. Selon le temps et la possibilité vous aurez une leçon-promenade. A midi, vous irez déjeuner chez Anik, je compte m'arranger avec elle pour vos séjours à son restaurant.

— Ce sera parfait, approuva Tancrède. Justement l'hiver, il y a peu de clients aux « Trente Chevaliers ».

— Je lui demanderai une chambre avec un bon feu, pour que vous puissiez étudier tranquilles une partie de l'après-midi. A trois heures vous retournerez en classe, une heure seulement, afin de repartir à temps pour rentrer avant la nuit.

— Nous allons envoyer un télégramme à Paris, fit Onda, pour qu'on nous expédie ma petite voiture : « L'Oiseau bleu », tu la connais Tanc ? Nos deux places, une capote et un moteur qui nous permet du quarante. La route ne sera pas fameuse en hiver.

— Vous resterez prudents, intervint Mme de Luçon.

— De tous les véhicules, Madame, c'est encore l'auto qui est le moins dangereux riposta le jeune Grec. Achève ton règlement de notre temps grand'mère.

— Oui. Le dimanche, après ses vêpres, M. de Penhouët viendra à notre village chez son oncle, le digne Recteur, il y dînera et couchera. Le lundi matin, il arrivera au château. La matinée se passera en leçons. Après le déjeuner et un repos, vous reprendrez le travail et votre professeur repartira chez lui avant la fin du jour.

— Par quel moyen ? demanda Tancrède.

— Sa bicyclette, à moins que toi ou moi nous le reconduisions sur les ailes de « l'Oiseau-bleu », fit Onda.

— Bien entendu, reprit Mme Consouloudi, en cas de mauvais temps, nous le garderons au château. De même que vous, mes enfants, par les grains et ouragans, vous aurez la ressource de rester chez Anik, puisque vous aurez une pièce à votre disposition.

— Excellent programme ! déclara Mme de Luçon.

Des mouettes volaient bas, rasant l'eau de leurs ailes, en mer, on apercevait la fumée du vapeur de Jersey sur un ciel tourmenté que balayait un vent très frais. Des soldats faisaient l'exercice sur la plage. Les deux camarades s'appuyèrent au parapet du sillon pour regarder les jeunes « bluets » évoluer avec précision.

— A nous bientôt, fit Tancrède fièrement.

— A toi sûrement, répondit Onda. Pour moi, il faudra que je sois naturalisé français, ou admis à Saint-Cyr au titre étranger.

— D'une manière ou de l'autre, tu seras soldat de France.

— Bien sûr, approuva l'aïeule, quand tu entreras à l'Ecole, je retournerai à Enghien où j'aurai le plaisir de vous recevoir, mes chers enfants.

— Vive l'armée ! cria Tancrède, imité par son ami en levant son chapeau breton.

Quelques soldats envoyèrent un sourire aux deux garçons et le sous-lieutenant qui marchait sur le côté du peloton, reconnut les promeneurs et salua de l'épée. Ils passèrent la vieille porte Saint-Vincent, tout heureux de se trouver à l'abri des grands souffles vifs de la Manche, qui recommençait son éternelle montée à l'assaut des remparts. L'instant d'après, tous les quatre, les joues rouges, les yeux clairs, le cœur satisfait, étaient à table devant l'excellent déjeuner que servait Anik tout en causant avec ses hôtes.

— Quelles actions de grâce. O mon Dieu ! songeait Noëlle de Luçon, il y a trois mois, ici j'étais sous un nuage bien sombre... aujourd'hui ma route s'éclaire. Gloire à la consolatrice des affligés.

Son fils qui devinait ses pensées ajouta :

— Ton nom, mère, veut dire réjouissance, il ne pouvait pas te trahir.

— Nom charmant, approuva Eléna, voulez-vous, chère Madame de Luçon, me permettre de vous nommer ainsi par votre nom de baptême ? Je vous demanderai en retour de vous souvenir du mien, il est grec, il veut dire : « Qui a l'éclat du soleil » et a pour symbole la fleur d'hélianthe.

— Emblème de bonheur, s'écria son petit-fils. Quant à mon interminable nom : Epaminondas, que veut-il dire ?

— Que tu seras un brave soldat à l'exemple de ton patron Thébain.

Et comme le Marsoin apportait une bouteille de bon cidre mousseux, tous relevèrent leur coupe gaîment.

XXIII

RETOUR AU VIEUX NID

Yan et sa femme avaient préparé la réception de leurs maîtres avec une grande solennité. Ils avaient gardé encore un reste des usages d'autrefois quand on saluait la bonne venue des châtelains.

Devant la porte cochère, ouverte en grand, ils avaient mis des branches d'arbres et les dernières fleurs d'automne sur les parapets du pont. Le jardinier, ses deux fils, la cuisinière, la femme de chambre parisienne, Correntine la sœur du gardien venue exprès du village, les deux institutrices de l'école libre, un groupe d'écoliers, tous firent une grande révérence et une fillette en blanc couronnée de roses pâles d'arrière-saison vint, d'une voix harmonieuse, chantante, dire un compliment de bienvenue aux nouveaux propriétaires qui marcheraient sur la trace des anciens pour se montrer les bienfaiteurs du pays.

Une jeune garçon sonnait la cloche à toute volée, quelques pétards partirent et sur l'avis d'Onda, tout le monde s'engouffra dans la grande salle à manger où, sans être foulé on pouvait dresser quatre-vingts couverts. Une table montrait l'invitation appétissante de raffraichissements et de gâteaux.

Mme Consouloudi était toute surprise, Onda et Tancrède ne l'étaient nullement, ayant reçu la confidence des serviteurs. Et si les élèves et leurs directrices étaient là, c'est que le jeune homme qui savait la protection que sa grand'mère apportait à la même institution à Enghien, avait promis son appui, il l'avait même réalisé à l'aide de sa bourse personnelle. Depuis l'effondrement de la famille de Luçon, la pauvre école vivait à grande peine, tenace quand même.

Onda, sut trouver dans son cœur, quelques mots de remerciement. Mme de Luçon ne put cntenir ses larmes et s'éclipsa avec son fils, afin de procéder à l'installation des arrivants.

Lorsque le calme fut revenu, la nuit rapide d'octobre avait envahi le manoir. Joseph, le chauffeur armé de son briquet, fit la tournée des lampes pour les allumer toutes, afin que l'antique demeure garda l'aspect joyeux. Mme Consouloudi et son amie, émues toutes les deux, s'en allèrent choisir leur chambre. La première, avait prié

Correntine, la servante du presbytère, de la suivre à travers les appartements.

— Où était la chambre de la comtesse de Luçon, celle qui est partie avec son mari et sa fille... pour ne jamais revenir? demandait-elle.

— Venez Madame, je vais vous y conduire, j'ai justement aidé mon frère à les remettre en état, à lui rendre l'aspect de jadis. Elle est au-dessus de l'entrée, en plein midi.

Eléna suivait la vieille servante, ses jambes tremblaient un peu, elle éprouvait encore l'étrange impression lointaine. Le parfum des derniers héliotropes, mourant de froid, pénétrait par les meurtrières du chemin de ronde sur lequel les appartements avaient une issue opposée à l'entrée principale. Une horloge sonna quatre quarts, puis cinq coups qui vibrèrent longtemps.

— Ah! fit l'arrivante qui se laissa tomber dans un fauteuil à haut dossier de chêne, placé devant l'immense cheminée où brûlait un feu d'ormeau. Ah! ce son! Quel écho, il éveille en moi! Venez ici Correntine, expliquez-moi où était la chambre de la petite Hermine?

— Ici, Madame, elle ne quittait guère sa maman. Son berceau se tenait là-bas, près du lit de sa mère, elle a appris à marcher là. On la posait sur le tapis, elle le parcourait en se traînant, puis à l'aide d'un petit banc de pierre que vous voyez dans l'embrasure de la croisée elle se dressait sur ses petons. Alors, d'échappée en échappée, elle parvenait jusqu'à l'autre fenêtre. Et puis elle allait encore jusqu'à une chaise que nous mettions exprès au milieu de sa course, et très vite, riant, elle achevait le parcours jusqu'à sa maman qui lui tendait les bras. Elle était justement assise où vous êtes.

— Où je suis... et après?

— Madame la comtesse, la prenait sur ses genoux, des fois, elle lui chantait une chanson en la faisant sauter, d'autres fois, elle l'endormait en la câlinant. Vous voyez la corbeille de fer des chenets, Madame mettait dedans les petits vêtements de nuit, ils se réchauffaient. Une autre chose amusait aussi bébé. C'était quand la flamme brillait ardente dans la cheminée et mettait en lumière la plaque du fond. La petite tendait ses mains vers le chevalier qui se dessine dans l'âtre.

— Je vois, je vois, fit Eléna bouleversée, tendant aussi ses mains vers le chevalier croisé. Il a sa croix, son bouclier... Ah! comme je le reconnais! avec sa barbe où s'accrochent les flammèches.

Elle se tut, du mystère de sa mémoire, montaient des souvenirs, comme un nénuphar, enfoui sous l'eau, qui vient surnager aux premiers rayons du jour. Quel secret gît en l'abîme de ce passé troublant... Les yeux clos, elle essayait de lire, la page effacée, oubliant le présent.

Correntine la croyant endormie, sortit sur la pointe des pieds, elle n'avait d'ailleurs que le temps de regagner vite le village, une nuit sans lune, ne lui faciliterait guère le retour.

Eléna dû rester longtemps prostrée, il fallut que Tancrède vint la prévenir que le souper était servi. Lui et son camarade, avaient arrangé pour eux, deux pièces se communiquant, au second étage, en face d'une étendue que ne bordait plus les murs d'enceinte.

Le couvert était mis dans l'embrasure d'une des larges fenêtres qui forme un retiro profond de deux mètres. Une table rectangulaire en occupait le milieu et les bancs de chêne sculptés, garnis de coussins mobiles, s'adaptaient aux boiseries. Une lampe tenait le milieu de la table qu'elle éclairait, tandis que les angles de l'immense pièce restaient noyés d'ombre que le feu et la lumière ne dissipaient pas complétement. Le chauffeur parisien servait sans bruit, tout surpris du silence troublé seulement par le « floc » des châtaignes qui tombent dans les douves sur lesquelles donne la salle à manger. Les convives semblent impressionnés, ils ne parlent pas, mangent à peine. Les deux femmes parce qu'elles songent, les jeunes gens parce qu'ils respectent leurs deux mères, redoutent de déranger leur pensée.

Joseph enlève les plats presqu'intacts, seuls les fruits du jardin : poires, raisins, pêches rouges d'arrière-saison, trouvent des amateurs. Les enfants, sans y songer se parlent à voix basse. Mme Consouloudi tressaille quand on entend au loin le glissement des gonds dans la poterne qu'on ouvre et dont le battant retombe avec un bruit sourd. Puis les verroux qu'on tire, le coup de gueule de Pataud que Yan détache pour la nuit.

Il y a dans cet ensemble une poésie mystérieuse, une mélancolie envahissante qui réside en la grandeur des pièces, en l'obscurité des angles, en l'histoire oubliée de ce château alternativement sinistre et joyeuse. Le vent qui s'engouffre sous les portes chante, il fait frémir les tentures dont les personnages s'agitent, les vieux bahuts craquent. Au-dessus des braises mourantes s'allonge un rayon de lune descendu des hauteurs de la cheminée qui trace sur le parquet une coulée claire, comme pour le passage d'un fantôme. Onda frissonne. Lentement sa grand'mère se lève, Joseph porte devant elle une lampe, Mme Luçon l'accompagne, Onda et Tancrède se prennent le bras pour monter le vaste escalier de granit où tous les quatre pourraient marcher de front. Une grappe de chauves-souris, qui dormaient la tête en bas, suivant la coutume de ces bêtes, derrière un volet, s'agite soudain, vole en rond autour de la lumière. Quelques-unes vont se frapper contre les vitres en losange et tombent étourdies. Sur le palier on se dit bonsoir, mère et fils s'embrassent tendrement, puis chacun rentre chez soi, pendant que la nuit reprend son empire au-delà des portes closes des nouveaux habitants de Loc-Luçon. Le vent seul monte sa garde en hurlant dans le chemin de ronde.

XXIV

LES DECOUVERTES

Le lendemain, au matin, une brume épaisse voilait les choses extérieures, le château demeurait dans un nuage si bien ouaté que du pont-levis on ne pouvait soupçonner sa présence. Mme Consouloudi qui n'avait pu dormir, circulait, un bougeoir à la main d'une pièce dans l'autre, elle voulait prendre contact avec les objets inanimés qui... peut-être gardaient des radiations. Elle appela Mme Luçon occupée à défaire sa malle éclairée par une lampe.

— Noëlle, voulez-vous venir avec moi, chère amie, si je ne vous dérange pas trop. Je voudrais que vous me nommiez les chambres et me disiez un peu l'histoire du mobilier.

— Je suis à vous Madame.

— Madame! non, avez-vous donc oublié le pacte d'hier, je suis Hélène, je francise mon nom, notre intimité s'affirme mieux ainsi.

— Vous avez raison. Alors Hélène, sourit l'ex-châtelaine, nous allons procéder par ordre. Je vais prendre moi aussi une lumière. Mais pour la présentation du Loc (du lieu comme on dit en français), j'aurais voulu l'aide du soleil qui le rendrait bien plus attrayant.

— Je ne cherche ni beauté, ni attrait Noëlle, je cherche les souvenirs.

— Pauvre bonne amie, ne vous égarez pas trop, je vous en supplie, votre esprit, ainsi attaché à une idée fixe, peut vous troubler. Vous êtes pâle ce matin, vos yeux sont fébriles, rappelez votre raison, laissez agir l'ambiance sans vous suggestionner. Descendons.

Un gros câble recouvert de velours rouge servait de main courante. Sur les marches dénuées de tapis, on voyait la marque des fers des mules, à l'époque où elles montaient au grenier les sacs de blé. Ces marches tournaient autour d'un seul pilier dans la tour octogone, renflée au milieu, plus étroite à la base. Ceci datait du douzième siècle. Au rez-de-chaussée : deux cuisines dallées de granit avec d'immenses foyers auxquels on avait adjoint des fourneaux de fonte. Les chaudrons, casserolles, ustensiles de cuivre rouge, représentaient tous les calibres. Une cuisinière de Paris eut été effrayée, mais la femme du gardien évoluait là paisiblement, préparant le déjeuner.

L'office ne retint pas les visiteuses, pas plus que la salle à manger aux dressoirs d'acajou massif ornés de bronzes dorés. Le hall d'entrée était tendu de boiseries en chênes à feuilles repliées, toutes les portes du logis étaient du même modèle, arrondies, en chêne épais sculpté en plein bois. Quelques-unes représentaient des animaux, des fleurs de lys, d'acanthe, de choux rampants. Le grand salon avait une baie avançant sur la douve au-dessous du chemin de ronde, lequel servait au premier étage de couloir de service. Dans les embrasures de toutes les fenêtres, des bancs de pierre ou de bois faisaient vis-à-vis. Les plaques des cheminées représentaient des sujets de guerre ou des armes. Les salons, la salle de billard, la galerie, restaurés au XVᵉ siècle étaient de style renaissance. Au bout du bâtiment, vers l'est joignant le donjon en ruines, se dressait la chapelle, de style gothique fleurie très pure. Elle n'était plus livrée au culte, mais en assez bon état. Les peintures murales étaient peu abîmées, les stalles en chêne restées intactes, l'escalier tournant, ajouré, fouillé comme une dentelle, aboutissait à la tribune où de vieux tuyaux d'orgue pouvaient gémir encore. Au milieu de la nef, une pierre tombale... Celle qui, disait-on, se soulevait lors des grands événements de la famille, pour donner passage au chevalier Tancrède-Godefroy revenu mourir en son lieu de naissance, des blessures reçues en Terre Sainte.

Noëlle s'agenouilla sur la tombe, fit le signe de croix, Hélène eut une hésitation, elle pâlit davantage, se pencha sur le granit murmurant: « Toi qui sais... dis-moi... » Elle se redressa, les yeux pleins de larmes. Les deux garçons accouraient en riant :

— Quelle procession faites-vous?

— Nous allons chercher des cierges nous aussi, et vous suivre.

Chacun embrassait sa mère. Hélène retint Onda contre elle :

— Mon petit-fils !

— Grand'mère chérie, je sens battre ton cœur, qu'as-tu?

— Qui suis-je Onda?...

— Celle que j'aime, dont j'ai le sang, la tendresse, un peu des vertus, presque les traits...

— Beaucoup du charme prenant, ajouta Tancrède.

— Maintenant, remontons, coupa Noëlle qui se demandait anxieuse, si cette exploration était sans danger pour sa vieille amie, si impressionnable. Mais s'arrêter n'était pas possible.

Au premier régnaient les chambres à coucher, terminées par un boudoir, ancien poste d'observation dans la tour du Nord.

Au second la galerie des ancêtres, la salle des gardes, tenaient tout l'étage, sauf les ailes occupées par des chambres. Un escalier tournant, en pierres grises, montait au sommet de la tour de l'Ouest où s'ouvrait une pièce claire avec ouverture aux quatre horizons dominant la campagne. C'était la place de l'observateur. Les deux enfants en voulaient faire leur salle d'étude. Mais on resta au second étage, Mme Consouloudi sentait fléchir ses jambes, elle dût s'asseoir dans la chambre dite du Timbalier à cause d'un tableau qui représentait le retour d'un troubadour et d'un musicien. Elle s'était placée devant un bureau en bois de cytise orné de multiples tiroirs. Machinalement elle voulut en tirer un qui résista.

— C'est curieux, remarqua-t-elle, je ne vois ni clef, ni serrure, rien que ce petit bouton à pendant d'ivoire.

— Un secret, fit Noëlle, c'était le bureau de mon mari, voyez :

Elle prit la petite poignée, la tourna jusqu'à ce qu'un léger déclic se produisit. Le tiroir aussitôt jaillit en avant. Il était vide.

— Tous ces tiroirs s'ouvrent par le même procédé, jusqu'au huitième pour lequel, il faut obtenir huit déclics, écoutez : 1, 2, 3, 4, 5, 6, 7, 8, le voilà.

— C'est curieux.

— Il y a mieux, enlevons tout à fait le tiroir. En dessous se trouve une sorte de cave où l'on peut cacher des choses précieuses. La plupart de ces meubles antiques sont à secret. Tiens, mais il y a un paquet de papiers au fond.

Elle saisit une petite liasse nouée d'un ruban flétri. Quoi ? des lettres...

Hélène l'arrêta :

— Nous sommes des indiscrètes. Il faudrait mettre ces feuilles sous enveloppe et les renvoyer à mon vendeur.

— Non. Voyez, l'avis écrit dessus est de l'écriture de mon mari.

Elle déchiffra : « Lettres de ma mère bien-aimée pendant son voyage en Grèce ».

— Oh ! s'écria Mme Consouloudi, lisez-les, chère amie !

Mme Luçon dénoua le ruban non sans un grand trouble intime. Depuis que son mari avait touché ces papiers soigneusement conservés comme une relique, nul n'avait profané les pieux souvenirs.

Noëlle les mit en ordre, déplia la première lettre. Hélène maintenant était très rouge, elle suivait d'un regard ardent les gestes de son amie. Les deux garçons silencieux fixaient les doigts tremblants de Mme de Luçon.

Elle commença d'une voix enrouée d'émotion :

« Mon petit chéri,

Elle s'arrêta pour expliquer :

— Mon mari avait à cette époque sept ans. Il était chez son parrain.

« Pendant que je t'écris, ton père est en train de déchiffrer un extraordinaire grimoire en vieux grec découvert à Paros et qu'il croit être d'Archiloque (un poète né en cette île) il a mis au jour également des pierres gravées et un singulier ustensile creux dont il est difficile de déterminer l'usage. Bref, il est ravi, enchanté de ses trouvailles qui vont projeter un jour sur une époque perdue dans la nuit des temps. Nous avons fait un long, très long, mais très intéressant voyage. Nous avons traversé les Alpes helléniques et puis comme ce pays est fait d'îles, la plupart d'un aspect délicieux, nous avons loué un bateau dans lequel nous parcourons l'archipel. Ta sœur est superbe de santé, de gaîté, elle baragouine un langage invraisemblable, fait de grec, de français et d'un dialecte de son invention. Elle a, non une bonne, mais un « Bon », c'est-à-dire un brave grec qui répond au nom de Pantia, est dévoué, aime tendrement notre bébé dont les yeux d'azur et les boucles blondes le comblent d'admiration, dans un pays où ces nuances n'existent pas. Hermine se plaît avec son serviteur qui la promène assise sur son épaule allègrement et nage en la portant sur son dos quand elle prend son bain de mer. Nous nous faisons très bien à la vie grecque, nous mangeons du pilaf (riz cuit avec des foies de volailles) des tartines de caviar. Nous assistons aux offices de l'église orthodoxe, tout en conservant notre culte en nos cœurs. A ce propos, j'espère, mon Tancrède que tu n'oublies pas ta prière matin et soir et que ta gouvernante te conduit régulièrement au petit catéchisme. Hermine dit en grec une invocation à « Jesus-Christos » et elle prononce ton nom bien souvent.

« Au revoir, mon trésor, ton père, ta sœur et moi, sommes près de toi sans cesse de cœur et de pensée.

« Ta maman. »

— « Iesus-Christos ! » murmura Hélène, rêveuse, continuez Noëlle.

Seconde lettre :

« Mon enfant bien-aimé,

« Je t'écris à bord de la barque louée par ton père, ce dont je me « loue », tous les deux nous nous en « louons » (je conjugue un verbe à double sens). C'est délicieux de voguer entre ces îles dont la végétation est splendide. Nous avons traversé les chemins des Croisades. La sixième par la route l'André de Hongrie, d'où nous avons joint près de l'île de Zante, la voie suivie par la cinquième, celle de Venise à Constantinople qui nous a jetés dans les Cyclades où nous l'avons abandonnée. Prends ton atlas, mon Tancrède, tu peux nous suivre. Vois les îles où nous avons fait de courtes escales : Mélos, et en remontant vers Athènes, Paros, Néxos, Mycone, Zea. Hermine cueille un bouquet à tous les arrêts, de sorte que notre nacelle est toute fleurie. Nous comptons passer rapidement à la capitale, berceau des lettres et des arts, pour filer sur Livadie où ton père est attendu par M. Politis l'archéologue qui a d'importantes découvertes à lui communiquer. Ecris-moi, mon trésor. Adresse à Libadea. Nous y resterons un peu plus afin de préparer une expédition dans les montagnes. Le pays est couvert de ruines d'anciennes villes célèbres.

« Nos trois cœurs près de toi, mon Tancrède ».

Troisième lettre :

« Mon enfant chéri, nous avons eu ta petite lettre, tu disais avoir embrassé le papier au-dessous de ta signature, alors mon trésor, je l'ai embrassé à la même place. Hermine aussi, et elle s'est mise à barbouiller du papier croyant t'écrire. Ton papa se passionne de plus en plus pour ses recherches, il compte rapporter en France des manuscrits tellement anciens qu'ils datent des temps héroïques de la Grèce. Mais il éprouve de grandes difficultés, les Turcs ont ravagé l'antique Achaïe dont ils ont fait un pachaliki. Tu verras dans ton histoire ancienne la belle époque des héros, puis la décadence, la lutte contre les Mahométants, enfin le commencement du XIXe siècle (1821) qui crée la prospérité de la Grèce moderne. Nous allons partir dans un endroit très sauvage où on a commencé et abandonné des fouilles à cause des incursions de bandits. C'est un village entre des montagnes et une côte abrupte où la mer vient se briser. J'emporte mon appareil à photographies et mon album, je fais pour toi un recueil de vues dont j'écris les légendes. Ce sera à la fois le journal de notre voyage et un document pour servir à l'étude de l'antique et moderne Hellade. J'y travaille d'autant plus volontiers qu'il est destiné à mon fils. Avant de partir pour ce pays perdu, nous achetons des armes et des provisions. Nous habiterons une maison en bois. Notre fidèle Pantia nous accompagne, mais nos deux autres serviteurs refusent de nous suivre. Ton père a d'abord pensé à nous laisser ici ta sœur et moi, mais tu penses bien qu'à aucun prix je ne veux le quitter Nous voyagerons à cheval, aucune route ne permettant un autre mode de marche. Hermine sera dans une corbeille, faisant l'équilibre sur le dos d'un âne avec un autre panier plein de vêtements. Pantia marchera près de l'animal. Ce désert n'a ni poste ni télégraphie, ne t'étonnes pas si tu es quelques mois sans nouvelles. A toi, mon trésor.

Quatrième lettre.

« Nous sommes à mi-chemin de la vallée d'Héraclido poulo, nous trouvons pour la dernière fois un poste de transmission. J'en profite pour t'envoyer, mon Tancrède chéri, tout ce qu'il y a en nous de tendresse. Je voudrais être déjà sur la voie du retour. Ce déplacement ne me plaît guère, la nature a perdu sa gaîté, les rochers sont nus, escarpés, la mer fait un bruit extraordinaire contre ces pierres qu'elle bat avec une incroyable rage. Elle s'engouffre dans des grottes et en ressort écumante. La forêt de cyprès est noire et les gens qu'on rencontre ont des mines sinistres. Hermine est grognon, elle est fatiguée, Pantia au lieu de la faire rire, la fait pleurer en lui faisant cueillir une figue sauvage sur un figuier rouge, où un moustique l'a piquée. Le pauvre homme en a pleuré de chagrin lui aussi. Nous avons dîné sur l'herbe et ce soir nous coucherons sous la tente ... si loin, si loin ! de mon fils bien-aimé.

« Tout mon cœur.

« Ta maman »

Cinquième lettre.

« Deux mots seulement, cher aimé, un Albanais part pour l'intérieur, je lui confie ce papier où je mets la meilleure expression de ma tendresse, j'ajoute ma bénédiction maternelle et prie le bon Dieu de te protéger.

« Nous sommes dans un affreux pays. Ton père, Hermine et moi, réunis en un seul cœur, t'envoyons les plus chauds baisers.

« Ta maman ».

Mme Luçon avait achevé sa lecture, elle dit, les yeux pleins de larmes contenues :

— Mon mari a écrit sur la feuille : « Dernier message de mes parents bien-aimés ». L'encre brouillée indique des traces de pleurs. Quelle tragédie a terminé ces trois vies heureuses ! O mon Dieu !

— Est-on absolument sûr qu'ils sont morts ? balbutia Mme Consouloudi.

— Un texte officiel m'a avisé, les plus minutieuses recherches ont été faites sur place, on n'a pu que constater la vérité : Le feu avait tout détruit. Le parrain de Tancrède a fait élever une petite colonne en souvenir.

Tous les quatre se taisaient, la brume filtrait à travers

les interstices des fenêtres, un léger nuage flottait dans l'air autour des pâles bougies.

Onda eut un frisson :

— Il gèle ici, grand'mère, allons au salon et faisons un bon feu à grande flambée pour égayer les choses et... les gens. Viens.

Précisément la cloche lançait l'appel du déjeûner, le son répété par l'écho allait faire résonner le timbre d'une horloge accrochée au mur, un gros rat effaré traversa la chambre et s'enfuit par la cheminée. Tous les quatre à la file regagnèrent l'escalier, puis la longue galerie pour arriver à la salle à manger. En face de la porte qui leur livrait passage, se trouvait une grande glace au-dessus d'une console. En apercevant leurs visages très pâles, Onda qui marchait le premier, eut un recul.

— On dirait des fantômes...

XXV

LES ARBRES NOS AMIS

Vers midi, un vent d'Est, élevé soudain, envoyait le brouillard sur la mer, le soleil vint égayer l'aspect des choses, les cimes des grands châtaigniers au bord des douves s'illuminèrent, Onda déclama ces vers de Rostand dans son Hymne au soleil :

« Tu prends un arbre obscure
Et tu l'apothéoses,
O soleil, divin soleil
Toi sans qui les choses
Ne seraient que ce qu'elles sont»

Allons au jardin grand'mère.

L'avis plaisait à tous, ils se levèrent de table, traversèrent la cour d'honneur et sortirent par la porte donnant sur la prairie.

A droite était le potager, derrière une barrière blanche que Pataud sauta d'un bond. Une vigne vierge aux feuilles rougies par l'automne, tapissait le mur, mêlée aux lierres, donnait à l'enceinte un aspect des plus décoratifs. A quelques poiriers pendaient encore des poires d'hiver, dans les carrés s'épanouissaient de beaux légumes : Haricots secs que le vent secouait dans leurs gousses, gros choux sombres, fraisiers remontants panachés de fraises blanches et roses. Le jardinier arrachait des pommes de terre, on voyait les tubercules jaunes sortir du sol en abondance, soulevés par la bêche.

— Bonne récolte, dit Magloire, fier de montrer son jardin, tandis que les jeunes gens s'amusaient à ramasser les pommes de terre pour les jeter dans le panier.

— Prêtez-moi votre outil mon ami, dit Tancrède, c'est amusant de mettre à jour ces dons de notre sol.

— Madame, pria Magloire en suivant les promeneuses, puisque Monsieur fait mon travail, je voudrais vous demander une sorte de chose.

— Tout ce que vous voudrez, répondit Hélène. Votre jardin est une merveille de tenue.

— On fait ce qu'on peut. Seulement les vieux arbres s'en vont, v'la des pruniers usés, ces énormes cerisiers font de l'ombre et gênent les légumes. Ils envoient leurs racines jusqu'au milieu des carrés. Regardez mes plans de scorsonnères comme ils poussent mal.

— Mettez-les ailleurs.

— Y a pas de place, faut de la légume à présent que le château est habité.

— On achètera ce qui manque.

— Où ? Y a pas de marché ici, non ce qui faut, c'est d'abattre ces grands gourmands-là.

— Les arbres ? Ah ! par exemple, Magloire, jamais. Je ne permettrai pas un pareil crime. Tuer ces vieux amis qui ont vu ceux qui nous ont précédés ! Quel âge ont-ils ? C'est vous qui les avez plantés ?

— Pas tous. Ce cerisier-là, tenez où pousse plus de gomme que de cerises, c'est le grand-père du jeune Monsieur Tancrède qui l'as mis en terre. Il l'avait apporté dans un petit pot, y disait comme ça qu'y venait de Montmorency.

— Le grand-père de Tancrède, celui qui est allé la-bàs ?

— Juste. Tenez, regardez encore ce romarin toujours vert, fleuri à l'hiver, c'est Monsieur le comte, votre mari Madame la comtesse, qui l'a piqué le jour des Rameaux, en revenant de la messe, de sorte qu'il est béni.

— Et vous voudriez arracher ces arbres !

— Dame, y font du tort.

— Qu'ils en fassent, qu'ils mangent tout le jardin ! Je vous défends d'en ôter un seul.

Ce disant Hélène brisait au romarin une petite branche parfumée et le piquait à son corsage.

Noëlle l'entraîna plus loin, au bout de l'enclos où une sorte de quinconce formait un cabinet de verdure. Elle expliqua :

— Mon mari m'a dit que ce tilleul était de l'âge de son père et cet acacia de l'âge de sa sœur, on les a plantés le jour de leur naissance.

Hélène s'approcha du tilleul, elle l'entoura dans ses bras qui ne pouvaient se rejoindre, elle appuya son front contre l'écorce rugueuse, sembla écouter la voix mystérieuse de la sève, puis elle passa à l'acacia et demeura prostrée si longtemps que sa compagne alla rejoindre son fils qui s'acharnait aux pommes de terre.

— Pauvre femme, pensait-elle, peut-être une révélation lui viendra-t-elle des choses... Tiens, on sonne la cloche du château, serait-ce une visite?

Mme Consouloudi entendait aussi, elle se détachait de son robuste appui, venait lentement.

— Mon amie, rentrons, c'est un appel, sans doute. Ah! que j'aime donc ce vieux jardin. On n'en a jamais changé l'ordonnance n'est-ce pas?

— Jamais. Le ruisselet qui alimente le bassin d'où partent les tuyaux d'arrosage, vient d'une source hors du parc, son trop plein quitte la propriété et va se perdre à la mer.

Hélène se penchait sur la vasque de granit, elle regardait son image qui, au fond, sous de légers remous, semblait s'animer.

— D'autres se sont mirés ici, murmura-t-elle.

— Allons venez, dit Mme de Luçon en prenant d'autorité le bras de sa compagne; on nous attend, assez de rêveries, vous finirez en vérité par égarer votre esprit.

Au lieu d'attendre au château, le curé du village venait au-devant de ses nouvelles paroissiennes. Celles-ci hâtèrent le pas.

— Bonne arrivée, Mesdames et bon séjour au pays breton, dit le prêtre en souriant, les mains tendues.

— Grand merci de votre bonne visite, Monsieur le Recteur, répondit Hélène, c'était à nous de vous prévenir.

— Vous faites le tour du propriétaire, Mesdames, ces vieux domaines sont imposants.

— Oui, ils représentent une époque disparue. Aujourd'hui peu de gens aiment ce recul vers l'autrefois. La devise du jour, c'est : En avant! Mais rentrons Monsieur, vous devez être fatigué, êtes-vous venu à pied?

— Oui Madame, par la traverse, une petite heure de marche seulement. Je suis parti du presbytère quand le soleil est reparu. Vous allez faire connaissance avec nos brouillards d'automne, Madame Consouloudi, vous qui êtes d'un pays méridional.

— Il y a si longtemps que je l'ai quitté, je suis devenue tout à fait Française et maintenant je m'affirme Bretonne.

— Tant mieux! Notre rayon est plus pittoresque que fertile, mais il est prenant. Ceux qui le connaissent l'aiment, n'est-ce pas Madame la comtesse?

— J'y ai beaucoup souffert, son aspect est lié pour moi à de pénibles rappels. A présent, grâce à mon incomparable amie, j'y suis heureuse. Voulez-vous bien Monsieur le Recteur, ne pas me donner de titre de noblesse, ma position subalterne l'exclu.

— Subalterne ! rectifia Hélène, c'est moi que vous choquez Noëlle. Vous avez droit à un titre donné aux vôtres sans doute par des actions d'éclat, réellement je ne puis m'en froisser.

— Très bien raisonné, Madame, approuva le prêtre, les titres qui honorent ne se mesurent pas aux couronnes terrestres. Je venais vous demander, Madame Consouloudi, si vous vouliez reprendre le banc seigneurial dans mon église, c'est le premier dans la nef, il est sculpté dans le style du château et fermé par une petite porte. Les vieux coussins qui couvrent le chêne sont bien usés.

— Certainement, Monsieur le Recteur, je garderai le banc familial des Luçon, leurs descendants s'y placeront pour les offices. Quant à mon petit-fils et à moi, nous... je ne sais pas ce que je dois faire.

— Prier, Madame, écoutez ce texte de l'apôtre : « Dans quel état que vous soyiez, adressez à Dieu vos prières avec des actions de grâce. » La prière, le geste d'adoration, est tellement naturel aux humains.

— C'est vrai, je l'éprouve souvent.

— Vous enverrez vos serviteurs aux offices ?

— Ils feront ce qui leur plaira, toute facilité leur sera accordée.

— Une autre question me préoccupe encore : A diverses processions, à la Saint-Marc, aux Rogations, nous venons en cortège au château, nous faisons le tour de la tour intérieure et nous ressortons par l'allée circulaire des douves à l'extérieur.

— Je désire que rien ne soit changé à vos habitudes, Monsieur le Recteur, je suivrai les errements de ceux qui vécurent ici avant moi.

— Suivez-les Madame, le ciel vous bénira, c'était de fervents chrétiens, du moins jusqu'au dernier Luçon qui fut malheureusement élevé dans la dissipation. Je ne veux en rien vous attrister Madame la comtesse, ajouta-t-il en se tournant vers Noëlle, vous aurez près de votre fils un devoir d'autant plus grave à exercer.

— Tancrède me le rend bien facile, Monsieur le Recteur. Je vais aller appeler nos deux garçons pour vous les présenter.

— C'est cela, allez car je ne dois pas rester bien longtemps, la brume va revenir à la tombée du jour, de plus, en ce mois, on récite le chapelet à cinq heures.

Le digne curé entrait dans le salon, il regardait autour de lui :

— Rien n'est changé, n'est-ce pas ? fit Hélène.

— Non. Pas même, je l'espère, les idées et les usages, puisque la divine Providence vous a conduite ici, Madame, c'est qu'elle a un but.

Les garçons accouraient. Hélène se renferma en elle-même, les laissant causer. C'était vrai. Que serait-elle venue faire ici sans un but caché? D'où pouvait venir cette attraction jamais éprouvée ailleurs? A tout instant un éclair fugitif traversait sa vision intérieure. Elle cherchait à la saisir à en prolonger l'effet, et tout disparaissait comme un feu follet qui rentre en terre quand on veut le prendre. Encore, lorsque le prêtre avait parlé des processions, elle avait aperçu comme un défilé dans l'avenue. Un homme grand, les cheveux blancs marchait en avant tenant de chaque main une clochette qu'il agitait alternativement à chaque pas (1). Pourquoi ces tableaux s'effaçaient-ils si vite? Pourquoi le son de la cloche lui crispait-il le cœur? Pourquoi élevée, dans l'indifférence religieuse, n'ayant jamais reçu la moindre instruction théologique, savait-elle d'intuition des choses jamais apprises qui remontaient à la naissance de sa mémoire. Pourquoi le signe de la croix lui était-il familier? Pourquoi lorsqu'elle entendait réciter le « Pater », « l'Ave », « le Souvenez-vous », prononçait-elle mentalement d'avance les mots qui se suivaient.

Le Recteur resta au château longtemps, plus longtemps qu'il ne l'avait annoncé. On alla à la chapelle, Mme Luçon voulait prier d'ouvrir l'armoire secrète où étaient enfermés peut-être!... les vases sacrés. Lors de la vente forcée du château, dans le désarroi d'une saisie, son mari avait oublié, ou volontairement négligé, de révéler cette cachette dont il n'avait parlé à sa femme qu'à la dernière heure, de lucidité. Noëlle répétait les mots auxquels elle n'avait pas attaché d'importance, croyant aux divagations d'un mourant et qui maintenant lui revenaient. Il disait :

— A droite de l'autel, le fond de la niche où l'enfant de chœur dépose les burettes, est mobile. En tirant à soi la planche qui forme la base de cette niche, on fait basculer une tablette et apparaître une poignée de cuivre. J'ai repensé à ces choses cette nuit, mais sans conviction hélas! car mon pauvre malade embrouillait ses pensées. Puisqu'en tous cas, il s'agit de vases sacrés... Il faut que ce soit vous qui les touchiez, Monsieur le Recteur.

— Voyons donc, admit le prêtre sceptique, il commence à faire très brun, mes enfants apportez vos lumières.

— Aux bougeoirs! cria Onda en s'élançant vers l'office, suivi de Tancrède. Ils revinrent tous les deux armés de lumières et se placèrent de chaque côté de la niche.

— Essayez d'ouvrir, Madame, conseilla le curé.

— Non pas moi, refusa Mme Consouloudi, vous Noëlle. Vous êtes chez vous en ce moment, s'il y a des reliques, elles vous appartiennent.

(1) Les échilettes.

Celle-ci, commença une légère traction sur la planchette qui résistait :

— Depuis tant d'années, le mécanisme doit être rouillé.

— Donnez-moi le bougeoir, Tancrède, fit le prêtre et aidez votre mère.

Le jeune homme obéit, il imprima une secousse plus énergique, on perçut un frôlement de fer contre la pierre, au fond une fente se produisit, s'élargissant à mesure qu'on déplaçait la tablette. Le glissement s'accentuait plus facile, puis un reflet de lumière étincela sur un anneau terni.

Noëlle tira, puis poussa, puis essaya de tourner, mais en vain.

— Attendez, dit le Recteur, en prenant la place de Mme de Luçon, il faut peser. Ce doit être un verrou de bas en haut. Voyez, il fléchit. Alors il appuya de toute sa force, il y eut une sorte de miaulement, et le vantail céda. On aperçu un trou noir, profond, mystérieux. Tancrède projeta sa lumière qui s'éteignit aussitôt.

— Attendons un instant, il faut que l'air se renouvelle.

Tous les cinq se regardaient :

— Qu'allons-nous dénicher ? fit Onda, frémissant, une fortune ? des diamants, des perles...

— Un morceau de la vraie croix, dans un reliquaire d'or, fit la voix assourdie d'Hélène, d'un ton si changé que tous se turent impressionnés.

Le Recteur prit le second bougeoir, dont la flamme résista. Il put avancer la main :

— Un calice, un patène, un ciboire...

Il enlevait les objets en les nommant. Onda voulait les prendre :

— Non, mon enfant, retirez-vous, ces vases ont contenu la divinité.

Mme Consouloudi, très pâle, les mains jointes, les yeux fixes semblait n'être plus là... Le prêtre continuait :

— Et voici le reliquaire d'or !

— Miracle, s'écria Tancrède, Miracle ! Madame vous possédez le don de la double vue.

— Ce n'est pas tout, voici un livre.

Noëlle le prit :

— C'est un registre, il relate les baptêmes, mariages des Luçon, accomplis dans cette chapelle. Il y a dix pages d'écrites... la dernière...

— Lisez ordonna Hélène d'une voix blanche.

— « Le 1er octobre 1868, a été baptisé Hermine-Yvonne-Marie-Anne, fille de Tancrède-Pol, comte de Luçon et de Yolande de la Tour d'Anjou, comtesse de Luçon. Parrain : Amaury, marquis de Saint-Sauve. Marraine : Elisabeth·

Clémence chanoinesse de l'ordre de Saint-Ludwich de Constanza en Bavière.

— Donnez-moi ce livre, demanda Hélène en le prenant. Je crois vraiment qu'il est plus mien que vôtre.

Le prêtre avait saisi le reliquaire qui représentait un cœur où était enchassée une pierre précieuse transparente. Au milieu se trouvait enfermé un fragment de bois. Un parchemin muni des sceaux et des cachets de Rome, y attenait.

— A genoux, commanda le prêtre, très grave, je vais vous faire baiser la sainte-relique.

Tous obéirent très émus, puis Onda aida sa grand'mère à se relever.

— Je vais remettre toutes les choses en leur cachette, décida le curé, quand la chapelle sera de nouveau livrée au culte, nous rendrons ces trésors à l'adoration des fidèles.

— Je garde le registre, fit Mme Consouloudi qui le tenait pressé contre sa poitrine.

La nuit brumeuse enveloppait le petit groupe à sa sortie de la chapelle.

— Et mon office du soir ! s'inquiéta le Recteur, il doit être sonné et j'ai au moins une heure de chemin !

— Non Monsieur, dit Onda, je vais vous reconduire en auto.

Marchant comme dans un rêve, Hélène remontait dans son appartement où elle s'enferma pour déchiffrer page à page le livre de famille.

XXVI

Le château de Luçon présentait dans les derniers beaux jours un aspect charmant. Tous les Consouloudi de Paris étaient arrivés en auto. La grand'mère heureuse, rajeunie, rayonnait au milieu de ses enfants, faisant honneur de son domaine et recevant les compliments les plus sincères sur la beauté et l'arrangement du château. Mme de Luçon et les garçons avaient orné, disposé, préparé le meilleur confort pour les chers invités.

Tancrède avait présenté sa mère à Mme Eurydice qui ne la connaissait pas et, du premier regard, une sympathie était née entre les mères des excellents amis qu'étaient leurs fils. Quant à Marie, elle s'amusait, s'émerveillait des arrangements du vieux manoir et déclarait hautement regretter de n'être pas une damoiselle de jadis afin de filer sa quenouille assise sur un banc dans la plus haute fenêtre, avec un page à ses pieds, pour enrouler son peloton de fil. Faute de mieux, elle prenait la vieille chatte noire sur ses genoux et la caressait à rebrousse poil — au grand déplaisir de la bête — pour voir les étincelles électriques jaillir de sa fourrure. Partout elle cherchait des légendes, voulait voir le fantôme — chose difficile et qui l'eut sans doute effrayée — mais le gardien Yan promenait les jeunes gens à travers les dédales du vieux château-fort. Ils allaient par les caves voûtées comme des cryptes de cathédrales, jusqu'à l'entrée du souterrain qui passait sous les douves et s'en allait, disait-on vers Ker-Daniel à plus de deux lieues. Par malchance, les éboulements empêchaient les explorateurs de vérifier le fait. Après avoir fait les « taupes » sous terre, ils allaient jouer les écureuils, escaladaient le donjon en ruines où ne restaient que des traces d'escaliers, des tourelles enveloppées de clématites sauvages, des fenêtres à meneaux sans châssis et tout au sommet, abrité d'un immense noyer semé par les oiseaux, l'écusson fleurdelysé des seigneurs du lieu. Quelles parties de cache-cache! et pour se reposer, on croquait les noix récoltées des hauteurs du chemin de ronde à ciel ouvert, ombragé des branches du noyer. Un jour Yan conta l'histoire de la chatte noire de Mlle Yolande de Luçon, cette bête célèbre était sûrement une très arrière grand'mère de l'actuelle Minoula aux yeux jaunes phosphorescents qui suivait les enfants en miaulant comme le font les bêtes caressantes et civilisées qui ont un atavisme héroïque... Yan demanda la permission d'allumer sa pipe de bruyère, il se cala sur une pierre, tous s'assirent à la crête d'un mur assez large pour représenter une allée et, parmi les pigeons qui volaient autour d'eux, le bonhomme commença un récit très peu embelli à base réelle, sauf quand il parlait du revenant, lequel se promenait les nuits sans lune...

— Mademoiselle Yolande, dit le narrateur breton, avait refusé les beaux galants qui voulaient l'épouser, elle aimait avant tout sa liberté, sa haquenée, son lévrier, sa chatte, sa quenouille.

Damoiselle Yolande, pendant l'hiver qu'était si dur, attrape des rhumatismes, si bien qu'elle ne pouvait plus guère bouger. Elle s'était installée dans la « tour de la fileuse », là-bas vers Nord, c'est à cause d'elle qu'on a nommé la tour ainsi. Elle avait caché son trésor dans le dessous de son fauteuil en chêne et elle filait à journées entières. Minoula sur ses genoux, elles se réchauffaient toutes les deux. Un jour les bandes de pillards s'amènent au château, ils forcent le pont-levis, à part deux domestiques, tous étaient à l'armée. Donc pas de résistance, les voleurs étaient les maîtres. Ils cassent, brisent, boivent et mangent tout ce qu'ils trouvent. C'était peu mais y croyaient qu'il y avait des cachettes. Y découvrent la

fileuse. Ah! ben, elle va donner sa bourse, la vieille.
Allons-y Mademoiselle, faut régaler les visiteurs. Yolande
ne bouge pas de son fauteuil, elle tourne son rouet, tout
en récitant son chapelet. Un bandit veut mettre la main
sur elle. Ah! oui donc, et Minoula! D'un bond, griffes
en avant, la chatte saute aux yeux du misérable, l'égra-
tigne, jure, saute sur le premier, qui veut entrer délivrer
son compère. Voilà les hommes aveuglés, sanglants qui
se sauvent en hurlant :

— Fuyons, c'est le diable!

Tranquille dans sa chaise à cachette, Yolande sourit,
caresse Minoula encore hérissée qui se roule en boule sur
les genoux de sa maîtresse et reprend peu à peu son ron-
ron habituel.

Et voilà comme la couronne comtale des Luçon est
sauvée par une chatte.

Les trois enfants et Yan repartent de plus belle, leur
plus grand attrait est de circuler autour du château par
le chemin de ronde qui l'encercle. Là ils sont à hauteur
des branches des grands arbres qui ont leurs racines dans
les douves. Ils jouent au Robinson, emportent le goûter
au sommet d'un ormeau.

Cependant ce n'est pas toujours la récréation, les garçons vont à Saint-Malo prendre leurs leçons et l'abbé
de Penhouet vient une fois par semaine passer la journée
avec ses élèves. Très érudit, sans pédanterie, de manières
parfaites l'abbé sait s'assimiler au milieu, parler de tout
en connaisseur, simple, sincère. Platon Consouloudi disait
de lui en riant : « Si on ne voyait pas son costume on
oublierait sa caste, c'est un charmant causeur ».

Quel dommage, pensait le prêtre de son côté, que cet
homonyme d'un Sage doué d'une si belle intelligence, soit
mécréant et brasseur d'affaires d'argent. Deux attitudes
opposées à sa tournure d'esprit qui dénote la justice, l'élévation d'âme, la loyauté... Mais le voilà venu ici, en ce
berceau des Croisés, entouré d'une élite chrétienne. Son
fils est remarquablement doué au point de vue de la délicatesse du cœur. Ce petit ne sera jamais un financier, ses
aptitudes le portent vers les lettres, les arts, le patrio-
tisme, frère de la foi. Il est enthousiaste, courageux, bien
en place auprès du brave Tancrède digne descendant des
Preux qui sont ses ancêtres. Etrange destin de ce château
racheté par une étrangère qui y ramène les anciens propriétaires, les choses ont-elles donc un aimant? Etrange
aussi, cette grand'mère, si jeune pour son rôle d'aïeule,
si peu grecque d'apparence; si peu mécréante, qu'elle
souffre de croire l'être alors que sa conscience proteste
contre ce rôle imposé par l'éducation première, si tenace
chez nous tous. Et pour finir ce groupe hétérogène : Mme

de Luçon qui ne veut plus être comtesse pour s'adapter mieux au devoir de « salariée », pour ne pas froisser sa compagne, mais qui reste fière dans son isolement voulu, hors d'une famille dont l'idée dominante est de ne pas l'humilier. Elle a tant souffert et pleuré que je la crois un peu aguerrie, la sensibilité vaguement émoussée, elle se jette dans le travail comme en un refuge toujours parfait, car il abrite les âmes contre la peine accorde la réaction saine du changement de pensée.

Et moi? que fais-je entre ces gens variés?... Une bonne action, je l'espère avec l'aide de Dieu.

Tel était souvent le thème qui occupait l'imagination fertile du professeur quand il voyageait sur sa bicyclette à travers brume ou soleil, pour gagner Loc-Luçon. En général, il stoppait chez son oncle pour une courte visite, il allait saluer le bon Dieu à l'église et se lançait gaîment sur la dernière partie de la route, passablement escarpée qui menait au château, mais il aimait cette randonnée... et ce qu'on aime faire fatigue rarement.

XXVII

L'ACCIDENT

Les Parisiens devaient rester à Loc-Luçon jusqu'à la Toussaint, ainsi parlaient-ils pour désigner une époque non une fête chrétienne. Par chance les journées étaient belles, l'automne a de fréquents sourires à son début. La jeune bande organisait des ballades à la mer, même les garçons se baignaient encore dans les vagues pas trop froides sous une légère action du Gulf-stream. Le banquier et sa femme les accompagnaient presque toujours. Des fois aussi l'abbé de Penhouet en était, car il acceptait souvent de rester deux jours de suite, ayant très peu de ministère au couvent. Tous aimaient sa présence, il enseignait d'une manière si attrayante dans les promenades que grands et petits l'écoutaient charmés. Il montrait la naissance de l'art, des lettres, du théâtre en cette Grèce où les demi-dieux et les héros se confondaient presque. Il expliquait le symbolisme de leur Mythologie et parcourait les siècles avec la facilité de la parole. Il arrivait à découvrir en France l'effort de civilisation, de science, de littérature et de poésie, due aux moines d'Occident. L'Eglise, tremplin d'où s'est élancé le beau, le bien, l'exemple, qui a élevé l'homme par la force de la foi, révélé la puissance de l'esprit en face de l'ignorance de la superstition, de l'obscurantisme. Les incroyants ne pouvaient dénier une vérité historique, toute la philosophie de Platon l'ancien et du moderne Platon Consoulundi, ne pouvait empêcher que ce fut clairement démontré. D'ailleurs l'ancien Platon n'était pas un athée, il y avait en son âme, comme en celle de la plupart des philosophes grecs, l'idée du dieu unique Créateur de la vie. Tout à fait en dehors de lui et sans qu'il s'en aperçut, les réflexions du banquier prenaient un cours différent, il analysait les choses sans parti pris d'hostilité envers la théologie chrétienne, non qu'il avoua ses tendances à l'étude des Pères de l'Eglise, mais il ne repoussait pas systématiquement toute discussion et il ne raillait plus les idées de sa mère.

Cette dernière s'immobilisait dans son rêve, quand les enfants sortaient, elle restait seule dans son château. Mme de Luçon occupée de rangements ou d'écritures ne la troublait en rien, alors elle reprenait sa marche lente d'une pièce à l'autre... Comme sa dernière vision dans la chapelle avait été frappante ! Au moment où le Recteur l'ouvrait, une autre scène s'était soudain déroulée devant ses yeux... intérieurs si l'on peut ainsi s'exprimer. Elle avait vu un prêtre en surplis qui tenait le cœur d'or, le présentait au baiser d'un homme, d'une femme, d'un petit garçon et d'une petite fille, elle avait cru sentir sur ses lèvres le froid du reliquaire. Puis on avait enfermé la relique dans le noir et tout s'était évanoui. Réminiscence d'une chose déjà vue, résurrection d'un tableau cliché dans l'astral... mystère troublant que revivait l'aïeule, l'esprit sans cesse attiré par de nouvelles recherches.

Mais son amie venait la tirer de son songe qu'elle jugeait dangereux, elle l'obligeait à s'occuper des choses actuelles, tangibles, l'entraînant au jardin, à la basse-cour, au verger où Magloire cueillait les dernières pommes, celles qu'on réservait jusqu'à Pâques, les gros fruits verts et rouges qui jaunissaient en mûrissant sur les planches de la fruiterie.

Justement au sommet d'un vieux pommier, on voyait une branche envahie du Gui parasite, au-dessus duquel se dressaient trois pommes magnifiques placées là comme dans une corbeille.

— Le joli bouquet, fit Hélène, mais pas facile à cueillir à pareille hauteur... voyez-vous Magloire.

— Ben sûr que je vois not'e dame, seulement faudra qu'elles tombent toutes seules les pommes de Pépin, je ne saurais grimper jusque-là, les branches minces ne porteraient personne.

— Dommage, il faudrait couper le rameau au-dessous de la touffe de gui.

A dîner, l'aïeule parla des trois pommes nichées dans la verdure. A table, on avait souvent des conversations puériles. On da entendit et résolut d'aller examiner l'arbre le lendemain matin, pour tâcher d'offrir à sa grand'mère à son lever le bouquet qu'elle désirait.

Le lendemain était justement un dimanche. Tancrède, sa mère et une partie des domestiques s'en allèrent comme d'habitude à la messe de six heures à la paroisse. Ils aimaient cette course matinale accomplie la nuit pour aller ; au lever du soleil pour le retour. La grand'messe avait lieu à dix heures l'autre partie des serviteurs s'y rendait, aucun des Consouloudi n'y paraissait.

Tancrède et sa mère avaient pris le chemin de traverse entre les ajoncs et les genêts. Ils marchaient bon pas, l'après-midi on devait aller en auto à Saint-Brieuc, visiter la ville et le jeune homme qui assumait volontiers le rôle de cicérone, voulait étudier d'avance un guide local. En rentrant du village, il se hâta de déjeuner et courut à la chambre d'Onda pendant que sa mère allait faire préparer les paniers de provisions destinés au goûter que l'on comptait prendre au bord des flots, à l'abri des hauts rochers. La chambre d'Onda était vide, sa tasse de chocolat intacte sur le plateau. Tancrède attendit un moment, puis il alla à la bibliothèque pour ses recherches. M. Consouloudi était là avec sa femme qui écrivait et sa fille qui feuilletait des albums de photographies.

— Savez-vous où est Onda Monsieur ? demanda-t-il après les politesses matinales.

— Non, sa grand'mère le demandait tout à l'heure.

Tancrède ressortit :

— Serait-il au jardin ? Il alla jusqu'à la barrière, appela : Onda ! aucune réponse. Tancrède revint dans la cour ; l'abbé de Penhouet arrivait justement de Saint-Malo, il devait assister à la grand'messe au village à l'occasion du vingt-cinquième anniversaire de son oncle comme curé. Le jeune homme salua le professeur :

— Je viens vous demander des fleurs, dit celui-ci en souriant, vous avez encore des roses, je voudrais un bouquet des roses thé qui grimpent sur la tonnelle du potager. C'est pour faire honneur à mon oncle.

— Allons les cueillir, Monsieur l'abbé. Mme Consouloudi sera heureuse de vous les offrir.

— Allons, je ne veux pas la déranger à une pareille heure. Onda n'est pas encore levé ?

— Si. Mais je ne l'ai pas vu, je le cherchais... il va se retrouver, en attendant faisons la gerbe.

Tous les deux marchaient vite dans l'allée centrale du potager bordée de chrysanthèmes superbes.

— J'aime mieux les roses, remarqua l'abbé, ces grosses fleurs échevelées... mais qu'est-ce qu'il y a donc là-bas...

On dirait qu'une branche du grand pommier est tombée
sur les châssis.

— C'est vrai, on voit l'éclatement de la brisure.

Tancrède sauta une plate-bande, une exclamation terri-
fiée jaillit de ses lèvres :

— Oh ! mon Dieu ! Onda, dans une mare de sang !

Le prêtre accourait, il se pencha. Le malheureux enfant
gisait sur les vitres brisées du châssis, le sang giclait par
secousses de son poignet, une entaille au front coupait le
sourcil.

— Vite, il faut comprimer l'artère radiale. Ce disant le
prêtre pliait l'avant-bras sur le bras, les liait fortement
l'un sur l'autre avec son mouchoir. Tancrède soulevait la
tête dont le sang ne coulait plus. Il tâtait le cœur :

— Il bat... si faible.

— Courez à la maison Tancrède, qu'on apporte une
civière, un matelas, je reste près de lui.

Tancrède voulut courir, mais ses jambes tremblaient
tellement qu'il n'avançait pas comme il l'aurait voulu. Il
se roidissait pourtant balbutiait : Mon Dieu, sauvez-le,
épargnez-le, mon Dieu qu'il vive !

Pendant ce temps l'abbé de Penhouet pensait : Il est
mourant. Tout ce sang, c'est à peine si je sens son pouls
à l'autre bras. Il faut aller au plus pressé ce malheureux
n'est pas baptisé.

Il se releva, le ruisselet courait tout près, l'abbé prit
l'eau limpide dans le creux de sa main, fit sur l'enfant
le geste rituel, prononça les paroles sacramentelles du
chrétien et de nouveau à genoux récita le « Credo ».

Arrivé au château essoufflé, pâle, chancelant, Tancrède
entra dans la cuisine.

— Mon doux Seigneur ! s'écria la cuisinière, qu'est-il
arrivé ?

— Un accident. Prévenez vite Yan et Magloire de prendre une civière, un matelas et de se hâter d'aller au fond
du potager. Onda...

— Je vais sonner la cloche, Sainte Vierge, il n'est pas
tué.

— Non. Ne sonnez pas Mariane, allez appeler les
hommes et que Juliette dise à maman d'aviser les
parents... je retourne là-bas.

Il voulut marcher, mais retomba sur le banc.

Affolée, Mariane criait : Yan, Magloire, Juliette !

Les gens, après leur déjeuner causaient dans l'office.
Ils accoururent effarés d'un pareil accent.

— Partez au jardin, il y a un malheur. Prenez civière
et matelas. Vous Juliette prévenez Mme de Luçon. V'la
que son fils tourne de l'œil à présent.

— Non non, balbutia Tancrède très pâle, ne vous occupez pas de moi.

Mais la bonne fille avait saisi la burette de vinaigre, elle en frottait les tempes du garçon :

— Faut pas se mettre en un pareil état, assez d'un pour l'heure, mon petit.

Tancrède, de tout l'effort de sa volonté, réagissait. Seulement, il avait éprouvé une rude commotion, ses mains restaient tâchées de sang, il les regardait épouvanté, Mariane vivement les lui lava.

— Faudrait pas que sa mère le trouve ainsi, se disait-elle...

Juliette revenait suivie de Mme de Luçon.

— Mon fils !

— Je n'ai rien maman, c'est notre Onda, presque tué.

Il suffoquait :

— On va le rapporter, que sa grand'mère ne le voie pas tout de suite... va, maman, auprès d'elle. Envoie le chauffeur chercher un médecin, vite, oh ! vite...

Il se redressait trébuchant, retournait au jardin. Onda les yeux fermés, les lèvres entr'ouvertes, semblait déjà hors de ce monde. L'abbé, aidé de Yan, l'avait placé sur la civière que soulevaient doucement les deux serviteurs et le cortège silencieux remontait vers le pont-levis.

— Je vais devant, fit le prêtre, on va laisser le blessé au rez-de-chaussée, il faut le remuer le moins possible et que i'auto ramène un médecin.

— Nous n'en connaissons aucun, observa Tancrède.

— Le premier venu. A la maison de santé de Dinan, on en trouvera d'habiles.

— Le chauffeur doit être parti. Mon Dieu ! on le dirait mort.

— Non. Mais il est presque à bout de sang, nous l'avons découvert trop tard.

— Qui pouvait deviner. Ah ! sans vos roses, Monsieur l'abbé...

Ils entraient dans la cour d'honneur. Mme Hélène Consouloudi se précipitait au-devant du groupe.

— Mon trésor chéri !

Un léger tressaillement sembla agiter le blessé, il remua un doigt.

— Du calme, conseilla le professeur, il ne faut pas l'exciter.

Maintenant le père, la mère, la sœur d'Onda accouraient éperdus. D'un geste le prêtre imposait silence. Les femmes préparaient un divan, disposaient un lit provisoire. Inerte, Onda n'avait plus un mouvement, un soupir cependant passa entre ses lèvres quand sa mère lava son front. L'horrible coupure apparut... **Platon** palpait les jambes, le torse, le bras qui restait libre, pour s'assurer que rien n'était brisé. Mme de Luçon faisait le pansement de la tête. Quant au bras droit, il fallait attendre le médecin pour qu'il opéra la ligature de l'artère la grand'mère essayait de lui faire prendre un peu de café. Mais il n'avait pas même la force d'avaler. Toute cette famille angoissée, désolée, n'avait pas eu l'idée d'une invocation à la Divinité, sauf Mme de Luçon et son fils qui s'étaient agenouillés dans un coin, nul ne priait. L'abbé, inquiet à l'idée que le chauffeur ne rencontrerait peut-être aucun médecin, était parti de son côté. M. Consouloudi envoyait un domestique porter une dépêche pour le docteur Nartel.

Plusieurs heures s'écoulèrent dans le silence. Comme une statue de la douleur, l'aïeule guettait le moindre frémissement de l'enfant tant aimé.

Tancrède était retourné au jardin avec Marie. Devant la mare de sang, les deux enfants sanglotaient. La branche aux trois pommes, éclatée à sa base, gisait à terre. L'accident était facile à comprendre. Onda était monté jusqu'au sommet de l'arbre dont l'armature trop faible s'était brisée, entraînant dans sa chute le pauvre garçon qui, pour comble de malheur, était tombé sur un châssis vitré. Marie prit les trois pommes et la touffe de gui :

— Je les lui garderai, elles lui ont coûté assez cher.

— Que de sang, fit Tancrède, le sol ne l'a pas même absorbé.

Il alla chercher une pelle et du sable afin de cacher cette désolation quand la grand'mère viendrait au jardin et aussi pour qu'il ne fut pas léché par les chiens. La trompe de l'auto, courant par le chemin, lui fit interrompre son travail.

— Cé doit être le médecin, fit Marie, rentrons.

En effet, c'était le docteur Larray, de Dinan. Un favorable hasard avait voulu qu'il fut à sa campagne située à quatre kilomètres de Loc-Luçon; le chauffeur l'avait appris à sa maison de ville et était revenu en grande hâte. C'était un jeune praticien ex-interne à la Pitié, et très sérieux, très capable. Il jugea au premier regard la gravité du cas. Le domestique apportait la trousse du médecin :

— Une personne pour m'aider, dit-il sans préambule, pas de famille. Mme de Luçon s'avança aussitôt. Le praticien ouvrit sa boîte, demanda de l'eau bouillie de l'ouate, des bandes, il préparait ses instruments, ordonnait à voix contenue :

— Faites un bon feu dans la cheminée pour combattre l'humidité. Cette pièce est immense, cependant à cause de l'air, je voudrais n'y voir personne d'inutile.

— Docteur, suppliait l'aïeule, docteur, c'est grave...

— Oui Madame.

Il parlait à peine, agissait, occupé seulement de son métier, il ne rappelait en rien les aménités mondaines de son confrère Nartel.

Platon et l'infirmière se mirent à sa disposition. L'une lui présentait les objets de pansement, l'autre soutenait la tête du blessé. Quand on défit la compression du bras, un peu de sang gicla encore, mais à l'aide d'une pince, il fut arrêté de suite. Le docteur fit la ligature, adroitement, sans un mot. Quand les deux blessures furent aveuglées, il ausculta son malade, prit la tension artérielle, palpa les articulations, la poitrine, le ventre. Onda, toujours inerte ne remuait pas. Son père, au comble de l'anxiété, regardait le médecin.

— Venez Monsieur, dit celui-ci. Et s'adressant à Mme de Luçon :

— Ne quittez pas le blessé, Madame, restez seule avec lui. Puis faisant signe à Platon de le suivre, il ouvrit la première porte qui se trouva devant lui. C'était celle du billard. Les trois femmes et Tancrède étaient là. Tous se levèrent à la vue du docteur :

— Oh ! vous le sauverez ! s'écria l'aïeule.

— Ne parlez pas si haut, Madame, les malades ont l'ouïe subtile souvent.

La pauvre femme répéta sa question à voix contenue :

— Vous le sauverez...

— Dieu le sauvera peut-être, Madame, mais le secours vient tard... il lui reste bien peu de sang. Quel âge a-t-il ?

— Seize ans.

— Il ne paraît pas très robuste. Était-il vigoureux, gai, allant ?

— Oui, oui, oui, dirent tous les assistants.

— Très sain ?

— Très sain.

— Vous êtes son père, Monsieur, Madame est sa mère.

— Moi la grand'mère, fit Hélène dont les tristes yeux rouges disaient son anxiété. Le docteur la regarda eut presque un sourire :

— Oui Madame, j'ai de l'espoir... seulement...

— Quoi ?

— Il y aurait un remède radical.

— Eh bien, docteur, qu'est-ce qui vous arrête. Je dépenserai sans calcul, croyez-le pour sauver mon fils, affirma Platon.

— Ce n'est pas tout. Les billets de banque et même l'or s'il en reste, ne sont pas suffisants; il faudrait un dévouement absolu.

— Mais nous en sommes tous capables.

Le médecin les regardait attentivement. Ses yeux s'arrêtèrent sur Tancrède dont la physionomie exprimait l'attente inquiète.

— Non. Vous n'êtes pas tous capables. Il faudrait faire la transfusion du sang, lui envoyer dans les veines un sang jeune et pur pour remplacer celui qu'il a perdu. Or qui peut donner son sang ?

— Moi, docteur, moi ! s'écria Tancrède, tout de suite, sauvez-le !

— Vous êtes son frère ?

— Non, son ami.

— Il a de la chance. Où sont vos parents, mon enfant ?

— Ma mère est ici, près de lui.

— Ah ! bien, l'infirmière.

— Oui.

— Il faut demander son autorisation.

— J'en suis sûr.

— N'importe, elle doit me la donner.

La grand'mère tendait les bras au jeune homme, les trois autres personnages lui prenaient les mains.

— Pas d'émotion, intervint le docteur, de la rapidité, envoyez de suite à Dinan, je donnerai un billet pour mes aides de la maison de santé, ils viendront m'assister et apporter ce qu'il faut. Le médecin tirait son carnet de sa poche, écrivait quelques lignes, déchirait la page :

— Donnez cela au chauffeur, Monsieur, dit-il à Platon et qu'il marche !

— J'irai porter le billet, offrit Tancrède.

— Restez tranquille, vous, ordonna M. Larray, appelez votre mère, que je lui pose quelques questions. Madame, ajouta-t-il s'adressant à Eurydice, veuillez aller remplacer l'infirmière près du malade.

Mme Consouloudi obéit, le maître, en ce moment était cet autoritaire praticien qui ne semblait guère songer aux formules de politesse. Mme de Luçon revint aussitôt.

Le médecin la regarda d'abord sans parler puis :

— Votre fils offre de donner son sang pour remplacer celui que son ami a perdu. Vous l'admettez, Madame ?

— Est-ce dangereux, docteur ?

— Non, avec notre prudence, il n'y a pas de risques graves. Il n'en éprouvera que de la fatigue dont sa jeunesse et son excellente constitution triompheront rapidement. Quelles maladies a-t-il eues Madame ?

— Aucune, docteur, à part les petites misères de l'enfance : rougeole, coqueluche...

— Pas de glandes ?

— Jamais.

— Je vais l'ausculter, il n'éprouve pas de battements de cœur, son père ?

— Est mort, Monsieur.

— Pardon, il n'était pas alcoolique ?

— Mais non, docteur, insista Tancrède, je suis très résistant. Tout l'été j'ai fait un service de cycliste fatigant.

— Bien. Vous allez, mon enfant, suivre scrupuleusement mes prescriptions : la voiture partie à Dinan peut être ici dans deux heures. Vous allez déjeuner tout de suite, manger modérément... ne prendre ni vin ni café. Ensuite vous vous mettrez au lit jusqu'au moment où je vous enverrai chercher. Vous tâcherez d'être calme, il ne faut pas que votre sang soit agité par l'émotion. Vous ne courez aucun péril.

— Je n'en redoute aucun docteur, que le bon Dieu me permette d'être utile à mon ami !

Le docteur tendit la main au jeune homme :

— Brave enfant, vous allez à l'instant obéir à mon ordonnance.

Tancrède sortit immédiatement avec un sourire heureux. M. Larrey s'inclina devant Mme de Luçon :

— Vous pouvez Madame, être fière de votre fils.

— Oh ! oui, docteur et encore plus que vous ne pensez.

Onda, toujours immobile, avait aspiré quelques gouttes d'eau sucrée, ses lèvres aussi pâles que ses joues avaient un peu frémi quand il avait senti le baiser de sa grand-mère. Le seul de ses yeux qui restait visible, aux trois quart fermé, ne montrait que le blanc, ses mains étaient froides, livides, les boules d'eau chaudes qui l'entouraient ne parvenaient pas à le réchauffer. Le docteur, installé à son chevet, regardait souvent sa montre, impatient de voir venir ceux qu'il attendait. Mme de Luçon, près de son fils, disait son chapelet. Les Consouloudi qu'aucune prière ne réconfortait s'agitaient, s'énervaient, guettaient l'appel de la corne de l'auto.

Enfin, comme trois heures sonnaient, un coup de trompe fit accourir la famille dans la cour, la voiture vint se ranger à l'entrée. Deux jeunes gens, en blouses blanches, descendirent portant des paquets.

— Allez chercher le jeune homme, ordonna le docteur, qu'il vienne sans courir. Bien le voilà, il a entendu l'auto. Voyons votre pouls mon enfant ? Il sourit : c'est parfait. Vous savez pratiquer le « self control ». Maintenant je désire que, sauf mes aides, tout le monde sorte d'ici.

— Même moi, fit Mme de Luçon ?

— Surtout vous. Votre fils sera moins calme si vous restez ici.

— Ce sera long, docteur ?

— Nous devrons procéder très lentement, je vous ferai

passer des nouvelles. Mettez un domestique derrière la porte.

Hélène appela Yan. Le digne Breton s'empressa. Il tenait son chapelet dans sa main. Tous les serviteurs réunis dans la chapelle récitaient le rosaire en commun. Noëlle s'agenouilla devant le grand Christ d'ivoire, toute son âme priait sans qu'une parole franchît ses lèvres sèches. Les malheureux Consouloudi marchaient dans la cour... l'oreille tendue vers la pièce où s'accomplissait le destin. A un moment, la figure d'un interne apparut derrière la vitre. La grand'mère, Platon, Eurydice eurent une interrogation. Le médecin répondit par un geste évasif. Le père, n'y tenant plus se glissa près de Yan, entr'ouvrit à peine la porte, risqua un œil : un aide tenait le poignet de Tancrède, l'œil fixé sur l'épigastre de l'enfant. L'autre aide gardait la même attitude à l'égard d'Onda. Entre eux le docteur l'œil rivé sur l'appareil, observait avec une extrême attention la marche du phénomène que la moindre faute pouvait faire dégénérer en catastrophe. La scène était tragique, l'aspect de ces hommes, les visages pâles des deux patients, offraient un spectacle si angoissant, que Platon chancelant revint joindre sa mère et sa femme. Il essuyait une sueur glacée qui coulait de son front. Marie était entrée à la chapelle, instinctivement elle s'était mise à genoux près de Mme de Luçon. Platon entra aussi, il leva les yeux sur la Croix qui dominait l'autel et alors les assistants virent cet acte inouï, tragique, émouvant, d'un incroyant debout, les bras tendus vers le Divin Crucifié qui disait debout à haute voix : « Iesus Christos sauve mon fils ! »

Tous les assistants levèrent la tête stupéfaits. Eurydice se dressa effarée. Hélène vint près de son fils frémissante :

— Iesus Christos, dit-elle, nous croyons en toi !

— Je jure, O Christos ! de me ranger, ainsi que tous les miens, sous ta loi, reprit Platon d'une voix ferme si...

Sa mère l'arrêta, achevant : ...Puisque tu as sauvé notre fils !

Mme de Luçon s'était relevée ahurie, elle se jeta dans les bras de son amie :

— Oh Hélène, Dieu soit loué !

— Dis que tu crois Marie, fit l'aïeule.

— Oui grand'mère, et de tout mon cœur.

— Et toi Eurydice ?

— Je suivrai votre exemple, mais je voudrais voir...

— Pas de conditions, affirma Platon, Maman l'a dit. Il est sauvé !

— Grâce à la miséricorde divine ! ponctua Noëlle.

Les minutes qui suivirent cette scène furent inoubliables. Tous les serviteurs pleuraient. L'aïeule était transfigurée. Le père immobile, en sa pose énergique devant la Croix, devait envoyer au ciel des élans d'âme. Eurydice et sa fille, très émues restaient subjuguées, sans comprendre pleinement la grandeur de cet acte qui allait transformer leur existence. Ce fut ainsi que les trouva Yan, envoyé par le docteur.

— L'opération est finie, dit-il. Vous allez pouvoir entrer sans bruit et sans paroles. Vous verrez les enfants, mais pas d'émotion surtout car leurs cœurs sont faibles.

— Et mon Trancrède?

— Il s'est évanoui quand il a vu son ami revenir à la vie. Mais c'était de bonheur, il est remis à présent. Ils allèrent sagement, ainsi que le permettait le docteur. Onda ouvrait un œil expressif et tendre, il souriait, mais le moindre mot, le moindre geste lui étaient interdits. Tancrède soutenu par un interne, se levait du divan où il était étendu. Platon alla à lui :

— Toi, dit-il en mettant sa main sur la tête du jeune homme, maintenant tu es mon fils.

Le docteur fronçait le sourcil. Il les poussa hors du salon, referma la porte. Onda balbutiait :

— Grand'mère! pendant que la vieille dame n'osant l'approcher lui tendait les bras de loin.

<h2 style="text-align:center">XXX</h2>

<h3 style="text-align:center">SAUVÉ! DEUX FOIS</h3>

Dans la soirée, l'abbé de Penhouet vint avec son oncle. Comme le docteur, resté au château pour surveiller son rescapé interdisait toute visite, ils ne purent voir le malade, mais on les laissa entrer dans un salon éloigné de celui où était Onda. La grand'mère était condamnée au repos par le médecin, son cœur avait été tellement surmené que M. Larrey l'avait d'autorité envoyée dans sa chambre. Mme Luçon, reprise par ses devoirs de maîtresse de maison, réglait les arrangements nécessaires au bien-être de tous les habitants du château. Tancrède, sur l'ordre exprès du docteur, était consigné dans son lit. Eurydice et Marie, brisées d'émotion, étaient également invisibles.

Les deux prêtres furent donc reçus par Platon qui, redevenu calme, envisageait sérieusement les devoirs nouveaux imposés par son serment. Il alla vers eux les mains tendues, avec une telle détente de physionomie que l'abbé remarqua :

— Vous n'avez pas besoin de parler, Monsieur, votre visage crie l'espoir. Notre cher élève est sauvé.

— Oui, monsieur l'abbé, nous sommes même tous

sauvés. Savez-vous quelle promesse j'ai faite à Dieu ce matin, quand j'éprouvais le paroxysme de l'angoisse ?

— Je le devine, Monsieur, que le divin Cœur de Jésus soit glorifié ! Je vois le processus des événements. Vous êtes digne d'être des nôtres.

— Demain nous le deviendrons, ma famille et moi.

— Cette fois les vues de Dieu sont pénétrables, dit le Recteur. Quelles actions de grâce ne Lui dois-je pas pour m'avoir donné de tels paroissiens ! Platon qui avait pris une résolution en toute conscience, qui avait senti passer le souffle de la Foi, entendait ne pas tarder à tenir sa parole d'honneur. Il expliqua :

— Monsieur le Recteur, à part quelques enseignements que je sollicite de l'abbé, je crois connaître assez la loi chrétienne. J'ai lu votre doctrine. Bien avant ce jour, j'ai étudié la « Somme » de Saint-Thomas, et aussi Saint-Augustin. A ce moment là, je comprenais mal, je cherchais la preuve matérielle, sensible que veulent les modernistes, les immanistes, cette preuve je l'ai maintenant dans le cœur. Le retour à la vie de mon enfant, juste à l'heure où ma mère — une sainte croyante depuis longtemps — m'arrêtait par une certitude quand je voulais poser au ciel une condition, a jeté hors de moi le scepticisme. Dès à présent j'éprouve l'effet de mon acte de foi, je ressens la paix intérieure, une tranquillité d'âme jamais connue.

L'oncle et le neveu se regardaient radieux, réellement il venait de passer sur cette maison un miracle. Le curé dit :

— Monsieur, non mon frère, il faut cependant que vous, homme de science et d'esprit, vous fassiez un acte d'humilité, il faut que vous appreniez votre catéchisme. C'est un résumé clair, simple, facile des devoirs chrétiens, vous aurez une petite école à suivre tous ensemble les néophites. Avant un mois vous recevrez le premier de tous les sacrements. Vous, votre mère...

— Ma mère ! Là encore gît un mystère. Ma mère bien-aimée, la plus belle âme qui soit, éprouve des phénomènes de mémoire rétrospective, des sensations dont la source est très lointaine, peut-être a-t-elle été déjà baptisée...

— Alors nous lui donnerons le baptême sous condition. Pour vous, Mme Eurydice, votre fille et votre fils...

Quant à ce dernier, interrompit le professeur, quand je l'ai vu mourant au milieu de son sang dans le jardin, j'avoue que je lui ai donné le sacrement qui ouvre le ciel, sans témoins, sans permission, mais je le croyais in extremis... Alors... je voulais que cette belle et loyale nature partît de ce monde avec son passe-port.

Platon sourit :

— Vous avez manqué à votre parole l'abbé !

— Oui, mais devant l'éternité.

— Je vous absous le premier, vous me le rendrez. Je vais vous prier de vous rendre à l'évêché, d'obtenir l'autorisation de rouvrir la chapelle au culte et là, pour l'inauguration, nous aurons la belle fête d'entrée des nouveaux membres dans le sein de l'Eglise.

— Ce serait mieux à notre paroisse, Monsieur, intervint le recteur, songez quel admirable exemple !

— Oh ! Monsieur le Recteur, un spectacle.

— Mon fils, ne dites pas ce mot que dicte une pensée d'orgueil mal placé.

— On verra, Monsieur le Recteur, en attendant rendons à la chapelle ce qui lui appartient. Monsieur le professeur y célèbrera le Saint Sacrifice, les paysans y seront admis.

— Sauf les dimanches et fêtes, rectifia le curé à demi content, la paroisse seule est autorisée pour l'acte obligatoire de la messe ces jours là. La chapelle particulière ne saurait l'être.

— Subtilité, dit Platon.

— Mon ami, vous raisonnez. Votre instruction religieuse est au début. Mon cher neveu, je te préviens que tu auras des leçons contradictoires.

— Je le préfère de beaucoup, mon oncle.

— Allons... tout est bien. Nous avons prochainement la grande fête de la Toussaint, si nous pouvions être prêts...

— Ce serait court, mon oncle, il faut aussi se pourvoir de parrains et de marraines.

— En effet.

— C'est fort simple, reprit Platon, nous avons ici deux êtres admirables, je le choisis pour nous quatre : Madame de Luçon et son fils.

— J'approuve, dit l'abbé, bien que la coutume ne soit pas d'avoir des parrains et marraines plus jeunes que leurs filleuls.

— Chez nous, les coutumes seront retournées.

— Vous aurez encore à choisir un saint patron, expliqua le Recteur, parce que je ne connais au ciel ni Platon ni Epaminondas, ni Euridyce... Cette dernière même habitait les enfers si je ne me trompe.

— Nous irons chercher nos patrons dans la galerie des ancêtres, parmi les chevaliers qui combattirent contre les infidèles.

— C'est donc entendu Monsieur, fit le Recteur en se levant, puisque la Faculté interdit toute visite aux autres habitants de la maison, nous allons nous retirer, voulez-vous me faire l'honneur de venir dîner au presbytère dimanche à l'issu de la grand'messe où, je le présume, vous viendrez. Rien n'interdit aux catéchumènes l'entrée du temple de Dieu.

— Je connais les rites, je suis allé souvent à des mariages et à diverses cérémonies. Nous saurons nous tenir à l'église, mon cher curé, soyez sans inquiétude.

Les trois hommes échangèrent une cordiale poignée de main, le banquier reconduisit ses visiteurs jusqu'à la poterne et rentra trouver sa mère. Il avait besoin de s'épancher auprès de ce cœur chaud si tendre, près duquel il restait toujours le petit enfant.

Les deux prêtres venus à pied par le raccourci, retournaient de même.

— Si tu veux mon ami, proposa le Recteur, nous célébrerons chacun une messe d'action de grâce pour le retour de ces brebis égarées.

— Je l'ai déjà fait ce matin, mon oncle. Je ne crois pas avoir ressenti pendant ma vie un pareil bonheur. Parmi ces belles âmes il y en a une de prédestinée, une envoyée pour cet apostolat.

— Tancrède n'est-ce pas? je le pense aussi, à moins que ce ne soit la grand'mère...

— La grand'mère! une chrétienne déjà peut-être...

Le chemin ne facilitait guère la conversation. Ils étaient forcés de marcher l'un devant l'autre par l'étroit sentier qui serpente entre les champs ensemencés et les landes d'ajoncs, tous les deux réfléchissaient.

Est-il possible qu'une âme s'extériorise...? Est-il possible que dans l'éther restent clichés des tableaux d'autrefois, que des visionnaires puissent contempler... Ou bien la mémoire d'un enfant commence avant l'âge de trois ans. Est-ce que dans son jeune cerveau un paysage, un acte, une audition, peuvent se graver et reparaître sous l'empire d'un rappel, visuel ou auditif, d'une même action, d'une même vision, d'un même son. Une faculté ambiante peut-elle alors se réveiller?

Saint-Augustin, dans la Cité de Dieu, parle des « enfants magiques » qui voient...

— Dépêchons-nous, dit le Recteur en se retournant, voilà un grain qui nous arrive de la mer.

Alors ils se hâtèrent, des nuages obscurs avançaient l'emprise de la nuit d'octobre.

XXXI

CONCLUSION

Les jours d'automne étaient si doux qu'Onda couché dans un hamac sous le tilleuls, jouissait délicieusement du retour à la vie. Des feuilles jaunies tombaient d'en haut.

Entre les branches remuées par la brise, il voyait des bandes de ciel, de ce ciel breton pâle strié de légers nuages floconneux en marche lente, échevelée, sans but. Il pensait aux grandes fêtes de l'année qu'il lisait dans le paroissien très complet découvert sur un rayon de la bibliothèque, il croyait voir la Vierge monter souriante et protectrice, environnée d'anges. Elle étendait ses mains sur cette terre qu'elle quittait, ses mains dont il s'échappait des rayons.

Puis c'était l'ascension du Christ divin vers lequel s'élevaient les bras des apôtres désolés, abandonnés, seuls, maintenant qu'ils ne le verraient plus.

Comment, songeait le jeune homme, avons-nous pu vivre si longtemps éloignés du bonheur, alors qu'il était à notre portée, que nous sentions en nous une âme vivante dont les pensées ne savaient où se fixer, où prendre leur élan. Même la beauté des choses, la nature admirable qui nous parle, dont nous ne savions pas comprendre l'accent. Croire en Dieu, c'est croire en soi, c'est diviniser le pauvre être humain, frère du Christ, fils du Père qui nous a dicté le « Pater ».

Lorsque Platon venait s'asseoir près du hamac où rêvait son fils, ils parlaient ensemble du nouvel état de leur âme. Le banquier lisait ardemment le pauvre petit catéchisme dont il s'était jadis moqué, il y découvrait la sublime, profonde, ardente foi, la si pure doctrine sans commentaires, sans phrases, dont le sens droit est un infini sujet de pensées. Il n'en apprenait pas la lettre il en pénétrait tout l'esprit.

— Père, disait Onda, remarque comme Dieu nous a poussé sur la route d'aujourd'hui, j'ai été la cause qui a déclanché le ressort caché en toi, en nous, depuis si longtemps je sentais qu'une heure viendrait. Grand'mère l'attendait sûrement, elle allait à la foi comme le fer à l'aimant. Grand'mère chérie! ne crois-tu pas aussi père, qu'elle est Hermine...

— J'en suis convaincu mon enfant. Notre situation actuelle est un enchaînement et il y a en nous une hérédité de convictions chrétiennes. Elle s'est révélée à moi brusquement sous l'atteinte d'une peine qui m'a jeté pantelant au secours suprême; elle s'est développée en toi doucement par le contact de cette créature d'élite qu'est ma mère. Ce qui nous arrive à présent vient de germes lointains, telle une plante vivace après un orage se redresse. Seulement un lourd souci me reste. Mon père, loyal, intelligent, bon, n'a jamais pu savoir la vérité.

— J'ai souvent moi aussi, analysé cette pensée, et j'en ai parlé hier à l'abbé de Penhouet quand il est venu lire près de moi. Je voulais rassurer grand'mère, je crois le pouvoir. Écoute ce qu'il m'a dit:

— « Pour Dieu, le temps n'existe pas. Il sait tout, il voit l'avenir depuis le passé le plus reculé. Eh bien, il a vu les supplications de l'épouse et des fils et je ne doute pas qu'il n'ait « fait grâce » à cet homme sincère dans ses convictions, qui n'avait jamais eu l'occasion de s'instruire, et pour lequel d'ardentes prières monteraient.

— Je me souviens avoir lu dans un livre de Huismans, qu'un bon religieux qui aimait beaucoup Virgile, se désolait de ne pas devoir le rencontrer dans le Paradis, et priait pour lui. Alors il eut une révélation : « Ton ami est sauvé, tes prières étaient connues d'avance ». Ce n'est peut-être pas très orthodoxe... mais c'est consolant.

— On n'a jamais tort de compter sur la bonté et la justice de Dieu.

Les entretiens des deux néophites prenaient terme quand la brise fraîchissait au coucher du soleil. Onda marchait presque sans vertige, de jour en jour plus solide. Le soir, sous la lampe, la famille réunie se récréait. On faisait des mots croisés, on se racontait sa journée, les petits événements, les idées qui avaient traversé les esprits. A présent, on avait conclu à la très proche parenté qui unissait Tancrède et sa mère aux Consouloudi. Puisque Hélène était Hermine de Luçon (réellement aucun doute n'était plus possible) Tancrède était son neveu. D'ailleurs les deux jeunes gens restaient frères par le sang désormais. Leur amitié demeurait sans limites.

La veille de la Toussaint, la touchante cérémonie des baptêmes eut lieu dans l'église du village. Tancrède et sa mère, en qualité de parrain et de marraine donnèrent à leurs filleuls les noms d'Yves à Platon, d'Arthur à Onda. Quant à Hélène naturellement on l'appela Hermine. Eurydice fut Anne et Marie garda son appellation virginale.

Le lendemain tous s'approchèrent de la table sainte. La grand'mère était transfigurée, une telle joie régnait dans son cœur qu'elle vivait réellement en extase. Il fallut que son petit-fils la rappela aux réalités de la vie. Le jour même on prit une grande décision. Platon Consouloudi céderait sa banque à Athos Romanos et il viendrait avec les siens habiter Loc-Luçon. On vivrait là en famille ainsi qu'aux temps passés. L'abbé obtiendrait d'être le chapelain, la jeunesse poursuivrait ses études et chacun, heureux dans sa soumission aux lois providentielles, attendrait l'heure où un autre tournant de la route déciderait d'autres actions.

GOURAUD D'ABLANCOURT.

Imprimerie HIRT & Cᵒ, 53, rue des Moissons — REIMS

Le prochain roman (N° 71) à paraître dans la collection FOYER-ROMANS.

Marie Stéphane

CONQUISE

I

Le jour s'annonçait. Lentement, l'aube ouvrait son éventail d'argent et de nacre ; des brumes fines comme des gazes mauves et roses flottaient dans les lointains.

Dans ce trait encore sombre qui cerclait l'horizon, l'île de Wight laissait entrevoir le sommet de ses arbres en une masse confuse et indécise. Puis soudain, l'Orient s'éclaira, précisant sous ses flots d'or pâle et de nuages pourpres, la petite ville de Bournemouth et la variété de ses blanches villas nichées dans la verdure.

Le soleil commençait à monter et baignait le panorama d'une nappe de clarté douce qui faisait flotter sur les jardins et les bois une vapeur d'or. Les alouettes chantaient dans la lumière. La vie s'éveillait de tous côtés avec les couleurs. Et partout, dans cette Nice britannique, éclatait le luxe, la recherche du bien-être, la joie de vivre.

Partout ?.... Hélas !... En tout et toujours il faut des exceptions ; parce que la souffrance est une loi générale qu'il n'est permis à personne d'ignorer, à laquelle nul ne peut se soustraire, et que le bonheur n'est parmi nous qu'un hôte de passage, quelques efforts que nous fassions pour le retenir.

(A suivre)